你是誰啊

林式同、林式芳 合著

給願意嫁給我的喜美子及
患老人癡呆症者的家人們
——一個留美學生的自白

林式同相關照片

式同留影

由左至右，可見式同從高中、服役至四十、五十歲，人生各階段之變化。

式同玻璃藝術創作

畢業於師大美術系的式同，在閒暇之餘，對玻璃工藝品有著相當大的創作熱情，從作品中也不難看出他的美學品味。

式同伉儷結婚照

一九六一年式同與喜美子在美就學期間於法院公證結婚時留影。

式同伉儷於明尼蘇達大學湖畔合影

式同和喜美子於新婚後，在明尼蘇達大學開始愉快的新生活。

式同伉儷於洛杉磯居所前留影

新婚後，兩人自明尼蘇達州遷至洛杉磯，於寓所前留影，攝於一九六七年。

式同伉儷於洛杉磯居所前留影

一九六五年，兩人在洛杉磯覓得工作，移居洛城。

式同、喜美子旅日合影

婚後初次日本之行，式同以丈夫的身分隨喜美子回家拜訪親友，攝於一九七二年。

式同、喜美子生活之樂

兩人時常出遊，留下美好回憶：上圖為二人遊覽大峽谷（Grand Canyon）留影，左下為至漢廷頓圖書館（Huntington Library）園內健行留影，右下為訪優勝美地（Yosemite）之留影。

式同於辦公室工作時留影

式同五十五歲近照

一九九一年式同與高齡八十七歲的母親合影

一九九〇年喜美子發病初期時合影

一九九八年式同和喜美子於餐館共餐時合影

式同伉儷於洛杉磯家中合影，攝於一九九〇年。

喜美子胞妹晴美赴洛杉磯探訪式同伉儷合影，攝於一九九一年。

喜美子相關照片

喜美子留影

左圖為學生時期於日本所攝，右圖則為五十歲時之留影。

式同所攝喜美子照

式芳於式同遺物相機底片中，發現喜美子照片，陽光開朗的模樣尤為式芳所喜愛。

喜美子與式同於洛杉磯家門前合影，
攝於一九九一年。

喜美子於遊樂園內留影，
攝於一九七〇年。

式同所攝喜美子照

相機底片中，另見式同於喜美子病況未加劇前在家中所攝近照，圖中的遠近層次，出自式同精心安排的構圖。

喜美子晚年在華盛頓特區賞櫻照片

喜美子移居馬里蘭州後留影

左圖為二〇〇一年喜美子搬到馬里蘭州後第一個聖誕節照片；右二圖為二〇〇二年喜美子在式芳照料下往華盛頓特區欣賞著名之日本櫻花時所攝。

一九九六年喜美子參加式同母親喪禮

喜美子身配紅花（喜喪），出席式同母親九十二歲告別式。手持式同母親懷念其夫而親手繡製的枕頭。

式芳和喜美子聖誕節歡聚合影，攝於二〇〇一年。

此時喜美子初到馬里蘭州，入住洛克維爾養老院（Rockville Nursing Home）。

喜美子於養老院時留影

在輾轉多間養老院後，喜美子於二〇〇四年入住路德養老院（National Lutheran Home），這是她入住最久，也是最後一間養老院。

林式芳相關照片

式同、式均與式芳合影

一九六六年式同和式均在洛杉磯機場送式芳去德州上學，右側為大哥式同，左側為二哥式均。

式芳結婚時，兄妹合影

一九七〇年式芳結婚，式同作為家長送小妹出嫁。

一九九四年式芳母親九十大壽親友合影

（前排左二）式芳母親、（前排左一）式芳表哥肇基的母親
（中排左二）喜美子、（中排左三）式芳、（後排左二）式同。

一九七四年全家於洛杉磯合影

（後排左一）式均、（後排左二）式同、（後排右二）式芳
（中排左二）喜美子、（中排右一）母親
（後排右一）式芳先生馬君素，手抱者為式芳之長子
（中排左一）式均太太唐玲，手抱者為式均之次子，立於身前者為式均之長子。

林式同為本書設計之原始封面

序三

林式芳

我的嫂嫂喜美子去世已經整整六年了。我的生活也總算恢復了「正常」。不需要經常擔心受怕。看喜美子會不會有意外發生，是不是每天中午晚上特別會有人去陪伴看顧她。這樣的日子已經過了十五年。不論我做得好還是不好，在主的引導下，我當然是想做好，盡我最大的努力。

十五年來，要感謝的人太多了。內文中有提到的人我就不再重複了。

我首先要感謝就是那些有愛心願意陪伴看顧喜美子到最後時刻的朋友。讓她意識不清不能表達，加上身體虛弱的時候，有個會說日文的人來看顧陪伴她，是喜美子最需要的照顧。所以在此要特別謝謝WeiNa、Kaoru、Takako、Puilo、Hisako。

特別的感謝要給式同的好友莊信正，他從紐約來看望喜美子很多次。關懷之心，無愧是式同最好的朋友。非常感謝信正大哥和大嫂。

我還要謝謝我的好朋友李維娜、李來蘇，還有梅強國和她的先生夏勁戈。她們都在我需要的時候幫助我。尤其是替我看稿，他們都對我這個沒有寫過文章，卻一直催促他們校稿的人，給我最大的容忍。他們的友情和專業幫助，使我不勝感激。

最後要特別感謝的就是我的表哥周肇基。他是我舅舅的兒子，我們姑表至親。他中年後回臺灣教書，熟悉中文寫作、出版。二〇〇一年我看到式同的書只是剛完成打字的版本。二〇一六年喜美子過世後好久我才起意把回憶寫下來。此後的撰稿、整理、排序……好多都經過肇基表哥的協助，最後才完成電子稿本，後來他又安排在臺灣出版。可以說沒有他這本書是寫出不來的，非常非常的謝謝他！

喜美子的家人稀少，我只有和她住在紐西蘭的姪女有來往。可是她在兩年前得了後期的癌症，她對化療有嚴重的不良反應，從她第二次化療以後我就沒有她的消息了。她還有一個姪兒在日本，不懂英文不懂中文，我不知道能不能聯絡到他。不過書成後我還是會寄給他們，作為紀念。

這本書是式同用他生命的最後兩年寫成，他的目的是要經由他的經驗對有老人癡呆症者的家屬們有所幫助。可是式同雖然完整的紀錄了喜美子從一九九四年發病，到二〇〇〇年趨於嚴重的過程，不幸他意外的在二〇〇一年去世了。我想他是一直到臨死都不放心喜美子的。

二〇〇一年我接手照顧嫂嫂喜美子，直至她二〇一六去世，這十五年的種種艱辛，我相信絕不比式同前六年的照顧少。在此我把老人癡呆症者的病情發展以及照顧辦法詳細的記錄下來，以期對病人家屬們有所幫助。一方面是完成式同的心願，二方面我相信我們兄妹這長達二十年的接力，無論照顧的方法，或是自己的心靈的穩定，這些紀錄對日後不幸的病人家屬們，應該是有參考價值的。

懇求萬能的主把這個危害人生的惡疾早日消除，也希望醫學界努力研發，及早找出治療的良方。

是為序。

目次

上編

——— 林式同 著

於是我也就此反日了，心裡想，凡是日本的東西，必定是不能碰的，買不得的，當然日本人是再壞不過的了，不然不會來侵略中國。至於我們呢？泱泱大國愛好和平不說，頂著五千年文化的炎黃子孫，一定是完美無缺的……我也是這麼相信著的。

我對日本，完全不瞭解，腦子裡裝的盡是些反日思想。看到報上有日本的好消息，就不高興。聽人說日本好，就看不起他。在臺灣住了那麼多年，一個日本人都沒有見過，連一場日本電影都不要去看。

我也曾聽說過一些救國救民，奮發圖強的話，不過那卻是很早以前的事，後來就被各種口號取代，時間久了，大家也都覺得這些說教不切實際，與目前生活無關，所以就把它們淡忘了。

在四川小學課堂上的老師，教我們唱抗日流亡三部曲：「我的家，在東北松花江上，那兒有……」意思是所有的森林煤礦，大豆高粱，都被可惡的日本人霸佔去了。

我學唱這首歌的同時，絕不可能會想像到在松花江畔正有一位日本小女孩在那裡玩耍，而那女孩卻在大洋彼岸變成了我未來的太太！

這個恨、這個口號、這個歌、與這個人，混混沌沌交織著，換了個時空，在一個機緣裡，卻形成了我的一生。

＊

啊！我要打倒的日本鬼子，原來是長這樣的！個子和我差不多，長長的臉，小而精靈的眼睛，端正的鼻子，看來挺順眼，他是什麼樣的人？他在想些什麼？我年輕的好奇心，因此大大地活躍起來。

他的舉止安詳，說話也是徐徐的，帶著日本口音一個字一個字地講。在談話中，我發覺他對他的生活目的，非常明確。考慮事情，有他的立場和主張。他的態度、想法、氣概，都帶有濃厚的日本味。可是這些特徵，我卻一點也不討厭，一點也不覺得可惡，和在想像中要打倒的小氣島國日本人完全不同。更奇怪的是他對事物所持的看法，居然和我的很相近，互相溝通，彼此默契，我見到他，感覺上和在臺北的大學生一樣。有些觀點，很新鮮，我從沒有想到過，於是我自然地常到他的宿舍去聊天了。

以前在臺灣，社會上下彌漫著崇洋的風氣。客觀情況也是如此，找不到可以立足的中心思想。我自己也糊里糊塗，不知道自己到底想要些什麼，想要的也不知道代表了什麼。只覺得凡是外國的東西都是好的，出國就是我最終的願望。好不容易出來了，沒有別的，心裡只想畢業後在美國找個事過日子。至於是哪樣的日子？當時連我自己也不知道。

宇佐美先生就不一樣了，他不徬徨、不害怕，他的心情穩定，目標清楚，唸完了書就回國，有沒有美國學位，他也不在乎。他要回到他自己的國家去實現他的理想，去一展他的抱負。

他是帶著研判的眼光來美國的。他帶了照相機來，不是照名山大川、旅遊勝地，而是拍些街頭即景，升斗小民的眾生相。有回他拿著一張照片給我看，指著地上的廢物對我說：「你看，美國其實並不那麼乾淨！」我覺得他有點吹毛求疵，小家子相。「這點廢物算什麼？沒有什麼大不了。」我回答他說。

我是以囫圇吞棗接受美國的一切的心態下回答他的，我對美國這大千世界，從來沒有過任何質疑。而他有，他是站在日本人的立場來批評。為什麼我這堂堂五千年文化的傳人，沒有批評別人的立場呢？

當美國人問我從哪裡來？我回說從中國來，他們驚異地瞪大了眼，裡面充滿了問號，我感到尷尬，隨即附了一句：「從臺灣來。」他們才安下心來。其實我是在大陸出生的，是經過臺灣才到美國來的。

美國人就不管那麼多了，只要是從臺灣來的就是他們的朋友了。可是我自認還是浙江人，這是不能變的——這種為了想待在美國，討好美國人，把自己的來源認同，故意搞亂，故意否定的情形，日本人是沒有的。

剛到美國，一切還不熟悉。一天去買牛奶，拿回來一喝，可不得了！簡直不能下咽，是不是牛奶壞了？後來打聽，才知道是自己買錯了，買來的是「Butter Milk」，美國人會喝，中國人多半不會喝。既然味道那麼糟，我隨手就把那盒牛奶丟了。後來見到宇佐美先生，談到那種牛奶的難喝，實在不敢領教，他說他也有同樣經驗，不過他卻把它喝完了！我大吃一驚，肅然起敬，是什麼力量促使他這樣做？他說那是武士道精神：一遇到困難，就以堅毅的意志，努力克服。他在那宿舍陽臺上說話時的態度、音調，一如平常，毫不像在電影裡看到的那些咬牙切齒的武士。

明州地處美國中北部，移民不多，難得有東方電影上演。一次明大特別介紹日本黑澤明導演的名作，有個片子叫《大鏢客》，三船敏郎演的，我因初來，在金髮碧眼的人群中，看到帶有東方色彩的作品，有些認同上的親切感，就去看。片中那武士所表現的堅忍、俠義、勇敢、效忠的精神，也就是日本人的武士道，使我心儀不已。目前宇佐美先生以喝牛奶的現例來親身示範，令我大開眼界，印象深刻。

熟了以後，我們也就無話不談。一天我的隔壁房間空了，告訴了他，問了問價錢，他就搬過來，成了我的鄰居，白天晚上有空見面就聊天。

宇佐美先生很欣賞深厚的中國文化，我們常常談到國家的將來。他對受日本侵略過的中國，似乎比我還瞭解。他讀過許多書，客觀地知道中國的歷史，也知道並同情中國為什麼會有革命。我和他來往，言談之間，從沒有感到他有二次世界戰爭時日本所宣傳的那種對「支那人」的歧視，相對之下，我對

「日本鬼子」所持的反感成分卻不少。而他對我搞不清楚到美國來留學的目的是什麼，很不以為然，背地裡稱我為「亡國奴」。在他的房間牆壁正中，掛了一面太陽旗，明顯奪目，他坐在那面旗下面，顯得自豪又滿足，就像美國人對美國國旗一樣。雖然我自幼到大，一直都在受愛國教育，在國旗前面，我就是沒有他那種明確而充實的感覺，為此我很羨慕他。

抗日戰爭的時候，大家一致對外，民族對民族，這目標簡單明確，我是懂得的，在心裡也是支持的。可是後來打內戰，中國人打中國人，是主義打主義，我就糊塗了。宇佐美先生所引以為榮的太陽旗，是代表大和民族，他坐在那幅旗下面所顯示的自豪和滿足，我是很容易瞭解的，也是我這個來自打內戰的民族所辦不到的。

宿舍裡都沒有廚房，我那時在校區餐會搭伙，週末就在跑堂的餐館吃。可是宇佐美先生卻都沒有去，他只在他的房間裡吃罐頭麵包，直到回國。他從來沒有和我提起錢的事，在我們相處期間，我也一點沒有感到他缺錢用。多年之後，我才知道他這樣做，是為了經濟上的原因。六零年代的日本，並不富有，宇佐美先生的拮据，我是能瞭解的。可是要我每天吃那難入口的罐頭，我自認做不到，而他能，並且為期一年多！這種意志力使我不得不佩服。

回想我常在冰天雪地的晚上，時間已過半夜，拖著疲憊的腳步從跑堂的餐館回到宿舍，然後坐在床上，掏出大把小把的小費銀幣來點數。當我正在計算的時候，一次宇佐美先生已經初醒，輕輕地走到我的房內來，看到我這麼遲才回來，仍在埋頭數錢的樣子，頗有所感，只說了句：「哦，你賺的錢還不少啊！」起初我不知道他缺錢，後來才體會到他當時所發的喟然微嘆了。

他缺錢而不肯說，也不願去打工貼補，源自日本武士道精神，為此我很尊敬他，直到今天，我仍是的人。

也不會用。宇佐美先生倒有兩臺，我就向他買了一臺小的，他還不厭其煩地教我和一個女孩子約會，就帶了那相機去。女孩的姊夫來應門，見我徒步來訪，車子！」我聽了登時心沉了一下，隱隱感到不妙。然後我請那女孩出來午餐，聽她說她的朋友都嫁了醫生——之後我再也不敢去找她了，我還用那相機獻寶後，大搖其頭，問我為什麼不找個好的。我說我是轉系的，又在餐館跑堂，找能。他就為我打抱不平，答應我回國後介紹一位日本女孩給我。他後來回國，學唸中文的女學生做我的筆友，從這位筆友渡邊住子的信裡，知道日本女性相國核子軍艦靠港，曾走了一天到橫濱去遊行抗議，腿都累酸了，痛了好幾天。的唱片給我聽，以為我是中國人，一定喜歡中國音樂……當時我想，日本女孩是的社會包袱，很獨立，清新得多了。

，我已經忘記宇佐美先生是日本人，現在他要回國去了，我將失去一位知己，以有生活目標的愛國者，懷著深深的敬意。

站送行的人並不多，一位活潑的、穿紅毛線衣的女孩指著我問宇佐美先生說：

「是的。」然後向她眨了一下眼，做出會心的微笑。

近中午，送行的人就一起到車站旁的咖啡館小坐。剛
忘在灰狗巴士站裡了，我自告奮勇地跑過去幫她把一
小的個子，圓圓的臉，一張嘴就大聲笑，露出不太
的愉快氣質，感染到其他的人。我從來還沒有見過
望能再見面。

到美國的頭幾年我的英語表達力還不夠，而她的
見，寫得很慢，把桌上的餐巾紙用掉好多張，記
番，早稻田大學畢業的，我提到的幾位哲學家她
先生曾和她談過我，她對我並不陌生，有興趣多

封的時候，我覺得為這樣能忘東西、不拘小
四十年後，我仍在為這位能忘東西、生病可愛
不到她而害怕，後來卻變為和時間競爭，唯

著大包小包用肩背去頂門，門不開，回頭一看，愣住了，原來是要錢！當時我沒有小銀幣，肚子又緊，像熱鍋上的螞蟻，東南西北都搞不清了。唉唉！原來美國什麼都要錢，連上廁所都要！如果沒有錢怎麼辦？美國不是遍地黃金的國度嗎？錢到哪裡去了？

肚子餓了，和幾個同機學生找到一家靠機場的咖啡館。闖了進去，纖塵不染，裡面什麼都是亮亮的：亮亮的桌面、亮亮的地面、亮亮的窗子、亮亮的櫃臺，杯子、碟子，也都是亮亮的，連鍋子杓子都是亮亮的！這和臺灣的餐館可完全不一樣。我們冒冒失失，大模大樣地揀個空位坐下來，準備大嚼一頓。拿起菜單，怎麼，全看不懂？價錢又貴，換成臺幣，唉呀！可不得了！照這樣吃下去，到明大的時候，豈非身無分文了？

斟酌再三，揣著荷包，在菜單上按價錢從頭去找，看到了便宜的牛肉漢堡包，指著菜單請教鄰座的美國人，漢堡包是什麼東西？原來是碎肉包子，真是的，明明是包子還要美其名曰「漢堡」。對了，我們中國也有包子叫「狗不理」的，洋人來中國不也會像我們一樣摸不著頭腦嗎？這樣一想，我就泰然了。我到美國以後，受了閒氣，常常採用這種方式來自我安慰。

「漢堡」來了，放進口裡，呸！這哪裡是牛肉，像片牛皮還差不多！我硬吞下去以後，想想這玩意兒還是太貴，又那麼難吃，划不來。突然憶起在國內的時候，不是聽人說喝牛奶吃麵包，比稀飯花生米營養得多嗎？好吧，牛奶土司吧，只要兩毛五，就算是一頓——就這樣我喝著牛奶吃著麵包，一天三餐，幾個日夜，醒著睡著，搭著灰狗巴士，到了目的地。

進了校園，黃葉滿地，飄著微雪的冷空氣中，高高大大、昂首闊步、金髮碧眼的人群，蜂擁而來，把我這初來的東方人擠在一邊，又衝過去了！晚秋葉落的樹枝後面，灰白的薄靄中，聳立著無數的大樓。啊！我從小夢寐以求的留學園地，那徐志摩歌頌的充滿奇花異草的「康橋」似的外國仙境，原來是這樣的。我受到了震撼，目不暇給，手足無措——變化太快了，心理無法適應，晚上做夢，以為自己還在臺灣，還舒舒服服地坐在那賣紅豆湯攤旁的學校裡夢想著開學……

開學了，要上第一堂課了，我起了個早，沒頭蒼蠅似的在那些大樓堆裡上樓下樓，尋來找去。這間是教室，那邊是實驗室……唸一張通知，要看好半天！挨挨拖拖，碰碰闖闖，上課時間都過了，要命！教室還是沒找到。不知過了多久，好不容易在一棟樓的地下室裡找到了那臨時才被指定的教室。踏進去一看，座位上已經擠滿了人，臺上的教師已經把課都講了好一陣。我糊裡糊塗地上了第一堂課。噯！糟了！我這才發現在國內日夜苦讀、死啃死背填在腦裡的那些英文，臨場還是不頂用，只能一知半解，對付不過去。今後怎麼辦？這書怎麼唸？一陣陣的恐懼，冷氣森然地，開始籠罩著我。

在系辦公室門首的看版上，找到我的名字和號碼，然後到繪圖教室裡對號入座——所謂座位，就是一張桌子，和一個高腳凳。剛坐下不久，一個小夥子上來說我坐錯了，那位子是他的。我不服氣，和他理論，鬧到辦公室去，女祕書說我把他的姓當做我的名字了，是我的不對，我得換到另外一個當門當風、人來人往的冷座位上去。我沒想到我的名字 Stone 居然會是別人的姓，可見我是如何地少見多怪了。這種動輒得咎的狼狽情況，剛來時層出不窮，幾乎把我逼成了一個小心翼翼、唯唯諾諾，不敢冒頭的小狸貓了。

走進另一間課堂，又有問題了，原來課程表上排了三個鐘頭的課，老師只講了二十多分就走了，剩下的時間得自己打發，不是到圖書館借書看，就是動腦子去研究。我剛來什麼都不通，想找人問，不行，所有的人都是匆匆忙忙，各顧各的，都像拿到一百分似的，神氣十足，就是沒有人來理睬我。好不容易有人停下來注意我，聽到我的問題，流出鄙夷不屑的眼光來，搖搖頭，板著臉，一聲不響地又走了。我被甩在一邊，東扯不住、西拉不著，什麼都得靠自己去摸索。噯，我不是來留學嗎？不是到處都留著學問儘由我去撿嗎？怎麼都沒看到？

我這才瞭解留學的意義：留學，是留在美國自己學。班上的分數，是按全班人數比例來決定的，以此那些美國同學，在班上把我當做是他們的競爭對手，就是知道答案也不會說。為什麼要說呢？豈不是和自己過不去嗎？——美國社會建立在互相競爭制度上的冷酷現實，我開始嚐到了！

願意回答問題的，倒多是其他系的中國同學，不過我卻是班裡唯一的中國學生。由於學科不同，遠水救不了近火，即使他們願意也幫不了多少忙。

我走不通了，前面盡是白茫茫一片，即是有些紅的、綠的、希望的光，卻遠遠地、似有似無地閃爍跳躍著，無從捉摸。怎麼辦呢？出國前所懷的那些人云亦云的、眾所稱道的、慷慨激昂的、似是而非的留學雄心，剎時都不知飛到哪裡去了！縱觀四周，不熟悉的臉、不熟悉的路，吃的穿的，都不熟悉。美國人在想什麼？要什麼？做什麼？我都不知道。在國內所聽到的、照片上能看到的、自己所懷抱的留學憧憬，和目前的現實大大地不一樣！

為了留學，我是下了工夫的，只不過這些努力的成果，僅是一廂情願，沒有真正上過陣，見過世面。到了美國，上了一兩個禮拜課以後，這才知道過去的如意算盤，到地頭全都行不通，顯得一籌莫展——我的精神幾乎崩潰，我過不去了，怎麼辦？回去？那是見不得人的，想都不要想！留下來？就得另謀出路了，繼續奮鬥——於是決定轉系，從頭再唸。

再唸，是一條漫長的道路，不知要花多少年，有沒有結果，連我自己也不知道。問問系裡早來的中國同學，都在搖頭，都從鼻子裡哼著：「難！難！」，都在捲鋪蓋另謀出路。說得更切實一點，再唸是沒有獎學金可領的，沒有高學位可拿的，我簡直是在自找苦吃！

轉了一個系，成不成功都不知道，為什麼還會去唸呢？我年紀已經不小了，還要從頭唸起，光陰豈不都是浪費掉了？要唸到老嗎？要當職業學生嗎？我以前唸的東西呢？就都不算了？

在明大倒的確遇到過一位中國留法的老學生，他年近半百，唸了一輩子的書，唸什麼我已忘記了。他在法國時已討了一位法國太太，生了小孩。我到他們寓所見到他時，他正在抽褲腰帶爬到床上去教訓他的小孩。那公寓只有一間房，床就佔了一大半。他滿床追打著那可憐的小孩，他的太太卻木然地坐在床的另一邊，由他去亂——我看不下去，就逃了出來。

我當然不要當老學生，不過在這走投無路的時候，我以前逃學、留級、吃零蛋的脾氣又冒出來了。我終於還是轉了系，終於自做自受地摸到連自己都不知道盡頭的孤單路上去了。

正在絞腦汁，計畫著對付學業的時候，現實又來打擊我。剛到明州，去學校報到，繳了一學期的學費後，口袋就空了！怎麼辦呢？我得要去打工了，不然沒有飯吃。

打工？這是犯法的！出國前借來又還回去的兩千四保證金，不就是為了給美國人看我有不做工而能生活的能力嗎？這證明怎麼又不算數了？我不是明擺著在騙美國人嗎？唉！為了留學，為了生活，拚了，犯法就犯法吧！談不到什麼民族尊嚴、什麼個人榮譽了，我決定做「亡命之徒」。

做了「亡命之徒」之後不久，更大的打擊又來了。我受另外同事牽連，被移民局查出，要勒令停工了！那移民官召見我時的嚴峻眼光，不屑的臉色，要我離境的恫嚇，把護照摔回給我的態度……應把我推到太平洋的邊緣去了。哦！完了！什麼都完了！我連美國都不能待了。我絕對不能這樣被人踢回去！我還有臉嗎？我還能做人嗎？我還能見江東父老嗎？……我開始想逃到加拿大去亡命了。

直到今天，當我看到報上登偷渡客被逮的消息時，頓然使我想起那移民官的臉色來，我對偷渡客的同情心就不自覺地油然而生。聽到有些移民來美的中國同學自認高人一等，對偷渡客發出看不起的言詞時，我心裡就會冒出無名的花火。

我徬徨，我害怕，我不安，日子轉來轉去，心情飄搖不定。於是自怨自艾起來，我為什麼要留學？為什麼到這種地方來？怎麼如此不習慣？國家、民族、社會、家庭，怎麼和我都不發生關係了？新的挑戰，新的搖擺，也是排山倒海而來！

所有的這些經歷，是我在國內做夢也不能想像得到的。我到處碰壁，走投無路，自然心裡也就憋得慌，極需找人聊聊天、嘆嘆氣，希望可以得到些同病者的安慰，也要看看他們如何對付這突如其來的新環境——於是我就成了吹牛桌上的常客了。

其他沒有獎學金拿的中國同學，大都情況和我差不多，都在摸索，都在奮鬥，見面就抱怨，就咒天罵地，似乎都有滿腹牢騷，永遠發不完。

每逢週末，沒地方包伙，有些中國同學的宿舍有廚房，大家輪流燒留學生菜，我也去參加吹牛陣容，吐吐悶氣。開飯了，我不想冷清地一個人回宿舍去，就趁勢坐下來厚著臉皮打他們的游擊。打得人家都怕了，不再歡迎我。參加一份不行嗎？光出飯錢不行，還得會炒菜，而我一輩子都沒燒過菜，不夠參加食團的條件——怎麼出國前沒有聽人提起呢？不然學炒幾樣菜就好了，就不這麼吃癟了，我又想。留學是光采的事，怎麼會糟到要炒菜的地步？當然沒人提：為什麼人家會炒菜而我不會呢？我不知道，可能是家裡所實行的那套「君子遠庖廚」吧。

同學們知道我這吃白食的訪問時間，一天故意吃了個早飯，等我去了，有位仁兄就眼睛一瞪，兩手一攤，說：「吃完了！」我沒話說，咽了一口氣，只好敗下陣來……

我失去唯一可以吹牛的地方後，更感到孤獨了。唉！大家都窮，佔人家的小便宜，本是我的不對——自此之後，為了找人聊天，排除寂寞，我開始毫無目的地結交一些外國朋友。

就在這個時候，我遇到了宇佐美寬先生。

轉系

從幼年開始，我就不好動，對什麼運動都沒有興趣，最怕去操場上體育課，以此經常不及格。上了大學後覺得身體不行，要鍛鍊鍛鍊，才打起精神學太極拳，這還是由於早年看多了武俠小說的緣故。

雖然不好動，我的腦子卻並不閒著，我喜歡一個人躺在草地上看藍天，跟著白雲去飄蕩，我也會獨自在下雨天撐把傘，坐在雨地裡看水滴。看到花開，我會出神好半天，對著晚霞，我會耐性地等著它變色——我看到數字就發昏，對著英文單字就想睡……

在上初一的時候，父親的朋友從日本送來了一整套《南畫大成》，厚厚的幾十冊，陳列在書架上。我好奇地打開看，如獲至寶，早晨晚上都不釋手——不想這就決定了我一生的喜好和所學的專業。

我看《南畫大成》看得入迷了，一天突然心血來潮，拿起筆來照畫葫蘆，貼在牆上，自認還不錯，大家也說好，我也就高興了。之後有機會我就塗幾筆，興趣愈來愈高，膽子愈來愈大，剛到臺灣唸初三，花在畫畫上的時間實在太多了，於是留了級。

當年學西畫的顏料，都是舶來品，價錢很高，買不起，我的畫就自然地是用便宜的毛筆畫的中國畫。後來才知道，畫畫是要有老師的，光臨摹《南畫大成》是不夠的。可是請老師要用錢，而畫畫這玩意在父親眼裡不是正途，他是捨不得為我出這筆學費的，所以我的畫可以說是自學的。

就是靠這幾筆毛筆畫，我才進了師範學院藝術系。靠這幾筆筆畫，我又被明大藝術研究所錄取了。

到美國來留學，還在畫中國畫？這怎麼行！想想都不通，說出來可是天大的笑話！唸西畫吧？底子不夠，唸美術史？英文不行。就是唸畢業了，做什麼好？——我不禁猶豫了起來，為我的未來擔心。

有人建議唸建築系，這是門講究美感的工程課，和美術很接近，數學課不多，出路也不錯，叫我還是唸了吧。我那時不知道「建築」到底是什麼，我只知道那是一門設計房子的學問，從照片上看到的房子式樣，以為自己還可以來兩下子。明大規定凡是研究生都可以改唸大學本科，我於是只用了一天時間辦手續，就變成建築系的學生了。

我所謂的出路，不是別的，就是找事謀飯吃的而已，談不到有什麼將來，或值得自誇的地方。轉了系以後，才知道我是唯一從頭唸起的中國學生，大學本科就要五年！再加上不知多少年的研究所，人都會唸老的。可是我又沒有其他的路可走，於是就從山腳起，開始爬這座高不可攀的大山。

繪畫上所講究的美感，是在平面上做文章的，我學的又是田園飄逸的山水文人畫，和建築裡所引用的三度空間的比例感，完全對不上口，所以在開始上課的時候，為了改變觀念，我費了很大的勁，自然成績不會好，經常跌得頭破血流。

一天老師出了個課題，要我們設計汽車旅館，我當時愣住了，我剛來不會開車，也從沒有去住過，汽車旅館是什麼樣子都不知道，設計不出來，怎麼辦？我就去找老師，敘述我的困難，那老師通達人情，另出了一個題目給我做。這時我才知道唸建築是和瞭解美國生活有關係的，因此像我這個初到美國的外國學生，唸起來特別吃力。

就這樣跌跌撞撞，我在建築系待了下去。我的動力來自身後那片汪洋無際的太平洋，沒有退路可走，只得背水而戰，拼命向前衝，最後還是被我闖了過來。

回想起來，我很慶幸我當時的選擇。如果我留在繪畫專業裡，以我的天分，是不會出人頭地的。有些學科不需要天才就可以吃飯。但繪畫、音樂、文學就不一樣了。

餐館跑堂

我沒有錢用了。我窮了，想著身後那片汪洋無際的太平洋，心裡布滿空虛和不安。這種不安，和以往的不同，它是真真實實地鑽進我的骨頭裡面去的，在裡面藏著，緊緊地咬住不放，跟著我一輩子，至今餘悸猶存。

我得賺錢吃飯！不然怎麼過活？還談什麼唸書？

為了找飯吃，到明城後的第三天，我就由史光天世兄帶到市中心的南京中餐館去求職。這家飯店原來是華僑開的，後來轉賣給猶太人，副總經理老焦是臺灣來的中國人。光天兄認識他，就替我介紹，說這裡僱了許多中國人，養活了不少沒錢用的留學生。

老焦看到坐在門首長凳上等的史光天和我，向我打量了一下，見我旅途勞頓、面黃肌瘦的樣子，擔心地問史光天：「這個人身體行不行噢？」「行，行，沒問題。」光天兄向他保證。

在回宿舍的路上，光天兄順便帶我到光怪陸離的美國百貨公司去買跑堂時要穿的黑褲子。我嫌貴不敢買，他就搖著頭說：「不貴沒好貨，不貴沒好貨。」為了需要，我不得不忍痛買了一條，一直用到離開南京餐館為止。

這就開始了三年多的跑堂生涯，暫時解決了初來美國時最嚴重的經濟問題。

為了有助於中餐館的促銷形象，這餐館僱用東方人為侍者，其間中國學生最多，約三十來人，女生佔三分之一，近十人。薪水每小時一塊兩毛五，額外的得靠小費補貼。

來跑堂的人，大部分是學文法的，成分很複雜。各路人馬，進進出出，三山五嶽的好漢都有。在這小小的圈子裡，我見到了許多前所未有的世面。

充滿了期望和美夢，費盡了全副的精力，好不容易出國了，換來的卻是以基本勞力托盤賺錢的生涯，同時還要看臉色求小費，大家心裡的煩悶、怨望、不平，是可想而知了。

為了宣泄苦悶，有人整天做夢說要在紐約市中心造大樓，坐在裡面創大業。有人比較實際，買二手名牌車去兜風，泡不三不四的美國女人……形形色色，不一而足。為了多拿小費，使出渾身解數，推推擠擠，拉拉扯扯，送紅包、拿回扣、偷吃、整人……什麼壞事都做出來了。

我在家的時候，從未做過家事，連倒茶端水都不會，每次拿茶杯，茶水總是會從杯裡潑出來。被母親譏為「宿館先生」，那就是書傻子，不善操作的人。到了南京餐館不久，受工作的逼迫，我的端水本領就突飛猛進了。托盤裡擺滿了幾十個玻璃杯，杯內齊沿裝滿了水，端在肩上，健步如飛，上下樓梯，可滴水不流。

美國的酒，種類繁多，名稱各異，教科書上沒有的。我剛上班，弄不清楚酒名，在酒臺前叫不出我要什麼。那倒酒師父，忙得很，不耐煩聽我吃吃地說不出酒名來，就不理我。我面紅耳赤，焦頭爛額，正急得要命，背後轉過一位面色安詳和善的人來，問清我要什麼以後，替我叫了酒。他還安慰我，教我不要急，慢慢就會的。初來美國，人地生疏，這位先進給我援手，安慰我，熱心地教導我。我非常感激他，至今沒有忘記他。他姓吳，取個英文名字，菲律賓華僑，在酒臺服務多年，以後我們就成了朋友。

每值學校放假或逢週末，我就每天打工，存些錢去交學費。有年除夕，餐館裡的職業侍者都去過節不上班。只有我們這些外國學生窮得不要命，從早晨起一直拚到晚上兩三點。美國人習慣，除夕晚上十二點正，大家就吵吵鬧鬧、大吃大喝、擁抱接吻、放氣球、戴紙帽、花花綠綠、除舊迎新⋯⋯到了深夜兩點多，食客還不走，他們仍是興高采烈，要這要那。我實在太累了，火氣也就特別大，沒好氣地應付著。有一桌的客人對我的態度有些不遜，我就借此發揮，端菜上桌的時候，離桌面還有一尺高，我就放手了——乒的一聲響，把全桌的人嚇了一大跳！——當然我的小費也就泡湯了。

跑多了堂，我練出一雙勢利眼，客人一進門，就知道他會出多少小費，就會拿出不同的服務態度。那帶位子的人如不老實，要貪錢，拿紅包，這就給他一個機會，因為他也有這看人出錢的本領。我向來不會給人紅包，也不屑去幹，於是我的客人都是小氣的，留的小費也不會多。不但是帶位的人，連廚師也要錢，不然上菜特別慢，要我上樓下樓來回地跑著催，累得要死。

以前在家，儘管經過抗戰期間的顛沛流離，內戰時候的分散逃亡，我總是安安穩穩地在父親的保護傘下躲著，沒有吃過任何苦頭，也沒有獨立生活的觀念。留學到美國，進了南京餐館，才知道賺錢吃飯原來是這麼困難、原來是這種滋味！雖然沒人管了，命運全在自己的手裡了，但是我不覺得自由，反而感到沉重，逼得我喘不過氣來。這種無形的、不可名狀的壓迫感，形成我來美生活中揮之不去、如影隨形的心理負擔。

後來畢業，步入社會，在工作或商場上闖蕩，這打工的滋味一直在我心裡流連，不但沒有消滅，反而與時俱增。我的所做所為，都是和留學、打工、移民聯繫起來的。南京餐館的經歷，影響我的一生。

我在學校讀書的成績一向不好，可是我自己卻不承認不行，留學對我來說應該是一種挑戰、一個特殊的機會。如果不曾留學，我是不會轉系的。就是因為如此，我走的路好像是特別的長，特別的曲折，特別的費力。到底我是來美國唸書的呢？是找事來的呢？是移民來的呢？……我至今找不出答案來——或者不必要有答案。

在這不安的情況中，我的內心開始變化，認為世上什麼都不可靠，都會變。只有我自己，和我的願望，才是真正的存在……我想我是獨立了。

我就是在這種惶然不安的心理狀態下，認識喜美子的。

02 戀愛

少年的煩惱

我開始對女孩子敏感是在臺南上中學的時候。暑假回臺北，在燒煤的火車煙裡，搖搖晃晃，得坐七八小時，在這漫長的時間裡，中午要帶便當在車裡吃，才能維持不餓。一次北上，突然眼前一亮，中途某站來了一個女孩，在我的對面坐下了！她長得秀氣襲人，含羞微笑，穿著學生制服，兩眼垂簾地拿本書在看。——原來帶煤味的空氣突然變得新鮮了，而我的神經卻跟著緊張起來，身子開始有點抖，手腳也不知道怎麼放才好了。咳！我是怎麼了？坐都坐不住？……如果不小心，碰到那女生，可不得了！——哦，原來是這女孩，她，太純潔了，太完美了，絕對不能碰！多看幾眼都不行！——在她面前，我自慚形穢，只好正襟危坐，動都不敢動。

漸漸肚子開始覺得餓，到時間了，我得拿出今早出門前準備的便當來吃，這念頭剛起來，卻立刻被另外一個念頭壓了下去了，如果我在這女生前面吃東西，張牙咧嘴的，那不是太難看了？她一定不喜歡的——就這樣我眼觀鼻，鼻觀心，硬板板地坐著，一直到了臺北，飯也沒敢吃，連那女孩在什麼地方下車都不知道！

這種見到女生就發抖，自慚形穢的感覺，在我心裡停留了許多年。

唸大學期間，課餘我全心全力唸英文，想出國，同時在女孩面前自慚形穢的感覺也還沒有消失，以此沒有接觸她們的時間和膽量。

而我家的大門，每晚九點多就被父親下令上鎖了，他說年輕人夜裡往外面跑，一定不會幹好事，尤其是交女朋友，那必然會使人迷戀喪志，耽誤正事，是絕對不允許的——他早就立下了這條家規，約束他的子女們。

在新大陸上受到新文化的衝擊，所有中國同學的價值觀在不同程度上都發生了在國內所不能想像的變化。大家對交友、婚姻、家庭生活的期望，都已改變了。

在國內的女生，看到我們總是羞羞答答，若即若離地，像小鳥一樣，一有人注意，她就飛掉了。可是在美國，女生們為現實所迫，她們的態度就大變特變了。她們見到男生，立即發出審訊的眼光來，像立體照相機般一覽無遺地，從穿著打扮、專修學科、收入多少、有沒有車……令人不寒而慄地全部看了一遍。如果有人對某位小姐發生興趣，她就拿班作勢、做張做致，考驗這位男生。要他當跟班、司機，幫忙搬家、陪著上教堂、在門口等待……任務繁多，層出不窮。又如果這位女生長得還不錯，那她就會門庭若市，更能恣意所為了。因此我們這些剛來美國的小伙子們都不敢問津。只有來得稍早，經濟條件比較好的男生才有信心去找她們。

儘管窮得要命，被人家瞧不起，可是我對明城的中國女孩還是自然地抱著希冀，持有濃厚的興趣。如果那位女生有些什麼風吹草動，我的耳朵就豎得很高，撐得很尖，因此贏得了一個外號叫「包打聽」，這名詞本身含有揶揄的意思，然而我卻引以為豪，自鳴得意。

在南京餐館跑堂的中國女學生們多半是唸英國文學的，跟我一樣沒有獎學金可領，為了收入就成了我的同事，可是在這些女同事們心裡，她們是看不起我們這些同行的。在我們這些跑堂的男同事中間，如果有人膽敢請某位女同事去喝咖啡，一定會吃閉門羹！如果有人大膽在千分之一的機會中約會成功了，我們就妒忌地、酸酸地給他一個外號：「某某瘟公」。

可是在那些餐館外有獎學金領的男學生們之間，如果有人來約這些女同事，那就百分之九十九會成功的，於是我們也就妒忌地、酸酸地給他一個外號：「聞香隊員」。進而泛稱所有拿獎學金而又泡妞成功的男同學們為「聞香隊」。

聞香隊員又多半是唸工程的，不然很難領到獎學金。他們在國內的教科書就全是英文翻版，到了美國以後就輕車熟路地得到學位，之後找到工作更是不成問題了。這和我們跑堂同事們的遭遇大不相同，於是就成了大家妒忌的對象。

身為聞香隊員必需要有一些裝備才能行動。車子是不能少的，其次是能謀職的學位。如果有了這些配備，不管他長得怎麼難看，動作怎麼猥瑣、情感上懂不懂愛，他們找對象都有成功的希望。

年輕的我，曾有過許多羅曼蒂克的幻想，也曾編織過許多美麗的夢。這幻想與美夢又因來美後所受的遭遇，逐漸破滅了。代之而起的是失望、偏見和對現實的不滿。然而在我的心目中，我的幻想仍存有一絲火花，沒有完全被淹滅。

而這火花又在適當的機會孕育下，雄雄地燃燒了起來。

那些初來時為適應學業、工作而出現的許多思想上的紊亂、情緒上的不定、文化上的震撼，經過一年多時間的磨煉，已漸與時俱消了。

＊

在明大轉系後功課很重，又在餐館跑堂，生活很忙碌。週末忙完了回來，呆坐在那轉身都不方便的斗室裡，登時陷入寂寞煩悶，無聊起來，不知做什麼好。繼續努力唸書？提不起勁來。人家美國人，沒事就嘻嘻哈哈、熱熱鬧鬧，開車的開車，派對的派對，約會的約會，都出去了，整棟房子驟然安靜下來。冷冷清清的，只剩下我一個人在裡面，看著四面熟悉的牆壁，心情卻被那窗外街上逐漸遠去的人聲，和落在後面稀稀落落的汽車喇叭聲所引誘著……我坐立不安起來了。不行，我也得出門找人去。

找什麼人呢？老張？今天早上還在學校見過他。老董？他在忙。老李老趙？見得太多，人家也煩了，沒東西談。到人家宿舍去吹牛？我已被踢出來了，不好意思再去。女的？哼！不是拿架子，就會碰鼻子——去見喜美子吧，她一直都是高高興興、痛痛快快的，見到她，心情也會好很多。

哦！我一向看到女生不是都害羞的嗎？靠近了還會發抖，怎麼見到她就不舊病復發了呢？她不是和我一樣，到美國來留學嗎？為什麼她就無憂無慮了呢？她的英文也不怎麼流利，為什麼她的房東會和她這麼談得來呢？

她知道我在跑堂，可是從來沒有問過收入多少。她知道我唸什麼，但是不知道成績。她知道我沒錢，因此從來不上餐館吃飯。她認識許多人，不過從來不做比較。和她談天，很自然，她說什麼，我也是這樣想。我說什麼，她也同意，從不辯論，從不爭吵。和她在一起，我不自覺地感到輕鬆、愉快，我的煩惱登時被一掃而空。

到了國外，家裡的那些條條框框、理直氣壯的衛道精神，在客觀的新環境中，就有點不切實際，有點空虛，有點靠不住。面對美國的現實，它沒有給我啟示，沒有告訴我應該怎樣，卻僅是給我限制，說不准這樣、不能那樣。以此之故，它在我的心目中就顯得很刻板，它開始崩潰了，我管不了那麼多了。去見喜美子，我只感到新鮮、好奇。她那溫暖、和睦、樂天的氣質，一直在吹撫著我。而我卻胸無城府，沒有任何既定觀念——以後的發展，完全是自然而然的，就是我自己也不知道將來會有什麼樣的結果——是不是中國人也就無所謂了。

什麼？日本人也無所謂？我過去不是反日嗎？我全家都是反日的，我去看她，家裡的人知道了，必會反對，我不禁猶豫起來……雖然這猶豫是我自己找來的。

如果不找喜美子，找什麼人呢？美國人？前回系裡作業比賽，我的成績還不錯，就有個美國女生望著我笑……可能是自做多情吧？不過文化的差別確是太大了，我去找人家，不知道她在想什麼，這怎麼成。我的英文又不見得順，去找她一定會緊張得發抖。咳，這不行。想來想去，只有去找喜美子。她是東方人，又談得來，見到她一定會覺得舒泰些。

自此我每天一有空就去找她了，不去不行，如此就成了習慣。

喜美子就沒有這些包袱了。她的性格開朗，朋友很多，也喜歡聊天，每次撥電話去，總是有人在佔線，直到夜深。這情形給我帶來很大的不便，因為我住的宿舍沒有私人電話，晚上十點以後房東就不准用電話了。就是在十點以前，要打電話也得上樓下樓來回爬樓梯。而她的電話又忙，接通一次要費很大的功夫。有天我要去看她，她說沒空，我大發脾氣，說我那麼忙，又好不容易打通了電話，如果她再不見我，那可不行！她聽了就改變主意，說要出來和我在半途會面。自此之後，她就沒有再拒絕過我了。

房東納爾遜太太

每次去看她，應門的必定是納爾遜太太，這太太是位慈祥善良的人，五十多歲，納爾遜先生以前是農人，退休後夫婦倆就以出租房子為業，他們把房客當做家人一樣，噓寒問暖，非常和睦，和大城市裡的房東不同。

納爾遜太太喜歡拍照，為此她還到明大修課。在校園裡，她背個包兒，像女學生一樣。知道我以前是學美術的，特別高興，把我當做她朋友看待，看見我馬上把她的作品陳列出來，然後拖著我興高采烈地討論。

時間一長，我和納爾遜全家就都熟了。每逢過年過節、生日喜慶，喜美子就給他們賀卡、禮品。一天納爾遜先生為我理髮，正好他的兒子進來，他就藉此數落那兒子沒有給他的生日表示慶賀，還不及外國來的房客。在喜美子和我還沒深交的時候，納爾遜太太的小孫女竟對喜美子天真地喊著問：「你為什麼不把那林先生當作你的男朋友？」

我為人比較拘謹，如果沒有喜美子那樂天活潑的個性，納爾遜太太的態度，就不會那麼奔放自然，這點我是知道的，這也是我喜歡去見喜美子的緣故。

明州有許多湖，又稱千湖州，每至夏天，氣溫有時達華氏九十多度，加以潮濕，很不好過。人們常到湖邊避暑，納爾遜家有所別墅在湖旁，他們就常邀喜美子和我一起去玩，又把當地務農的北歐移民介紹給我們，邀我們去參加他們的野餐會。在這裡我才真實地體會到美國民風的淳樸、友善。那裡很少看到東方面孔，以此他們就把我們當寶貝一樣看待。

納爾遜太太把我們視為親人，提供了我許多見喜美子的機會，而且氣氛自然愉快，非常難得，因此我仍常常懷念她，感謝她。在我初到美國的年月裡，要我自己去安排這樣的見面場合，幾是不可能的事。

花前月下

明州地處寒帶，冰天雪地，四季分明，全年只有四五個月地上不結冰。從我的住處走去見喜美子，要過十條街，就這樣不分寒暑，風雨無阻，每天來回地走了一年多。我的毅力，打動了喜美子的心，也感動了納爾遜太太。不過以我當時的心情來說，走這路是很自然的，一點也不覺得遠，也不覺得冷，也不覺得熱。

我曾買了雙在雪地裡用的皮靴，為了省錢，希望可以穿久些，請鞋匠在後跟釘上鐵釘，不意那鐵釘在冰上就很容易打滑。一天自喜美子住處回家途中，滑了一跤，摔得滿眼金星，扭壞了腳踝，坐在地上好久爬不起來。第二天拄著拐杖，跛著腳去見她。她在吃驚之餘，深受感動。

我沒有車，喜美子不在乎。有機會我們就散步。在明大校園中，密西西比河邊，都有我們的足跡。花前月下，早春晚秋，都留下了我們美好的回憶。

明大位於密西西比河邊，有條橋跨河而過。那時兩邊的欄杆不太高，在積雪滑溜的狹窄人行道行走，旁邊是飛嘯而過的汽車，另一邊則是數丈深的河水。朔風吹來，加上卡車的震動，擔驚受怕，在所不免。我們相依相偎，攜手安然而過。當時卻沒有想到，這樣的人生旅程，我們一起竟然不知不覺地走了近四十年！時間真是過得太快了。

我們時常在晚飯後散步，欣賞那河邊的落日，天際的晚霞。看那倦鳥歸林，車後拖煙，體味那夏日的濃蔭，冬夜的積雪。喜美子曾指向那剛升起的明月說：「那月亮好像特別大、特別亮。」多年後如逢月明之夜，當我向她重複這句話時，她總是微笑著，出神地回憶這段美麗的往事。

每次去找她，進門後就在納爾遜太太的客廳裡等，樓上總是先傳下一陣朗朗的笑聲，然後她才跳著腳下來，擁來一團喜氣，房間裡登時熱鬧起來了。她給我的印象什麼都是圓圓的：圓圓的臉，圓圓的鼻子，圓圓的手，圓圓的腳。表情達意都很直接，從來不做扭捏的動作。她也不怎麼注意打扮，眉毛永遠畫不齊。有些衣服很寬大，套在身上令人發笑。

她喜歡甜食，常常提一包丹麥糕點回家，牙齒早已吃壞了，她也不在乎，還是照樣吃。吃的姿勢很天真，好像在吃老祖母給她的甜麵包一樣。

她有一輛老牛破車，機器不久就壞了，停在納爾遜家旁邊——她不喜歡開車，駕車時都心不在焉，一次開車來接我，問我為什麼不上車，我說車子還沒停，怎麼上得了？她看了看地上就大笑起來——如逢下雨或刮風，這報廢的車倒給我們提供了方便的相聚場所。那車窗外積雪成堆，和車內哈氣成霧的情景，至今歷歷在目。

喜美子來美前，在日本國會服務多年，當紅露女議員的祕書，熟悉日本政界情形。她是由亞州基金會資助往美國國會學習一年，到期後本來是要馬上回去的，不過她想多學一些，青年時代又在中國東北哈爾濱住過，要回味一下北國的風光，也因為多要些時間來考慮回國後的去留問題，因此選到明大政治系來唸書。

就因為她以前住過東北，對中國人有親切感，所以願意見我。我每天去看她，她也養成了習慣，時候到了就會倚窗盼望。她又說我跑了那麼遠的路去看她，見了面後卻沒話可說，只發表了一陣有關中國的演說，回頭又走了。而且衣服也不會穿，洗得又不乾淨，有點怪味還不說，又常常飄出箱底樟腦的氣味來——我的誠心，我的渾然天真，她覺得很可愛。

一年多的時間就在這溫馨充實的氣氛中恍然不知地過去了。

這就是戀愛嗎？我當時茫然不知其所以然。如果是，怎麼沒有眼淚，沒有驚心動魄的事蹟呢？……不管怎麼樣，有一點我卻是清楚的，如果沒有看到喜美子，我就會心有所失、不知所措、無所適從了。

生病

我沒有生過大病，如果有，是在有記憶之前，聽父母親說，我一歲的時候曾經發過高燒，幾乎要死了，又奇蹟似地恢復過來。懂事以後，身體並不健壯，也生過好幾次病，只是這些都不是大病，印象不深刻，也不記得有什麼人曾為我生病而流過淚。每次看醫生，都是父親陪我去的。在臺灣時，他常到住家附近的大安藥房去買藥。那時父親六十多歲了，他的形象那藥房女老闆還記得。多年後回臺灣，女老闆不認識我了，提及父親，她就登時大悟地以臺語說：「哦，你就是那老先生的公子呵！」

每天要上課、唸書，間或跑堂，還要去見喜美子。一年下來，功課受了影響。我那時雖然年輕，身體還是吃不消了，於是生了病，而且還病得不輕。

明大設有一個外國學生顧問機構，專管外國學生事務。平常沒事，我們很少到那裡去和那些顧問們聯繫，他們也不來打攪我們。一天外國學生顧問來通知要召見我，把我唬了一跳，隱隱地覺得有什麼不妙。但不知道要和我談什麼？問問同學們，他們也都猜不出是什麼原因。於是七上八下、提心吊膽地跑到辦公室去，見面後那女顧問把我的成績單拿給我看，說我的成績太糟了，得要加把力，不然過不了關，要趕我回國去了！

這是什麼意思？這不是很清楚嗎？我已經淪落到「留校察看」的地步了！

唉唉，怎麼搞的？我到這裡唸書，一點也不清淨。怎麼有這麼多的人來管我，找出這樣那樣的理由來嚇唬我，說要趕我走路！別人來美國怎麼都沒有混得這麼糟？這些事唯獨發生在我的頭上，我的所做所為，顯然有什麼不對，得好好地反省反省！

然而反省沒有用，明擺著沒有專心一志唸書，成績自然是不行了。我從外國學生顧問那裡聽了訓以後，心裡似乎清醒了一些，也似乎知道要用功唸書了。但還是不能不打工，不能不吹牛。喜美子那裡，仍是每天要去的——外國學生顧問的警告，對年輕固執的我，沒有產生作用。連父親的遺訓，也被我拋到九霄雲外去了。

獨自躺在宿舍的床上，只覺得天旋地轉，四肢無力。屋外的人聲、汽車聲、吵雜聲，依舊很熱鬧。陽光自窗外透進來，從牆上移到地毯上，一明一暗地，依稀掩映著冬日的樹枝。無力的目光在室內僅有的書桌、木椅、衣櫥上轉來轉去，轉來轉去——我突然感到孤獨了。

一下飛機，馬不停蹄地趕到明城來。之後註冊上課、打工跑堂、忙忙碌碌。出國前父親去世時給我家中遺下的空虛與失落，一直沒有機會靜下來體會、思考、彌補。

同時又想，如果這病拖下去，不能上課、不能打工、不能買東西吃……躺在這裡，沒人理會，那可怎麼辦？隔壁美國學生？房東？他們是不會理我的。可不是嗎？這幾天他們在我的房間門口來來去去，沒見有人進來向我問好，我就是不見了他們可能也不知道。其他中國同學？他們都在拚命，那有時間來看我？這麼一天、兩天，甚至一個月都起不來，會有什麼樣的後果呢？就這樣躺著不動嗎？——我真的開始擔憂了，不知道怎麼辦才好。

這些困擾，這些無奈，漸漸地浮現出來。我感到無依，像掉在海裡、飄在浪頭，靠不到邊、攏不到岸——涼涼的、空空的——恐懼和不安，伴著肚裡的飢餓，逐漸擴大，充塞著四周。

想著想著，突然有人在敲門！宿舍的房東太太說有人來看我。

喜美子滿面關懷，拎著包吃的衝了進來，看到我躺在這裡不能動，眼淚馬上就流了下來。我受到了震撼！喜美子的臉容，登時擴大起來，化為一團祥雲，普照著我。我的空虛，為她的憐惜所取代；我的孤獨，也為她的出現而消失。剛才糾纏著我的那些徬徨和無奈，也都煙消雲散了。

她問這問那、忙進忙出、端飯倒水……我感到前所未有的親切，前所未有的溫暖，這感覺和在家時不一樣，和以前生病受人探視更不同。——喜美子在我心裡的地位，自此無法取代了。

03 結婚

父母之間

幼年懵懂貪睡，卻常被父母親的吵架聲所驚醒。那高亢的聲音此起彼伏，一聲比一聲緊湊，一聲比一聲有力，震撼著屋子。一陣陣地壓縮著空氣，抽緊了我的心臟。我想逃，屋外也是黑暗一片，無處可去，退到床腳捲著身子把被子死蒙著頭也擋不住那可怕的震動。這種凜冽的空氣，瀰漫在我的家裡。直到父親去世，直到我離家出國……我是在一個父母間沒有感情的家庭裡長大的。

父親來自務農家庭，勤儉持家，自發立業。以詩書耕讀為娛樂，以天下國家為己任，是一個標準的中國舊式士大夫。沒事就拿本《孔子家語》來唸給我們聽，我們聽得都厭了，顯得不耐煩，他就義正詞嚴地訓斥我們。不僅如此，他有天指著架上列著的線裝書對我說：「這些書都是寶貝，都是大道理，你們要好好保藏，要一代一代傳下去！」我那時年輕，不能體會他說話的深意，不經意地回答說：「那些破書，我才不要呢！」如今我也老了，比較可以瞭解他的心情了，才知道我那種忤逆的回答，當時他聽了的確是非常傷心的。

和其他農家子弟一樣，他十七歲就結了婚，子女早已成群。上大學的時候，還帶了兒子一道去北京唸書。後來中年喪偶，娶母親的時候，已近五旬。當時他已功成業就，在社會上已經算是頭面人物了。

母親出自經商世家，是民初受新教育的女子，不講究三從四德。婚前打扮入時，嫁給父親以後，才改了裝。她最喜歡的娛樂，莫過於到上海去逛永安或先施公司了。我們又時常聽她敘及這些令人興奮的往事，也為之雀躍不已。

過門的時候，她原意是想當貴太太的。不意父親前妻的子女，已經形成聯合陣線來和她做對了。在這種尷尬的場合中，父親就無能為力了，他左右為難，搬出《孔子家語》也沒有用。但是在父親的內心中，他還是對前妻的子女抱著歉意的。因此有意無意地常偏袒他們，可是母親卻不願接受這些，於是我家就變成紛亂無端的戰場了。

不僅如此，父母親又因人生觀不同，彼此之間沒有共通的語言，無法交談。父親臨終病重住院，母親一句安慰話也沒有。直到父親去世，我不記得她曾去醫院探望過。他們之間沒有離婚，是為了我們子女？或是中國傳統道德的約束？我就不知道了。

以此，我嫌棄為門當戶對而結婚，為學位、為收入而結婚，為任何社會條件而結婚。我感到和喜美子結婚的是「我」，不是我的家庭，我的社會關係，我的精神包袱，我的錢袋。我是在和「喜美子」結婚，不是在討日本人，她的家庭，她的社會關係，也和我無關。

結婚

喜美子就要回國去了，她未來的上司市川房枝議員來信催她早些動身。

她是受亞洲基金會資助來學習的，按移民局規定，離開兩年後才能再回美國來。

病後不久她就告訴我這個消息，我只管發呆，無所適從，腦子裡空空如也，一句話也說不出來。

「我們可以先辦結婚手續，其他待兩年後回來再說。」她繼續鎮定地說。

什麼？她決定要嫁我了！好！好！好！我的腦袋開始有點發昏，手有點發抖，不知怎麼辦才好。我還在跑堂，畢業也遙遙無期，心理上根本沒有安家的打算，也沒有養家的能力，連車子都沒有！咳，這不是兩手空空、身無長物、自顧不暇嗎？不要奢談結婚了。

她安靜地解釋著說她已經仔細考慮過，以前是為了爭取女權才從政的。如今對周旋於日本國會內那些政客間勾心鬥角的生活已甚感厭倦，結婚是她想要的歸宿。

我沒有去過日本，並不瞭解她的感受。當天我想了一晚，只是在想我自己。

我怎麼沒有考慮這些事情呢？過去一年多，我每天去看她，到底是要幹什麼？光是為找她而去找她嗎？現在她要走了，我什麼都不管，就這樣算了嗎？我算是什麼人了！——不過要是去結婚，我又沒有準備——總得畢業後找到事了才行吧，不然要喝西北風，那成什麼話！

我跑到美國是來留學的，怎麼這麼快就要結起婚來了？婚後怎麼辦？家裡人怎麼想？上次母親的信中不是清楚地在反對嗎？如果不聽父母之言，不是大不孝嗎？討個外國人還不說，又是可惡的日本人！朋友們怎麼想？對了，那天不是有人玩笑似地在說我要生個小孩叫太郎嗎？或著更難聽點，可能會被罵為雜種也不一定。我自己又還沒畢業，功不成業不就，結婚是不是會把「正事」給耽誤了？婚後的家庭關係怎麼辦？不知道，將來的社會圈子在哪裡？不知道，什麼都不知道，就要去結婚？豈不是把人生當兒戲？——唉，管不了那麼多了，不然喜美子走了，就什麼都沒有了。

當年的臺灣風氣很保守，家裡也不准交女朋友，所以我對女孩們的性格、喜好並不清楚。到美國來遇到喜美子，前後一年多，每天見面，她的笑聲、溫暖、滑稽，在在使我愉快和平靜，我們似乎已經分不開了。可是在心理上，我還沒有進入結婚的狀況，不知道結婚到底是怎麼回事。是愛的需要嗎？是愛的歸宿嗎？是什麼呢？結婚是要住在一起才行，要上教堂行禮才算的。要張府李府闔堂聯姻才對，總之要大家公認才是的。那麼不住在一起、不上教堂、不請客吃飯又算是什麼呢？

如果不結婚呢？也不行，結婚只是遲早的事。

還是先結婚後成家吧，兩年以後的事再慢慢地想辦法。噢，這個問題太複雜了，令我無所適從，我得找人談談。對了，讓我獨自去見見京極夫人，請教請教她，她是喜美子的好朋友，八十多歲了，是佛教界的人士，是長輩，辦過報，她一定有好意見——我得安靜地想想，不要喜美子來打擾我。

京極夫人極力贊成我們的婚事。

父母之命

在大陸的時候，父親那一輩的人被認為是舊知識份子，是革命的對象。到了臺灣，他們是屬於少數的外來者，是正統中國文化的繼承者。他們所持有的舊道德、陳思想、老習慣，還沒有來得及被後來的美國文化所衝擊，還沒有到被揚棄的時候，就暫時被保留了下來——所以我家所持的家風，可以說是中國最「固有」的了。

「結婚是人生大事，非同兒戲，得門當戶對，更得要學業有成。娶進來的妻子必須孝順父母，妯娌和睦……交女朋友的事還是要聽長輩們的意見，他們的人生經驗很多，看得很遠。」父親常對我這樣說。

父親朋友的兒子從美國經臺灣到香港去，到我家來看望父親。他在美國住久了，態度確實和我們大不一樣。臺灣天氣潮濕，我家客廳裡擺的是藤椅，可是這位美國回來的少爺，坐在椅上的姿勢和坐在美國的沙發上一樣。父親看了很不順眼，待他走後就對我們說：「你們如果留了學，回來目無尊長，坐相和他一樣，那留學有什麼用？學問是為了做人，有了學問而不會做人，書就等於白唸！」

父親的一席話，使我瞭解「目無尊長」的嚴重性。他是極端反日的，如果他仍在世，我絕不敢拂他的意，和日本女子結婚——當然這只是我的猜測，我把這猜測告訴喜美子，她卻盛讚父親的頑固執著、堅持原則的個性。

我有一位表兄，書唸得很好，父親很看重他，在四川住在我家時，每天給他一個雞蛋吃，在抗戰的後方，給他這種待遇，是很不容易的。他的母親在家鄉給他訂了個太太，訂禮都收了，準備迎親了。但這位表兄卻不顧他母親的反對，和他在大學同校的愛人結婚。父親知道了，大發雷霆，認為他大逆不孝，從此不准他上門！不僅父親和他劃清界限，他也受到其他所有親戚的杯葛，都稱他「不是人」！

「不是人」在固有道德的規範裡，等於是被判處死刑，被趕到所有社會關係之外。事實上這位表兄學問很好，著作等身，在親戚中算是出類拔萃的了。只是親戚們都不再提到他，他也不再來看我們，似乎是銷聲匿跡了。

多年後我買了一本這位表兄的著作，前頁註明他把那本書獻給他親愛的母親。原來如此！我想，人的情感是和「做人」不相干的。

母親是經媒人介紹才嫁給我父親作續弦的。婚前只見過兩三次面，對婚姻有強烈的門第觀念。她常常用一句口頭禪：「我嫁給林家以後就如何如何……」父親的思想、性格，她在婚前並不知道，她要嫁的似乎只是「林家」了。在她那一代的婚姻，這種情形可能很普遍。

外祖父在日本留學時曾討了一個日本姨太太，加以中日戰爭那段苦難歲月，故母親婚前在她自己的家庭內，和婚後戰時的家庭外，都直接受了日本人的欺凌，她反對她的兒子和日本女子結婚是自然的事。

母親青年未婚時曾去找她在神戶做領事的外祖父，適逢日本昭和皇太子結婚。她不止一次地在我們面前稱道那婚禮的隆重體面，使她欣慕不已。要是她知道她的兒子結婚，居然不請所有的親朋好友吃飯，就連請帖都發不出。這種丟臉的事情，使她無法在人們面前說道，就不知會如何地傷心了。我目下的倒霉情況，不讓她知道，說不定還好過些。

不過我現在要結婚了，這婚姻大事我必須讓她曉得。早先我曾把我和喜美子來往的事和她談過，她曾痛述和日本女子結婚的惡劣後果。因為我已經知道她的想法，並且她也不瞭解我在美國的實際需要。再者在我的潛意識裡，我想：「現在輪到我要結婚了，我可不能再走她的有面子卻不幸福的路子了。」所以當時我只寫了封信而沒有再想徵求她的同意了。

喜美子的母親美枝是日本老式穿和服的婦女，負起教育子女的全部責任，教導他們建立人生觀，影響他們的人格。喜美子成年後的所作所為，她都很滿意、放心，以此喜美子在美國要嫁給中國人，她誠摯地表示完全信任喜美子自己的決定。由此可見日本人的婚姻觀念，沒有包袱，是如何地自由了。

所謂包袱，我想是中國人的家庭人倫觀念、父母養老需要、社會門閥關係、生兒育女責任等等……

婚禮

如何結婚，我是不清楚的。看看別人吧，發請帖、披紗衣、上教堂、請客吃飯、送禮、鬧洞房……手續繁多，要找個職業顧問才能辦得妥善。唉，玩意兒太多了，我怎麼吃得消？——如果在家裡，全體動員，還要花大筆的錢，才能辦得周全。現在我光是一個人，又沒有錢，要去滿足那些規矩，那裡有可能？何況，那些大家跟著起鬨抄來的禮節，我覺得都是做來給別人看的，和自己似乎沒有什麼切身關係，可以省就省掉吧，沒有仿效的必要。

美國文化的主體是從西歐來的，有深厚的宗教傳統，所有的喜慶禮節都源自宗教，有它特殊的意義。可是西方宗教在中國並不盛行，許多留學生，包括我在內，沒有宗教素養，對宗教禮節的含意並不瞭解。為了使自己盡快地認同美國社會，在新大陸的中國同學們，不經選擇地採用了許多當地的習慣。不管他們有沒有宗教信仰，結婚典禮總是在教堂裡舉行的，而且程序也和美國人差不多。

以前在中國，結婚就是祭告天地、祖宗、父母，放些鞭炮，大吃一頓，就完了。不過這一套在美國行不通，為了有個共同的準則來遵循，大家都在抄襲美國現成的習俗。只是我個人對這些禮節不熟，條件也不夠，初來美國，心裡發生新舊間的交戰，是是非非還拿不準，對違背傳統的舉動仍存有自咎和不安，不願放膽地完全接受美國的一切，就挑三揀四地岔向自己問問題。舉例說，當眾在婚禮中拆禮物包，我就不同意，如果我在飯館跑堂的時候，客人還沒走，立即當面大聲公開他的小費數目，這豈不是想侮辱他？

再來就是中國沒有的「蜜月」，為什麼要遠遠地跑到山明水秀的地方才夠羅曼蒂克呢？大概是距離可以增加神祕感吧？一點不錯，羅曼蒂克和神祕似乎有許多相近之處。不過要接近神祕，那就得付出代價，在那求學時代，就是有獎學金，也還達不到能出外遠遊的地步。

為了想盡快地學英語，我住的宿舍內沒有其他中國學生，同學們都不知道我和喜美子的來往。結婚當天早上去找龔鐘兄，我常常去向他請教功課，彼此很熟，請他來參加我的婚禮，最好不過。

看到他正忙著看東西，「嗳，老龔，你今天下午有沒有空？」我試探著問，「沒有，沒有。」他頭也不抬，一口回絕了。「你無論如何要來一趟，」我幾乎在求他了，「幹什麼？」他提高了聲音，叫我不要無理取鬧。

「我要結婚了！」我接著說，他抬起頭來，眼睛瞪得大大地，驚訝得幾乎從座椅上掉了下來！過了一會，定了定神，才說：「好，好，我一定來。」

朋友們都在這樣毫無準備、匆促的情況下，應邀而來的。

一九六三年九月四日下午，陰陰的天，似乎要下雪。我們搭乘公共汽車，到明州聖保羅市政府公證結婚。觀禮者有房東納爾遜夫婦、京極夫人和陪她的女兒，以及幾位相熟的中國男同學。法官臨時說我們要有一位公證人，我這才請站在身後，看著我笑的張威先生擔任。當時喜美子穿著和服，我則打了領帶，事先我也購置了一對戒指，這就算是我們所有的結婚裝備了。

在去公證途中，喜美子的精神特別興奮。我卻在想，我們這就去結婚嗎？那不是人生第一大事嗎？怎麼事到臨頭，就這麼輕易地對付過去了？太不夠鄭重了吧？怎麼才算鄭重呢？——我是沒有答案的。

婚後搭納爾遜的便車，回到他們的客廳裡，納爾遜先生問：「你們今天晚上住那兒？」「我回我的宿舍去。」我不經意地回答說。納爾遜先生發出不可置信的眼光。可不是！新婚燕爾的當天晚上，那有各自回宿去的道理？租間旅館還差不多！

納爾遜先生的問話，和我的沒有準備，顯示我結婚時的心境，是如何地倉促了。本來也是的，我的結婚，是為了喜美子要回國去才臨時決定的。後來的發展，當時也一無所知——如果我沒有留學，自然是不會遇到喜美子的。又如果我不去跑堂，當時的心情可能就不一樣，我的結婚對象，也可能不會是外國人。反過來說，如果喜美子不是在我身無分文、學業未成的時候嫁給我，我對她的感念，也不會如此的深刻——我的一生，就像被安置在一條船上，隨波逐流，任憑命運替我去安排。回想起來，事實的演變，的確也是如此。

蜜月

喜美子的朋友金子教授全家，要出外旅行一週，知道我們的窘況後，臨行告訴我們可以在他們外出時借用他們的公寓。這種好意正如雪中送炭，我們對之是只有感謝而無法拒絕的。

這公寓就成了我們的洞房，從此開始了我們的蜜月。

搬進去第二天，喜美子起了個早，在廚房裡乒呤乓啷折騰了半天，然後叫我用餐。是美式的豬排，九點多了，肚子餓得慌，坐下來準備大嚼。吃了第一口，天哪！不得了！我這輩子就註定要吃這樣難吃的東西嗎？喜美子看到了我的臉色，滿面歉意地不知如何是好。

我從來沒有燒過飯，做夢也沒有想到結婚以後反而要下廚。憑著兒時看家人煮菜的記憶，炒出些什麼味道我也沒把握，就如此，我開始教喜美子炒中國菜，可見當時的情形是如何的狼狽了。後來她居然能做出不中不日的菜，也算是很難得的了。

她學會我教的菜後，非常高興，後來大膽地邀了幾位我的中國同學來用餐，他們不好意思說糟，只是說這日本菜很不錯。更妙的是，日後我們請喜美子的日本朋友來家吃便飯，他們卻異口同聲地稱讚喜美子炒的中國菜好吃。

每天從學校回來，喜美子就笑臉相迎，談談說說，無形中掃除了我心中的不快。我覺得有人可以商量、有人可以置信、有人可以訴苦、有人給我安慰——我有伴了！我有家了！這種踏實的感覺，是我以前沒有的。我的脾氣，因而也沒有以前那麼的毛躁了。

在那小公寓裡，我們度過平靜安寧的七天。我告別了吹牛桌上嘆苦的朋友，離開了單身隊裡作息不定的習慣。同時也初體會到一齊拎著大包小包，在買菜途中的雪地上，共同掙扎著走回住處的新婚生活。

送行

喜美子的處世經歷比我豐富得多，臨事非常鎮定，胸懷也頗宏大，拿得起放得下，不做斤斤計較的小動作。於我後來的計劃或決定，無形中產生了一定的影響。她一向生活在日本，結交廣闊，事業順利，從來沒有做過移民美國的打算（她一直到退休發病以後，基於醫藥保險的考慮，方才歸化為公民）。突然放棄一切，嫁給一個學業未成的外國學生，她如果沒有特殊的人生觀，沒有勇氣和決斷，定然不足使她做出這樣的選擇來——僅僅靠我的誠心、毅力，是不夠的。

她在鑒人的能力上，有獨到之處，大部分靠直覺，多半奇準。我就沒有她那樣的本領。我在學校的成績，向來都不算好，我自己從來不知道是什麼原因，只怪自己天分不夠。我並不是不用功，而是注意力不夠集中，整天做白日夢。花了許多時間，卻所得無幾，趕不上考試的時間表。我的長處和短處，和試題似乎也從來沒有發生過什麼關係。這特點，喜美子慧心地早就看到了。當時也不說穿，只是在我面臨疑難問題時、情緒急躁時，給我一些意外的、中肯的建議。我也曾有過許多雄心壯志，那卻是後來的事，和學校無關。

在一個金風蕭瑟的傍晚，納爾遜太太開車送我們到火車站，喜美子滿面淚痕地向我揮別，搭上去華盛頓的火車。她說要先去那裡找幾位以前實習時認識的朋友商量商量，然後再回日本去。

基於我對她判斷力的信任，她要到華盛頓去請教朋友，一定有她的見地，我當然極力贊成。

納爾遜太太看到我們那樣難捨難分地惜別，也為之唏噓不已。

我帶著悒悒不樂的心情，緩步走回宿舍……

走在這同樣的路上，來回一年多，喜美子在時並不覺得長，現在卻突然變得很寂寥、很遙遠了。那撲面的秋風，捲著地上的黃葉，也覺有些刺骨了。

同時也在盤算，我得趕快把書唸完、趕快出去找事、趕快賺些錢、趕快租個公寓，房間要大一點。

對了！車子！我得趕快學駕駛，然後還得買一輛，舊的也行。早上起來，引擎要發得動……

04 校園生活

成家

喜美子走了以後，我惚惚若有所失，一切突然安靜下來，日子似乎過得特別長，除了上課和工作外，什麼都提不起興趣來。我又回到校園食堂去包伙了，回到剛到美國時的寂寞無聊去了。

過了幾天，喜美子來電說她不回日本了。兩年以後的變化太大了，太不可預測，所有的朋友都勸她不要走，要回明市來和我一起過日子。

我的精神立刻振作起來，滿懷高興與期望，但仍是手忙腳亂，理不出頭緒，想不出任何辦法來。

喜美子回來後，仍暫住在納爾遜太太的宿舍裡。不過她已經有她的主張。相對而言，那時我除了在學校唸書之外，在實際生活上，辦事能力還很差。

由納爾遜太太建議，我們在她家對面臨街租到了一所只有一間房的公寓，廁所還是和隔壁合用的，這就是我們的新家了。我居然結婚了！居然成家了！進進出出身邊居然有一位太太！什麼？太太？這就是太太嗎？——事情變得太快了，腦子還轉不過來，只覺飄飄然不知所措了。

我們的生活範圍，僅限定在走路的距離之內，進城或到稍遠的地方就要搭公共汽車。家具是現成的，和公寓一起租給我們。喜美子的一臺舊電視機，是朋友回國前留給她的，現在就搬來派上用場了。

那時我們的英文還不行，聽新聞廣播沒能全懂。房間又小，兩個人住，除唸書、吃飯、睡覺外，其他活動都施展不開。在裡面待不住，就往外面跑。當時年輕，對什麼事都感興趣，都要去嘗試。去湖邊漫步，參加同學會，把沙發床摺起來，請人來家聊天，搭別人的車子去兜風……日子過得很忙碌。以後離校就業，日子過得也很忙碌，卻再沒有那時的新鮮，那麼自在、那樣無憂無慮了。

一天清早，我們還沒起床，靠街的門響起格格的敲門聲。打開一看，現出兩個高大生疏的黑影，把我們嚇了一跳。那背後的陽光，把影子直投到我們的沙發床上來。隔了一會兒，我們才弄清楚那黑影原來是警察，送停車罰單來的。喜美子那輛老牛破車，早些時已經賣掉了。可是新車主拿了罰單不付錢，而且換名手續也沒有辦好，執行命令的警察自然要來找我們了。

此事促使我們決定要搬家。故在三四個月之後，我們搬到一所位在二樓的公寓，很安靜，離學校較近。臥房雖小，除了一張床之外，其他東西都擺不開，卻附有專用的廁所、獨立的客廳，方便得多了。我們在那兒一直住到離開明州為止。

喜美子的箱籠行頭很多，又大又重，搬起來很吃力。為此我向她抱怨，她說以前從來沒有為此發過愁，總是有人幫她搬。這是做單身女孩的好處，今後不行了，沒人獻殷勤了。沒話說，我得任勞任怨了。是的，婚前她有一些朋友是日本男士，常來找她，也在獻殷勤。至於她為什麼要嫁給我，我就不知道了，大概是緣分吧。

為了買菜方便，我向同學買了一輛舊的自行車，在有冰雪的地上騎，當時頗下了一番工夫練習。又有位同學要轉校唸書去了，我們就向她買了一套舊音響、幾張舊唱片。那是我平生擁有的第一套收音機，也是我最有興致去玩弄修理的。以後有了錢，也買過些頂尖的音響，只是再無當時的新奇和興奮了。

擔任我們婚事的公證人張威先生，要到其他學校去繼續他的學業，於是把我介紹給熱處理工程專家麻雀教授，接收他的畫圖工作。從此，我也就不需再坐公車到城裡去跑那有三年多歷史的堂了，省了許多時間與精力。

為了補充家用，喜美子去替人看小孩。她還是高高興興地去，高高興興地回，從來沒有抱怨過。不但如此，在好多場合，由於她的性格開朗，遇到的人漸漸地就會變成她的朋友。

生活安定了，我因此得以專注學業，順利完成應修的功課。

小倆口子

我們雖然結了婚，但心理上仍然是學生，接觸的對象也都是學生。生活起居還是學生式的，感覺上沒有一般夫妻的那麼一體化。喜美子婚前的那班朋友，她仍然保持著，一天到晚嘻嘻哈哈地和她們在電話上聊天。我們互不干涉，痛快自然。

初到美國的中國留學生，對當地情況還不熟悉，英語也還不太流利，交美國朋友的人並不多。課餘之暇，來往聊天的朋友多是在一個圈子裡的中國同學。若沒有畢業，或是沒有獎學金，大半都還是單身。

我的聊天朋友，就都是這些男單身漢。但是我結婚卻比他們早，而且太太是日本人。到我家來聊天，要講英語，不夠痛快。功課又忙，來訪的中國朋友自然就稀少了——即使有中國同學來訪問我們，必定是旁若無人地大聲說中國話。每逢這種情況發生，喜美子就感到被忽略。她開始時盡力忍耐，久了臉色就不好看，客人們也自覺沒趣，隨即起身告別。

另外，又有一種情形在改變我的社交關係。在明大有些同學在婚前是我的朋友，常見面談天。他們結婚後好像就變了個人，什麼主意都拿不出來。都做不了決定，都要請教太太，被太太管得死死的。我當時不知道這是正常的結婚生活，只是覺得奇怪。就想，我也是結了婚的人，怎麼沒有這麼不痛快？他們是怎麼搞的？——以後我們就較少見面了。

喜美子也想改變這種情況，因此抽空到明大選修中文課。不過效果並不好，若干年之後，覺得沒有什麼進步，也就放棄了。

因為選修中文，她常去大學圖書館，認識了那裡的主管。喜美子通日文，所以就在圖書館裡幫忙，算是一份工作，代替看小孩的事情。

來看我們的，倒常常是喜美子的日本朋友。這種特殊情形，起初還不太明顯，我們也沒有注意到。後來漸漸清楚起來，無意地決定了我們日後的社交性質。

當年日本的留學生，沒有在美國長住的打算。因此盡量利用滯美期間，結交外國朋友或學生，以廣見聞。和中國留學生的攻書苦讀拿學位的情形很不相同。日本大學有許多教授受公費資助來明大進修，為期一年或兩年不等。他們多為中年人，早已成家，因此之故，有些人就攜家帶眷地到美國來。喜美子和我就認識了其中的千葉正士教授夫婦。

千葉教授是專攻法律理論的，有學者風範。他與他的夫人和我們很談得來，常開車帶我們到河邊野餐，他們回國後一直和我們保持聯絡。為了使我更瞭解日本，他做了很大的努力。

除了個性拘謹，我的脾氣較急躁，氣質上也較偏激，心裡的不安感也比較重，這些特徵喜美子早已知道。每當我鬧性子的時候，她就顧左右而言他，做出滑稽的樣子來，令我哭笑不得，火氣也就沒有了。有時我因小事而不高興，她就鄭重地規勸我，不要因小而失大，我聽了就怵然自省，登時清醒過來。

喜美子的手很軟，指頭抓力不強，拿到的東西常會滑掉，成了一雙打碗手，經常破碗碎碟的。每過些時，廚房裡就發出驚天動地的聲音來。早先我被嚇得跳了起來，次數多了就習慣了，再大的聲音，我仍是安若泰山，無動於衷。她也因為這個毛病，小時就被她的父親稱為「觸電手」，什麼機件她一碰就會壞。她也知道她的缺陷，只是改不了。我們買的那收音機被她弄壞了幾次，以後她就不再敢動了。

除了教喜美子燒菜之外，我也在飯後幫忙洗碗，一天不小心割破手指，大量出血，嚇得我發昏。喜美子看了過意不去，以後就不要我進廚房了。她找的理由很妙，說孟子說：「君子遠庖廚。」日本武士道訓言就有這麼一條。

一天我們正在用飯，有人敲門，喜美子去開，門口赫然站著一位鐵塔似的黑人，看上去像個猩猩，膀子特別長，張著大嘴向我們笑。我們都吃了一驚，不知他的來意。他說是為了太極拳之故，慕名而來。最初我還沒聽清他說的英文，依稀分辨到「太極」兩個字，頓覺親切，在美國居然有人知道太極拳，真是太妙了！我即時伸手歡迎，請他坐下，然後添飯共餐。我的真誠使他很感動，就決定做我的朋友了。他是我在明州唯一的拳友，也是我唯一的黑人朋友，道根斯先生。

我在明大有位老師浩舍先生，本身是雕刻家。有次請我去他家晚餐，飯後餘興，我就打了一段在臺灣時學的太極拳。不想師母是教現代舞的，初次見識到太極拳，大加讚賞，到處宣傳。道根斯先生是她那專業墨西哥舞的兒子的朋友，迷戀東方武功，功力很深，揮拳時所帶起的風，能熄滅一尺外的燭光。

道根斯先生和我，每天傍晚由他開車接我到密西西比河邊去練拳，這是我成家安定後僅有的課外娛樂。在遇見道根斯先生之前，我對太極拳的態度是以健身為主，時練時停，並不特別熱衷。道根斯先生是美國人，本來就會西洋拳，卻如此醉心於太極拳，認為它是世上獨一無二的高等拳技。我是中國人，太極工夫不如他，僅是因為懂得中文，可以翻譯拳經給他聽，他就每天來找我練習。為此我甚覺慚愧。他那強烈的求知慾，使我受到了很大的啟發。自此之後，我也就開始迷戀太極拳了。練太極拳的人要有恆心，每天只打那麼一套拳，卻有功夫高下之分，可見學習意念的重要了。

一次中國同學會，餘興節目有太極拳表演，由道根斯先生和我擔任，我們在臺上歡迎有興趣的人上來試，結果沒人敢上來。場裡的中國同學都不太理會道根斯先生和他的丹麥太太，使他們感到冷漠無味，提早回去了。喜美子看到他們夫婦倆行於出口的通道上，感到他們被漠視，如同身受，久久不能釋懷。這件事令喜美子感到中國社團的排他性，之後有什麼中國人聚會，她就要我獨自去，盡可能找藉口不參加。而我也因此省了講英文的麻煩，就此獨來獨往。久而成習，造成以後在已婚的朋友們之間，我對先生和太太們持有不同的看法。招來許多非議，這是我當初沒有料到的。

日子過得平靜、安詳。不久後，我們就結束了學生生活，離開這充滿依戀，帶有田園風光的明城。

貓

我們經常見到的貓總是躺在陽光下打瞌睡，或爬到車子底下伏著，採那引擎的餘熱，悠悠閒閒地、似睡似醒地在打哈欠、伸懶腰。

喜美子也是這樣。每當盛夏或寒冬，她很快地就能找到屋裡最舒服的角落坐下來，或吹風，或取暖，愜意地拿著本書在看。

她的鼻子上，不知是什麼來由，可能是為了化妝吧，塗了很厚的一層白粉。配上她那張圓臉，遠遠看去，就像隻貓。明州的夏天很熱，汗水沖下來，把白粉打亂了，給人的感覺很滑稽。我常指著她的鼻子笑，她覺得不好意思，不久就不用白粉了。據她解釋，說日本女子那時時興用白粉，本來是整個臉都要塗的，不過她嫌麻煩只塗了鼻子，想把汗水遮住，有時塗多了，效果適得其反。

我們偶而一起去看電影，場裡很擠，看來不得其門而入。每遇此情況，我心裡就想打退堂鼓。喜美子卻教我稍等，說完她馬上不見了，當我混在人潮中湧入戲院裡時，她意外地卻在一個坐位上笑著向我招手，且給我在旁邊也留了個位子。我沒話說，只是佩服。同時在想，她從哪裡學會這套鑽洞捉耗子本領？她說她個子小，鑽起來方便，又是女的，佔點便宜。在日本這種場面太多了，不足為奇。

婚後她常挨著我就睡著了。起先我還奇怪，不知是什麼道理，後來才瞭解這是她心理安定放鬆的表現。我常說她像隻貓，挨到人就會睡。

我比她高，常順勢拎起她的後頸皮，打趣地說：「我捉到一隻貓。」她覺得腦後癢癢的，很舒服，還叫我多做些同樣的動作。

她的身體很軟，走路很輕快，說是像隻貓，是很適當的。

莞爾

喜美子的動作、表情，不經意地常常使人發笑。見到她的人都覺得她毫無心機，天真爛漫，一團和氣。當初，她的房東太太納爾遜夫人就有這種感覺。那裡房客很多，自然也曾有過東方人，可是房東太太唯獨邀請喜美子和我去她們在湖邊的別墅，就是覺得和喜美子在一起很愉快，使她感到年輕的緣故。

喜美子的手腳都可以做出其他人做不到的動作來，她的腳趾動作幅度比別人大得多，像螃蟹的鉗一樣，可以用來夾人，很痛。每次她伸出腳來，我就逃得遠遠的，大叫：「日本女武士來嘍！」她可以這樣做，我想是因為她自幼在日式榻榻米上長大的緣故。她的手指伸直時，可以倒彎三十多度，看起來很滑稽，和我照相的時候，她常在我不注意時做出這種姿勢來。

日本女性笑的時候多半是用手捫著牙、聳著肩、低著頭、飄著眼，發出「吡」的一聲，好像很害羞。其實，我想是藉此捂住她們的暴犬牙，不讓對方看見的遮醜動作。很少有像喜美子一樣，不管門牙壞不壞、好不好看，張開嘴就開懷大笑的。她這個作風由來已久，常為她在日本的老朋友所稱道。我問她為什麼不像其他女孩一樣裝得莊重些，收斂收斂。如此放肆，豈不招嫌？她說她是女權倡導者，要怎樣笑都可以，人家管不著。

她能如此保持心地快樂，我想源自兩個人生觀。第一，是不和鉤心鬥角的人來往。她所選擇的朋友，性格多半相近，可以嘻嘻哈哈、任性地談天。第二，是不把不愉快的事記住，平時所想的、所說的，盡是高興的事；就是在病中，也還是這樣。

05 畢業

畢業

我從小的留學夢想、在明大的掙扎奮鬥，經過漫長的學生生活，現在終於結束了。我可以興高采烈地為此慶祝一番了，可以出校門去大展鴻圖了。

可是我的心裡卻感到出奇的平靜。那朝朝暮暮的期望，到手以後，反覺不過如此，沒有什麼稀罕。只是深深地鬆了一口氣，心想自此可以逃脫學校，再也不要受留級、分數，和不喜歡的老師的威脅了。

喜美子卻特別高興，請了她的朋友來參加典禮，事後共赴一家餐館慶祝。她由衷的喜悅令在座的千葉教授夫人為之落淚。

由於我是轉系生，唸的又是大學本科，畢業時沒有光采的學位。在注重學位的中國學生圈子裡，這是很拿不出去的，說不定暗暗地還會招來一陣嘲笑。因此我有自卑感，不敢請中國同學來慶祝。可是日本朋友卻沒有這些顧慮，如被邀請，他們都高興地來參加。

我一向非常厭惡考試。認為它們是可怕的桎梏，拘束著我的神魂、剝奪了我的自由，不能去做我喜歡做的事。我常常夜半被噩夢驚醒，一身冷汗，醒來才知道自己原來是怕進那閻王殿似的考場，唬得睡不安枕。

初一的時候，我迷戀武俠小說，一天到晚想要做劍仙。因此逃學，不去上課，就留了級。可是我一點也不後悔，只覺痛快、值得。初三的時候，我又因為迷戀畫畫而留了級。我仍是不後悔，我的繪圖基礎，就是那段年輕時代所打下的。在上大學的時候，我討厭某些課、或某位老師，我就不去上課，結果吃了零蛋。這零蛋一直跟著我跑，毫不放鬆，還留在我從明大畢業的成績單上。

數十年之後，我在舊金山遇到這位當年給我零蛋吃的老師，他已把我忘記了。我向他提及他送我的零蛋時，他立即不好意思地否認了。只說：「沒有，沒有，不會，不會。」其實我之所以不去上他教的課，不是因為他本人，而是他開的課目引不起我的興趣。

轉了系，唸書的日子過得特別長，許多熟悉的同學已經畢業離開明城了。我也不想老留在同一個地方當一輩子的學生，就急於離開去找事做，去開始另一種生活。同時也想躲避那些可怕的考試。別人認為光榮的學位，我沒有興趣，原因很簡單，就是怕考試。我對將來也談不上有什麼周全的計劃，自認畢業後就可以賺錢吃飯了，上學的目的已經達到了，就告別了學校，坦然奔向未知的前途。

我的任性、固執、怕考試以及不專心，是和拿不到學位有因果關係的。也是和華人社會所公認的標準是背道而馳的。到美國來留學，過了五六年，什麼都沒有混出來，那還有啥可說的呢？我之所以得不到其他成績優異的留學生的重視，也在情理之內的。多年後回臺灣，和親友們談話，我的地位就遠不及有太空博士學位的弟弟。江東父老的期望，我是無法給他們做滿意的交代了。

路途上

明州地處美國中西部的農業區，當地就業機會不多。從那裡的幾所大學畢業的學生，找事就得到外州去。有的就近到芝加哥去，又有些去紐約。那時我的弟弟在洛杉磯做事，我們就搬到洛杉磯來了，時屆一九六六年夏天。

我們束裝就道，要去闖天下了。行前我曾到老師浩舍先生家去向他們道別，他送我一本書作紀念。道根斯先生則寫了一首詩給我送行。

雖然行李不多，當時我們出不起運費，但是剛脫離了長年學生功課的壓力，心裡有著說不出的輕鬆和自在，想趁此機會去散散心，遊覽遊覽，看看真正的美國風光。以前坐灰狗巴士去明州的時候，因為長途趕路、日夜兼程，加上心神不寧，昏昏沉沉地沒有體會車外發生的的事物。現在畢業了，心裡很踏實，只覺前途似錦，一片光明。既然興致這麼高，還是自己開車去吧，一路可以多玩玩，欣賞欣賞。

搬家前數月，我們買了一輛舊車，我們只托運了喜美子的那個奇重無比的大箱子，把所有能搬的的家私全部塞在車內，甩掉其他笨重的傢俱，裝滿後車身下陷，車頭就跟著翹了起來！就這麼翹著車頭、壓著車尾，嘟嘟嘟！意氣風發地，遊山玩水地開了過來。

我們開著自己的車，沒有工作上的煩惱，沒有時間上的限制。連車子的保養都不去擔心，一路上談談說說，要停就停，要走就走。無拘無束、無牽無掛，像流浪的吉普賽人一樣，到處為家——這段經驗可以說是我來美後過得最輕鬆愉快的日子了。

在一個晴朗的早晨，太陽剛從地平線上冒出來，我們就開始上路了。車子滑出了明城，從反照鏡裡瞥見那些熟悉的樓廊逐漸遠去，淡成了一片飄渺的雲影，心裡浮出一陣陣感慨來。是的，這個城是我最難忘的地方，在這裡我接受了美國文化的震撼，我嘗到了沒錢打工的滋味，我體驗了獨立成長的過程，我和喜美子相識相戀而結婚……我們也沒有想到，這次離開，東忙西擱的，就沒有回去過。

離開時過於急促，而面臨的都是新事物，耗費了我們所有的精力，沒有心情回味過去。對明城的留戀，還是後來才漸漸產生的。不知為什麼，時間愈久，那段歲月的回憶卻愈來愈鮮明。學生生活的新鮮刺激，互相訴苦聊天的朋友，四季分明的山山水水，跑堂、戀愛、結婚、畢業……一遍又一遍地浮在腦海裡閃爍。

在高速公路上飛駛，眼前的景色突然都活躍了起來，連空氣也在流竄，途中經過總統石像山、黃石公園、鹽湖城、賭城。欣賞著小鎮的清晨、麥田的晚霞，體會著杉林的氣息、微雨的清涼。行行復行行，爬上高山、衝向低谷；過沙漠、渡草原——一幕幕地被我們留在記憶裡。

一路上喜美子的興致特別高，對什麼都好奇，都有興趣。指東畫西，東張西望，說說笑笑。吃零食、喝可樂，就像頑皮好奇的小孩，跳來跳去，忙個不停，大大地減輕了我開車的勞累、旅途的單調。

在洛杉磯換車胎的時候，才發覺那備胎是扁的，早就漏了氣。如果我們在路上，甚至在來往賭城路上的沙漠裡抛了錨，前不著村後不著店，那就不堪設想了。說不定被烤成人乾了！——這得歸功於喜美子的運氣。

喜美子自小一直運氣好，她的祖母曾叫她為「幸運兒」，她也以此自居。每回我們同去抽獎，她總是有東西拿，而我則兩手空空，什麼都沒有。我生平沒有中過獎，對不勞而獲的東西不抱任何期望。我之所以不買獎券、股票、參加賭博，就是不敢存有非分之想的緣故。

回娘家

生活稍有著落之後，我陪喜美子到日本去拜見她闊別十一年的父母。快要看到她的親人了，喜美子興奮異常，整天在說，整天在笑。

這回是我陪喜美子一齊來日本的，是回她的娘家。對日本人的想法、性質，我已經有了一定的認識，以及有了自己的判斷，不像以前抗日時，沒見人就光喊打倒了。第一次到日本，走在街上，驟然覺得像臺灣——氣候、規模都有點像。只是井井有條，乾淨得多了。眼前的一切對我都很新奇，都很有意思。我在長崎的諫早市拜見了喜美子的父母、弟妹及他們的親人。

喜美子出生在橫濱，戰前家境還可以。小學畢業後父親就送她上教會辦的貴族中學，雙葉女子學院。二次大戰時東京被炸，全家就由日本遷到中國東北和隻身先去的父親會合。

中國東北對日本人來說，就像美國早年的西部地區一樣。到那裡的日本移民，有些頗有抱負，要在那塊土地上有所作為；也有些是信奉自由思想的人，不滿日本軍政府在國內的獨裁統治，就避到那裡生活。戰後日本許多影藝文學界人士，是從東北回去的。

同時日本為了開發東北，大興土木，從國內招募了許多技術人員去工作。喜美子的父親崗村喜三榮就是其中之一，他是建築師，在東北住了近十年，戰後才撤退回國。我見到他時，他斜戴個法國圓帽，抽著煙，還向我說了幾句東北俚語。他對我的態度，初見面時顯得很複雜，一方面當我是女婿，另一方面我卻是當初帝國殖民地被鄙視的臣民。在他的神色中，那驕氣不自覺地漏了出來！為此我曾在心底感到憤怒。所幸這感覺為時甚短，以後就被岳父的感情所籠罩了。日本男人有男人的天下，太太們是不管的。岳父有玩小鋼珠的嗜好，他第一次見到我就介紹，要我陪他玩，這門遊戲在日本很盛行，他很內行，沒事以此打發時間。

日本人雖然佔領了東北，可是和當地的中國人還是不能水乳交融，而且心存敵意，彼此設防。喜美子全家都住在專為日本人而設的社區裡，四周有日本憲兵站崗，門禁森嚴。她唸的富士高等女子學校，是專為日本人辦的。外國同學中只有少數歸化了的韓國人，中國人就更如鳳毛麟角。她在東北住了那麼多年，沒有和中國人來往，所有的活動都侷限在日本人的圈子裡。

當時我們在四川的住家附近也有站崗的衛兵，他們事實上是軍隊，負責父親工作機關的護衛工作，也兼顧地方上的安寧。兵士們多半是廣東人，常常用槍打些野味來燒烤，一有獵獲，滿山滿谷就都瀰漫著烤肉的香味。一天他們打到一只老虎，全村大小都分到一塊吃起來像水牛肉的虎肉，那味道我至今沒有忘記。衛兵們站崗很無聊，有時就逗著我們這些小孩玩。我們就趁機向他們討打靶用過了的空子彈殼，拿來紮在木把上，靠後一面穿一個洞，塞進引線，裡面裝了火柴頭，前面再堵上小黑豆，就可以打麻雀了，所幸火柴很貴，沒有出事。

儘管如此，所有由戰爭帶來的傲慢與偏見、憎恨與屈辱，和住在日本社區內年輕天真的喜美子，卻都不發生關係。她只醉心於冬天常在屋後院子裡溜冰、到松花江上遊玩，沿著一望無際直通天邊的鐵路旁踢著石子走路，在寬闊的人行道上跑跳……同時我卻在四川的水田裡捉泥鰍、跳到河溝裡和水牛一起蹚水、爬到樹上抓金龜甲蟲、與小友們趴在地上打玻璃球……帶著滿身泥灰，每天玩到天黑才回家。

喜美子又由老師介紹，課外加入由戲劇界人士辦的演說研習會，學習上臺發聲的能力，也曾當過電臺廣播員。有時晚上回家太遲，她父親擔心女兒早出晚歸被人引誘壞了，不大高興，研習會裡的人因此還送花到她家，向父親解釋賠禮。這研習會的幾位主持人，回國後很多都成了日本電影界知名人士，我在銀幕上還見過他們，喜美子的老師濱勝彥就是其中之一。

母親美枝個子比喜美子還矮，長臉，是日本老式穿和服的婦女，坐在榻榻米上像個不倒翁。她常常給喜美子來信，寄雜誌。我見到她時因心臟病的原故，身體已經很弱了，不久就去世。喜美子曾為她去日本奔喪，哭了好幾天。

喜美子回憶說，她的父母是以作詩酬答而結合的，非常羅曼蒂克。又因喜美子是長女，特別鍾愛，她父母就以他們自己的名字為她定名。

在東北的時候，喜美子的祖母還健在。她非常喜歡這活潑可愛的長孫女，一天到晚陪她一起玩，送日本娃娃給她。哭了，就給她吃豆沙麵包，以此把牙齒都吃壞了。那祖母達觀開朗，文學底子深厚，為人詼諧，去世的時候，還寫了一首詩。喜美子常常提到她、懷念她，學做她的動作，受她影響。喜美子至今仍然喜歡滑稽娃娃，家裡到處都放著。

日本戰敗撤退之前，俄國兵來騷擾，父親就把婦女們藏在夾牆中躲避，由老祖母出面應付，那祖母舉動滑稽，把俄國兵逗得大笑，就離開了。那時日本婦女大家身上帶刀，以防不測。

弟弟昌佑最小，和他的大姐一樣，也是早稻田大學畢業的。畢業後就依日本大部分人所走的正途進了大公司，到日產汽車公司服務，終身就在那裡上班。他有日本式的效忠團隊精神，在街上叫計程車，如果應招的是豐田汽車公司造的，他就不上去，寧可再等下一輛。喜美子是他幼時的偶像，一天到晚跟著跑，很敬愛她，喜美子也常談到他。每次喜美子去日本，他總是騰出時間來陪。喜美子得病臨時去不了日本，他非常關心。曾打電話來說他已經準備到機場去接，問喜美子為什麼臨時又改變計劃了？

弟弟很會拍照，身邊總是有一兩個時興的照相機，看我完全是外行，見到我時就向我推銷他的相機，說他看到新的產品忍不住就會買，家裡舊的太多沒地方放，還是賣掉較好，就以原價賣給我。他喜歡喝酒，煙不離嘴，說話不多，在公司裡被升做中上級主管，頗為自負。他的談吐行動帶有濃厚的日本味，比喜美子穩重多了。有次去歐洲旅遊，曾寄了許多放大的照片來，但沒有給他的二姐。所以喜美子的妹妹很不高興，說他偏心。喜美子喜歡她的弟弟，就把那些照片配上相框，房間裡掛得滿牆都是。

母親在他幼時灌輸武士道精神，鼓勵他爬山，特地給他取個小名叫「山男」，因此他一生就喜歡登山，六十歲時元旦那天還獨自和同好們一齊去爬山，在山上受寒得肺炎而死。遺有妻子靖子及二子。

妹妹晴美早婚，和她的母親一樣是長臉，性格和喜美子很不一樣，似乎是一般的家庭主婦，平常沒聽喜美子說起她，印象不深。妹夫石橋正在一家建築公司上班。有女一人，會畫漫畫。

全家集合在諌早歡迎喜美子，好久沒有見面，大家都很高興。從早到晚，他們和喜美子嘰哩咕嚕有說不完的話。我因為不懂日語，不知他們談些什麼，只覺他們每人都在不停地打量我，使我感到很不好意思，找個空就躲到二樓她父親的畫室裡去。父親的油畫畫得很不錯，還得過獎。畫室內有臺電視機，打開一看，又都是日語的，當年日本還沒有太多的英文節目，更談不到衛星轉播了。有了這次經驗，我以後很少去日本。也在這畫室裡，體會到在美國的時候，我和來家的中國朋友們，興高采烈地以中國話大聲高論時，被冷落在旁的喜美子的心境了。

據喜美子說她的父親也是自由派的人物，戰後回國，謀生不易，他不想到東京那樣的大城市去擠，過平凡的生活。卻願意在諫早這小鎮上，做個地方上的長老。所以他就在諫早開了一所家庭黑板店，自己動手做。母親就是出納兼祕書，人來人往都是熟朋友，經過的，就進店來扯幾句。後來岳父母在當地做了公民黨的小頭目，店裡兼賣信徒們膜拜的神櫃。

母親過世後數年，父親才去世，這次出喪喜美子卻沒有回日本，也沒有掉淚。我問為什麼？她說父親中年時曾留了小鬍子，長得挺帥，就交了個女朋友，經常不回家，她母親常以淚洗面，向她訴苦，一點辦法也沒有。她對母親的同情，是她以後投入女權運動的原因之一。

喜美子戰後回國，要繼續學業，父親曾反對，說女兒不必要上大學。戰後日本經濟蕭條，百廢待興，食糧短缺。此時有少年男兒背包米到她家來討好，說對她有興趣，卻被她一概推出門外，置之不理。同時她又獨自偷偷地去考大學，被教會辦的活水女子學院錄取，回來告訴母親，母親就用私房錢資助她去上學，上課了好一陣，父親還不知道，可見喜美子和母親間的關係，是遠遠超過父親的了。

喜美子偏愛母親，又在她結婚時表現出來，她要嫁給中國人，只徵求母親的意見，父親的看法，她是不理的。

喜美子在活水女子學院上學時期，她的從政和領導才能就發揮出來。當班長不說，又帶頭鬧學潮。那學校實際上是英語專科高等學校，老師看到她能力出眾，就給她獎學金。兩年後畢業，看看諫早這個小鎮不是施展抱負的地方，她就跑到全日本菁英人物薈萃的首都，東京去了。

我去日本時，喜美子的妹妹安家在妹夫工作地，廣島。離開諫早後由妹夫開車一路遊玩到他家，順路參觀了許多名勝古蹟。妹夫為人很誠實，是喜美子推薦給她妹妹的，他的開車技術很好，在公司裡就專開重型機械。日本社會有很深的階級偏見，各有各的交遊圈。妹夫沒有進過大學，弟弟昌佑就不太看得起他。昌佑見識過這兩位大學畢業的姐姐，飛揚跋扈，不敢領教，以此他娶的太太靖子，就不是大學畢業生。

這次訪問給我機會實地見識日本的鄉村風光和喜美子的家庭狀況，時間正好。不久以後，她的母親就去世，我雖然僅見到她一次面，而且語言不通，但從她對我的態度、眼光裡，感到母親的慈愛，令我念念不忘。

東京遊

初到東京，在羽田機場下機的時候，來接的人中間，就有我們在明大時認識的千葉正士教授，經他介紹我們當晚得以在專為教授們接待外賓的東京會館下榻。我永遠不會忘記他那天在進會館的會客室時向我自豪地說：「這就是日本！」這句話令我想起從前宇佐美先生給我的外號——「亡國奴」來。

喜美子由她父親的自民黨員學生的介紹，至東京替日本國會同黨女議員，紅露美智當祕書，立即得到賞識，倚為左右手，進出隨身。同時她為了進修，考入早稻田大學社會學系，兩年後畢業。早稻田大學的學風和學院派的東京大學不一樣，非常自由，不注重唸死書，指導教授看到她的畢業論文，人物應對，讚不絕口，於是不管其他學科的成績，就讓她畢業了。

在東京工作，有段時期，喜美子曾接母親和弟弟到東京一起住，並部分資助弟弟昌佑上早稻田大學，直到他畢業。喜美子步出早稻田大學的時候，我還在臺灣唸高中，還沒有出國留學的念頭。

喜美子有太多的朋友聊天，帶我這不懂日語的累贅在身邊很不方便，我也有自知之明，所以我前後只去過日本兩次。每次到東京，千葉先生盡量抽暇來陪我，他是老牌教授，走在路上常有他以前的學生向他脫帽深深鞠躬。他帶我坐地下鐵道、逛銀座、去能劇場、博物館等等，同時替我講解。由他的介紹，使我更明白日本文化的實質。他的熱情善意，感人彌深。

*

同時喜美子還高興地引我去見她所有的在東京的朋友，包括她以前的上司、同事、同學等等。紅露美智議員長期是喜美子的上司，親信非常，她自身無所出，領了一個螟蛉子，曾有意把喜美子和那義子撮合，當然這念頭也為喜美子赴美結婚而作罷。我們去時她已年老退休，獨自在家接見。她神情愉快，還把她新近學會的日本扇舞表演給我們看。由此可見她是喜歡表現的人。而且她從政不是為了某種理想，只是要有做官的勢力，這就是喜美子不喜歡的地方。喜美子又說那義子是個大男人，還住在義母紅露議員的家裡，她就有些看不起，不願意嫁給這樣的男人。

日本的社會，結構很緊湊、分明，範圍又很狹小。人一生下來，就受制於他的家庭背景。然後講究教育出身，再來就是工作場所，一踏進去，要改變很難。最後還得看跟什麼人做事，注重人脈關係，不允許跳來跳去。喜美子在紅露議員辦公室裡雖然工作多年，不過她不希望在那裡幹一輩子，而是趁她到美國來進修的機會，回國去轉到市川議員那裡工作。

市川房枝議員因為她幼時看到父親打她無助的母親，以致畢生未婚，奉獻於婦女運動，爭取女權的平等。她的精神吸引了許多年輕有志的女孩們，喜美子就是其中之一。在國會工作時，她就想改投到市川議員的旗下去，市川議員也很賞識她，就推薦她到美國來實習，希望一年期滿後回國，轉到她自己的陣營裡去。

喜美子想跳槽，紅露議員雖無法阻止，但心裡並不高興。她又是很有辦法的人，一定會從中作梗，使她不能如願，以此喜美子對歸期猶豫不決……這時正好遇到我，因此決定結婚後回國再做兩年事，等我學業稍有基礎後來美。在此情形下，轉到市川議員那裡去工作，就是紅露議員不高興，她也不在乎了。

喜美子來美後，突然決定結婚，沒有按原來計畫回國，有違市川議員栽培的原意，為此她一定得帶我去見市川議員，請她瞭解實情。

市川議員八十多歲，清瘦長身，戴著眼鏡，衣著樸素，平易近人，像個禪宗的行者。接見我們時，旁邊跟著一個胖胖的女秘書山口津子。市川議員和喜美子談話時，彼此默契，像多年不見的老朋友，一點不拿架子。

那女秘書山口津子的鼻梁不高，在市川議員身旁記錄時常推她的眼鏡，看上去靈慧安詳，可委以重任。我第二次見到她時，市川議員已經去世，市川基金會的事務就由她負責。長期當主管，養成發號施令的風度來。

她是日本婦女界的領袖之一，常代表日本出使外國，去過北京，也來過美國。到洛杉磯時就住我家，這時她已胖得像個球。後來喜美子回國去見她，她托喜美子帶幾件衣服送我，我試穿了一下，都寬大得不能穿，當時我想，山口津子也是個妙人，自己胖還不說，又認為人家都像她那麼胖。

在餐桌上見到喜美子的一位女同事，名字我已忘記了。年輕時曾為名作家三島由紀夫的女朋友，談過戀愛，曾寫過她和三島由紀夫的交友史。個子矮矮的、胖胖的，和前輩歌唱家李香蘭一樣，現在也是國會議員。

和喜美子最要好的朋友藤鳩輝子，在東京一直陪著我們，帶著我們到處參觀。她對我特別好奇，問長問短，看來看去，想知道為什麼她的朋友會嫁給這麼樣的人。她和喜美子是在長崎唸活水女子學院時的同班同學，那是在她結婚以前的事了。喜美子畢業後到東京去，她就去福岡大學唸書。

在福岡大學唸書的時候，同班有位姓藤鳩的男生很愛慕她，但他很害羞，不敢表達，要他的母親出面，到輝子家去見她的母親求婚。這位藤鳩先生長得很瘦小，貌不驚人，因此贏得一個外號叫「蚊子」。她們夫婦倆後來都是福岡大學教授，也都是學心理學的。日本房子很小，兩人在一個書房裡用功，其他迴轉身體的餘地就沒有了。他們一天到晚在一起，形影不離，在美國進修的時候，曾一起到我們在洛杉磯的家住過兩次。

這位「蚊子」先生名不虛傳，的確很瘦小，比他太太矮一截。可是為人善良，不可多得。當時我想，日本社會很不錯，尊重別人的特點，可以容納這樣害羞的人，不去欺負他。要是在美國，他就不能生存了。又如果在中國，在人云亦云、攻擊異端的團體文化裡，也是生不出這種人的。

我們曾和她們夫婦一起到墨西哥去看金字塔。日本人注重友情，久而不衰，令我非常懷念她們。輝子在長崎原子彈爆炸時，不知道輻射的厲害，炸後仍到廢墟裡走，受了污染，以至終身不孕。數年前六十多歲時也因此死於肝癌，使我們惋惜不已。

她去世的消息由藤鳩先生來信通知我們，不久之後喜美子就得了病，現在已叫不出輝子的名字了。

06 工作

找事

學校畢業以後，就要踏入社會，工作賺錢了。可是這工作又是和市場密切相關的。而市場經濟是飄忽不定、不可預料的東西。我來美國後，工作的有無，就完全受它控制，只是任其宰割，毫無招架能力。也可以說為了它，我就沒有生活的自由。是以我的心裡總是不穩定，總覺不能安家，總覺被縛手縛腳，不敢放手一搏去幹事——為的是怕餓肚子。在美國沒有底子，如果要餓肚，那是真餓，不要想有人會來救命。

我第一次聽到對市場景不景氣的討論，是在明大當學生的時候。有位畢業後在波音公司任職的中國留學生，受不景氣的影響被迫失業，來向我們嘆苦。同時也在警告我們，畢業後做事，千萬要存錢，不然緊急時沒人照顧，那就慘了！這席話在我的腦裡打了烙印，記得特別清楚。這種恐懼，後來表現在買房子的決定上。如果不是有喜美子的催促，我是不會主動買房子的。

當我離開學校，準備就業的時節，不巧正碰上美國經濟蕭條，不容易找到事。我卻初出茅廬不怕虎，當時還沒有嚐到找事的艱難，就高高興興地從電話簿裡查號碼，不管人家要不要人，按頁從頭到尾大膽地撥電話過去，好不容易有了回應，就一家家地去敲門應徵。走了幾家公司，都不適合。記得當時我穿著那套唯一的灰色西裝，領帶都不會打，套不緊，露出襯衫的領扣來。手裡提著臺灣帶來的父親用過的舊公事包，裡面裝著學校成績。從一家事務所跑出來，又進了另一家公司的門。自覺有一技在身，心裡很踏實，相信事情遲早總會找到的。不同的是這次找事不是去托盤子，而是推鉛筆畫圖。跑來跑去，看到不同的辦公室，給我的印象很新鮮，很有趣，一點都不覺得幸苦。後來我又為不同的原因去找過許多次事，顧慮的東西多起來，就沒有當初找事的那麼逍遙、瀟灑了。

有幾家事務所，門前清靜，一踏進去，只有老闆一個人坐在裡面，電話鈴聲也沒有。他們見到我，看我不知天高地厚，起勁地在找事，心中起了共鳴，就拉住我聊天。有的在嘆氣，有的卻大談他們的理想。每天空手回家，喜美子就問怎麼樣。我詳述經過，有趣的地方，她就跟著我笑，從不皺眉，毫不擔心。過了好一陣，碰了不少壁，最後我才在一家波蘭移民開的事務所，找到工作。

這是我到洛杉磯來第一個上班工作。之後我就被無情的美國市場踢來踢去，或是依自己的意志換來換去，轉了許多工作場所。這都是我畢業前沒有想像到的，更談不到有什麼計劃了。

士大夫思想的破滅

開始上班的時候，感到什麼都新鮮，都需要學習。我自己也認為工作是要努力的，經驗積多了，專業學精了，就不怕沒人賞識，不怕沒人要，前程也一定是沒有問題的。當時我所認為的前程，和多數人一樣，只要工作穩定，待遇不錯，養得起家就行了。

在公司裡工作，星期一就開始盼望星期五，計劃如何消遣假日，打發週末，到什麼地方去玩？找什麼人？看什麼電影？買什麼音響？上班雖然累，公司裡的問題帶不到家裡來，日子過得無憂無慮。

唯一令我不快的，是公司離家太遠，上下班各需一小時。我每天早出晚歸，車擠車地去，車跟車地回來。回來後累得精疲力竭，脾氣就不好。所幸喜美子總是笑嘻嘻，若無其事地歡迎我，看到她，我的不快也就不見了。

過了幾年以後，專業的經驗有些熟悉了，發覺工作內容總是在重複，總是在打轉，跳不出圈子去。如果不安分，要有創造、要有發展、要有將來，就要有改變，就要換地位。（編按：意指社會階級。）

為什麼我在有了工作之後，還不安分，還要換地位呢？美國本地人，或者其他國家的移民，就沒有中國人那麼進取，那麼喜歡當頭頭兒了。這可能是源於我們自小所受的「立大志」的教育吧。

換地位不僅僅是能力的問題，更是牽涉到擠來擠去的政治問題、多多少少的待遇問題、拉拉扯扯的老闆喜不喜歡的問題。

中國人很講面子。講面子大家都有，本來沒有什麼，只不過中國人要面子的方式很特別，這特性在移民中充分表現出來。其實美國之所以歡迎學有專業的留學生以移民的身份留下來就業，實際上就是人手短缺需要外勞的幫助來解決問題。為了生活養家，所有的移民都得工作、教書、跑堂、當工程師、做小生意……什麼事都得做，沒有什麼高下之分。可是我們不承認自己是來打工的，因為打工是等而下之的人幹的，說穿了不好聽，會被自己人看不起。於是找出許多藉口，說是為了有高尚原因才移民的，不是為了外國有民主自由，就是看不慣國內的貪汙腐敗。

一天我為了個小錯，被頂頭上司叫到會客室內高聲訓了近一小時，其實他大可不必這樣做，大概是要顯示他的威風吧？或是做給什麼人看吧？不管他怎麼想，他把他畢生的精力，盡數發揮在罵我這樁小事上了。此人五十多歲，一生就是重複做著同樣的事情，多年下來，他被繁瑣的工作煩成眼光如豆，行動猥猥的小人了。我聽了他的訓話以後，一點也不自疚，心裡卻起了異樣的感覺。我想如果我到他那個年紀，也還是做像他那樣的事，也找個年輕人來聽訓，那麼我這輩子就算是完蛋了！

我的老闆是以色列來的猶太人，自然公司裡也用了些以色列人，他們得到老闆的照顧，升遷得特別快。起先我還沒有悟到其中的奧妙，久後就感到不平了。怎麼辦？和人家爭人權？在猶太公司和猶太人求平等？自己移民到美國來寄人籬下，還談這些，豈非所求過分了！

我也不能像黑人，在公司吃了虧，受了委曲，不做反省，不求改進，只會向老闆力爭，沒有結果，就說受種族歧視。其實美國是機會均等的社會，在工作上我沒有受到人種歧視的待遇。如有不公平，大多出於僧多粥少的緣故，這情形在中國也是一樣。其實到美國來，就算有歧視，也是活該。都是自己找來的，和在這裡出生沒有選擇的黑人不一樣，誰叫我們要移民呢？

說得更廣一些，我也不能把自己的缺點，歸罪於美國社會。記得我初來美國時，在學校附近食堂包伙。吃飯的時候，大家拿盤子排隊領菜。一天我覺得我的菜比前面那位美國人少了些，我就認為那分菜小姐不公，故意給我這中國人少些。我就小題大做，板起臉來和那無心的小姐理論。鬧得那小姐摸不著頭腦，馬上替我來了一大勺！

為什麼我會有這種心理呢？那位美國小姐的心胸可寬廣得多。沒有別的，這全是我自己心理的不穩定所造成的。我離開了自己熟悉的社會，到新大陸來，沒有任何依靠，不知道美國人在想什麼，只在自己所編織的繭裡打轉，惶惶不安，就把正常的事物，做了歪曲的判斷。

在美國公司裡，升不上去的原因很多，大半是語言問題，不然就是文化上的思想方式上的問題，僅是這些問題就夠瞧的了。可是中國人卻不承認這些，都認為在學校裡可以和美國人拼，拿到好成積，為什麼到工作場所就不行？一定是美國人有偏見！是美國人不對！可是，為什麼這位中國人有國不回，而要在美國和美國人爭一口美國的中國人的氣呢？不知道，又是沒人說起。

在美國公司上班，競爭很激烈，隨時都有被解僱的危險，所以我一直沒有安全感。要解除不安，過這種替人打工的日子是不會有結果的，得另謀出路，什麼出路呢？

我的不安，是在我離開學校後第一個工作，就是在那波蘭移民開的事務所裡得到的。每逢星期五下午五點，下班之前，我們就按例領到一張薪水支票，算是一週工作的酬勞。有一個星期五，當我向老闆拿了支票準備離開的時候，突然他就告訴我說下週一不必來上班了——一點預兆都沒有。

我被踢走了！我沒有工作了！我失業了！我沒有錢用了！就這麼一句話，連我打電話找事的時間也不給！這件事使我感到屈辱，使我悚然清醒。為什麼我連喘氣的時間都沒有呢？我辛辛苦苦地到美國來留學、移民，好不容易找到事，就這麼輕輕便便地被人踢來踢去嗎？我應該怎麼辦呢？這個教訓，激起我要控制我自己命運的決心。「人生在世，要頂天立地，絕不能被別人當球踢！」我這麼想。

如何才能不被人踢來踢去呢？為了找尋答案，我考慮了很久。首先，我要揚棄自幼被家庭社會所教育出來的為國為民的士大夫思想，那些「萬般皆下品，唯有讀書高」的為人態度。

說到這裡，回想起我過去見到老校長的一段經歷。畢業後許多年，我在洛杉磯的一次同學會上看到好久不見的老校長。見面後我就說了一句好聽的話：「校長你看來樣子一點也沒有變。」他也找了一句回答：「你的樣子也一點沒有變。」其實在那麼多的學生中，他是不可能記得我的。接著他就問我：「你現在做什麼？」我帶點自豪、很高興地回答：「我要替我自己做點小生意。」他聽了一句話也不說，掉頭就走了。

我是非常瞭解他的想法的。如果我的回答是在替某個有名的大公司服務，他就非常滿意了。這就是根深蒂固的士大夫思想！而這思想在我的腦中也是根深蒂固的。

我向來認為唸書唸到滿腹經綸就是最終的目的，其本身就是價值。現在不同了，我的思想因留學而變了。美國這商業社會，價值標準不同，我本來的養家工作態度就吃不開了。如果某人唸了一肚子書，拿了最高的學位，但找不到事，無用武之地、賺不了錢，我就會說它的價值就等於零。就等於是賣不出去的貨、嫁不出去的閨女，只有孤芳自賞了。

要想和美國人平起平坐，在社會上佔有一席之地，替人打工是不夠的，還得要有錢。要真正賺得到錢，就得和錢打交道，就得有相當的地位。而我的職業是技術性的，在別人的公司裡沒有和錢打交道的機會，因此沒法贏得地位，只有兢兢業業、好好地工作了。

我處在不同的人種、不同的文化中，要和其他族群競爭，只有站在大家都需要的共同基礎上，而這基礎就是「錢」。它是不分人種、不分出身；沒有高低、沒有偏見；有了就安全，沒有就遭殃，放諸四海皆準的東西。

想通了道理是一回事，做起來就不那麼容易。錢在我的腦裡很滑溜，要抓住它把它定為中心思想卻要下功夫。為什麼想要賺錢還有那麼些心理障礙呢？

國內的教育都要我們立大志、做大事、為國為民的。因此來美國留學，只是求學問來的，學好了可以報效國家、社會……這種想法，是和留在美國賺錢背道而馳的。要克服它，改變思想，在我來說，就要費很大的力氣。

要有錢，必須要自己當老闆，要自己開業。可是當了老闆，不一定就賺得了錢，說不定還會餓肚，只是開創了賺錢的機會而已。不僅如此，還要學開業的常識，至少要懂得有關的法律和會計，不然就會吃虧，就會被人打倒。

反觀其他從商業家庭出來的人，他們就沒有我這樣的心理障礙，他們的行動可快得多，沒有我這種迂腐。士大夫思想給我的束縛，由此可見。

何去何從

經過幾年上下班的生活後，我又開始不安了，雖然我的學位不夠高，但總是學到一點東西，留過學的了。現在也有些專業經驗了，今後我要怎麼辦？就這麼活下去嗎？這就是我的留學夢嗎？留學的目的嗎？回臺灣去？還是留下來？

經過多年的省思，出國前所有的那些為國為民的信念，幾乎沒有了。那時我年紀很輕，雖然人生經驗不夠，不知天高地厚，可是信心卻十足。所考慮的問題，都是和當前的工作與收入有關。回臺灣去？以當年臺灣的經濟發展而論，那裡的就業機會很少，而且收入有限，不如在美國留下來。至於以後才瞭解到的更嚴重的社交問題、文化問題、心理適應問題……則不在預料或考慮之列了。

大公司裡的工作分成許多部門，在裡面上班，所做的事就限於某一部，不夠全面。要自己開業，事情就不容分類了，必須什麼都會，不然就被僱來的人拿翹，那就不行了。小公司的工作涵蓋面比較廣，所以我就專找小公司去做事學經驗。又因為公司小，業務性質專門，不是專搞住宅，就是只設計醫院，有它的侷限。所以我就跳來跳去換公司上班來推廣經驗了。

為什麼早期中國移民大多都是開洗衣店和餐館呢？因為他們學無專長，又沒有資本，環境促使他們幹這些行業。二戰後新一波的移民多是學技術的，能掛牌的就自然是技術服務業了。過後港臺的經濟發達了，剩餘的資金就有些流到美國來，這些資金是隨著人來的，投資需要具備當地專門經驗的人配合，我就算是其中之一。可是這些又不是大資本，和日本財團不一樣，要配合這種小資本，就只有搞小本經營開小店，這就是我在小公司裡轉來轉去的原因。

在青黃不接的賦閒時期，一天在家沒事，我就去加州大學圖書館去看報。不期然遇到一位久不見面、到圖書館找資料的朋友。她見我在上班時間居然到圖書館看報，詫異萬分，瞪大了眼，問我怎麼不上班？我說我丟了飯碗，來這裡打發時間。她不信有這種奇事會發生，臉上的迷茫，久久不能褪去，似乎我犯著些什麼不可告人的罪。在美國大家都有工作，我在上班時間看報，是很難得的現象，這位朋友沒有見過，就把我推到少見多怪的行列裡去了。

在中國社團裡，有一個無形的網，籠罩在每個人的頭上。在這網下面，行為不同的人是不被容納的。從這位朋友那有似關切的眼光裡，我感到窒息，感到憤怒。回想我在跑堂的時候，美國食客常和我們聊天，有些還成了我的朋友，他們毫無職業上的蔑視。我那時心中的不平之氣，全是我自己從國內帶來的。來到洛杉磯以後，又發現中國移民所受的蔑視，不是來自美國人，反而是其他的中國人。他們以工作的性質、收入的多少，互相比較起來，造成圈子裡的排擠和壓力。

在洛杉磯的工作

我到洛杉磯來的頭十年，自願和被迫，前後換了八個大小不同的公司，幾乎每年換一次！在如此不安的情況下，喜美子一直鼓勵著我。為了貼補家用，她又去做些她並不喜歡做的事。她去找事，一點也不牽強，做什麼事，從不計較，每天高高興興去上班，回來就說些可笑的見聞，沒對我造成任何的壓力。

喜美子在明大做過幾年圖書館的事，有些經驗。剛到洛杉磯時曾走訪附近幾家圖書館，詢問有沒有就業的機會。那知這裡是大都市，人物薈萃，懂日文的人太多了，找和日文相關的事根本沒有希望。於是她就到一家猶太人那裡去幫忙清理房間，她工作很努力，回來滿身大汗，那家太太也因她的個性樂天誠實，就成了她的朋友。多年後那太太為她的兒子慶祝成年典禮，還請我們去參加園遊會。當時我曾買了本猶太史給那小男孩做賀禮。

離我們家不遠有很多日本移民，大都從事園丁職業，二戰中曾被關進集中營。他們辦了個活動中心，喜美子在日本社團內的交際能力，在此得以充分發揮出來，不多時就打進他們的圈子裡去。那裡有一所社區日文學校，她就在這學校裡當起老師來了。日本人很尊敬老師，在路上走，學生們的家長見到喜美子就深深鞠躬。有些打招呼的家長，喜美子並不認識，說學生太多了，一個個都記不清了。

喜美子在日文學校裡工作不久，就代表學校上電視，向社區介紹學校情況。她在臺上侃侃而道、娓娓而言，非常自然，一點也不忸怩。日本商社派了許多業務員到美國來工作，大都為期三年，他們是帶家眷來的，為了子女能跟上國內學校的學業程度，各地都設有日文學校，這些學校的素質可就比當地社區學校高得多了。而且家長們都是從日本直接來的，屬於中上層人物，喜美子很喜歡和他們來往，就設法轉到朝日日文學校系統裡去。轉過去以後不久，她就當上了副校長，那學校校長，住在美國的當地人是不能當的，規定是日本文部省派來的。

一九七五年，我決定自己開業，最初沒有租辦公室的錢，就在家裡工作。和別人不同，我是先開業然後才有業務的。不想開了門，掛了牌，卻一直沒有事，過了六個月還是沒有動靜，整天清早起來就躺著坐著看天花板，一直瞪到晚上。在這段期間，我建立了自己開業所需的人際關係，看到了掏腰包拿錢時的人性、培養了自己替自己擔當風險的意識，為以後擴大業務做了準備。

同時喜美子在旁邊也注意了六個月，一句話也不說。這些地方就看出她是如何地瞭解和相信我。她對我的事業，只是支持而不干預，後來我和朋友們合開的辦公室，她是不去的。我在職業範圍內做了些什麼事，細節她也是不清楚，她在這場合所持的態度，部分是得自日本的文化。

日本婦女多半不干涉先生們在公司裡的活動，這種風氣，有正負兩面的影響。對先生們來說，沒有太太的嘮叨，可能覺得很自由，但是如果出了問題，就很難得到太太們的瞭解和同情。在日本，先生們五十多歲就得從公司退休，沒事留在家裡，房間又小，太太們多半沒有上過班，慣於在家照顧並教育子女。突然增加了一位整天不去工作令她不能清靜的先生。要這要那，發號施令，就吃不消了。因此鬧離婚的就不少。

回過來看看自己開業的中國朋友們，情形就不一樣了。他們多半是夫妻檔，先生幹什麼，太太就管什麼。在公司業務上，先生們學有專長，主持技術方面的事務。太太們就負責對外聯絡，有時太太們的生意眼光比搞技術的先生高明多了。

在洛杉磯的各個建築公司工作了幾年之後，我才知道房屋設計是服務業。它不從事生產、不管買賣。和地皮、銀行，都不發生關係。換而言之，它不和錢打交道，是要看人臉色的行業。如此怎麼能賺錢呢？怎麼在美國能有發展呢？

搞房屋設計的人要不看臉色，就要幹房屋建造、幹包工。於是我又改了行，成了建築商。我的業務就包括了地皮買進、房屋設計、建造、出租、經營，以及賣出。

開業了以後，正值美國房地產市場大漲，持續了十幾年，給我提供了客觀有利的條件，我的事務就此蒸蒸日上了。

我之所以有經濟能力留在家裡看護喜美子，是做了建築商的結果。

07 美國生活

到洛杉磯開始工作以後，我就一頭鑽入美國生活裡去，進入一個完全不同的境界。其間的起伏盈虧、失意得意，是在後來長年累月的時日裡才體會到的。

每位留學生畢業以後的生活，都有共通的軌跡可循。畢業以後找事，上班以後成家，生了小孩買房子，帶著小孩去逛國家公園。朋友來就多添幾樣菜，過夜就騰一間房。談話內容不是小孩，就是工作，不是如何修車，就是如何補漏。日子過得很忙碌。

和我們同時來美國留學的僑生，他們的選擇就多些，他們可以回僑居地去發展，而且那裡有經濟基礎雄厚的父兄支持，發展很方便，因此留在美國就業的人數就不多。臺灣經濟起飛後，從臺灣新來的留學生，畢業後有些也以類似的原因回去的。那時大陸還沒有開放，留美的學生幾乎沒有。我所指的留美學生，是和我一樣，是在六零或七零年代從臺灣來的。

在學校唸書，沒有時間瞭解美國文化。真正進入美國社會，體驗美國生活，是在上班、買房、生小孩以後才開始的。即是如此，也還是不夠全面，只可以說是移民生活的開始吧。

那是三十多歲時的情況。到了四十多歲，小孩大了，不必在家抱小孩了，收入也增加了，有些積蓄了，就去參加活動。

活動的場所多得很，到同學會去敘舊，去競選餐會看名人，參加投資說明會想多賺些錢，組織同業公會，同鄉會……名目繁多，不勝枚舉。

在工作崗位上，大家開始向上爬，可是愈高職位愈少，就要你爭我奪地搶位子了。成功的，就當了小單位主管。不成功的，就被踢走換公司上班。這當兒如果爬不上去，搞不好這輩子就原地踏步，沒有別的指望了。間或有人另起爐灶，自己創業，那就更難了，有的成功、有的失敗，就要看他的運氣了。

五十多歲時，小孩已離家上大學了，事業也已經到頂了，有些人安於現狀，認了，在一個位子上幹到退休。太太們想多賺些外快，就出門去找事做，因為留美後就嫁了人，學無專長，又多是快嘴，知道各家的底細，所以大多輕車熟路地做了買賣經紀，不是搞房地產，就是賣健康食品，或者是推銷美容產品、清潔劑……

六十歲以後，老了、累了，為工作、為小孩、為房子，忙了一輩子，什麼其他的事都不會。退休後整天待在家裡，被比較年輕的太太比來比去地嘮叨，日子過得單調而煩躁。

在家待不住，於是就想外出旅行，可是對去的地方沒有研究，風俗、人情全然不懂，只帶回些照片給朋友們看，見人就大談他們的旅行經驗。去的地方愈多的人說話的聲音就愈響，壓倒在場其他的人。

這就是留學生的移民生活。這種生活，在今天的臺灣過的也是一樣。以前還可以回去矜誇一番。後來臺灣發跡了，美國回去的人也太多了，也就不稀奇了。

初進洛杉磯

暑假畢業，我們忙著收拾行李，準備離開明州，到加州來就業。喜美子很怕熱，早就受不住明州的高溫潮濕，和那成堆的蚊子了。到洛杉磯時感到海邊的涼快，她特別喜歡，就堅持要在附近找地方住。又說海的那邊就是日本，靠海就可以接近她的家。

我們跑了一整天，找了幾家住所，終於在 Santa Monica 市內的 Wilshire 大道上租了一所單臥房的公寓，裡面有現成的家具設備，免得我們打地鋪了。房東看到我們車內所有家當的寒酸，閃著眼睛，懷疑我們付房租的能力，支支吾吾地正要拒絕。喜美子就笑說我們是外省剛畢業的學生，已經在當地找到工作，現在來上班，請他放心。這房東看樣子也來自中西部鄉下，瞭解情況後，才答應了。

洛杉磯是個大都市，人口結構很複雜，世界上什麼地方來的人都有。隔壁公寓有天搬來一位八十多歲的老太太，知道我是中國人，非常友善，常請我們去她家喝茶，給我們看她過去在中國時的照片。原來她年輕時和已過世的丈夫在天津開地毯工廠，在中國住了一輩子。如今孤身一人，回美國度晚年，受她妹妹看護。她說她雖然是美國人，可是在這裡沒有朋友，回來反而像到外國。我當時剛畢業，年紀又輕，心裡充滿對前程的憧憬，忙著在洛杉磯闖天下，體會不到她晚年的寂寞。這位老太太不久就去世了。

另外有個單身房客，知道喜美子是日本人以後，觸動他的回憶。說他長年在海船上工作，東西飄泊，曾討了個日本太太，互相恩愛，不幸又死了。現在零丁隻影，不知如何是好。這房客到處搬家，在一個地方總是待不住。不久又從公寓搬走了，臨行把他用的日式碗碟，全都留給了喜美子。

公寓緊靠汽車旅館，從那裡常常冒出奇奇怪怪的人來，所幸他們都是過路人，住的時間不長，對我們的影響不大。另一面的隔壁鄰居，住著一位單身售貨員，他每天跑步，練出一雙快腿。一天傍晚，小偷光顧他家，還沒來得及離開，剛好他回來，小偷奪門而逃，他拔步便追，回來時喘著氣，青著臉，把搶回被偷的東西拿給我看。

又一天對面公寓裡搬來了一位搔首弄姿的單身女護士，房裡噴了不知多少香水，燈泡故意用暗紅色，每晚有不同的男人來留宿，有時男人們還為了爭風吃醋而打架。一天有人為吃醋不甘心，在那女護士的住所後門撒了一堆屎，登時就把那女護士給唬跑了！我們沒有報告屋主人，那屎還是喜美子去清洗的——美國都市的眾生相，和寧靜的明州不一樣，於此可見一斑。

搬過來第二年，納爾遜夫婦為了要看他們在聖地牙哥的兒子，便道來訪問過我們，那是我們最後一次見面，他們的深厚友情，至今我們仍念念不忘。

洛杉磯的 Wilshire 大道，商業活動日益頻繁，店面經常在改，高樓繼續在造。有段時期公寓對街開了一家黃色電影院，我從未去過，很好奇，想去看看是怎麼回事？我建議喜美子一起去，她做了個鬼臉，說她不想去，但她也很好奇，要送我去，看看我的饞相。又說我的父親若在世，一定也想知道我在幹什麼，我聽了這些話，去看的念頭就冷了下來。喜美子如不同意我的意見，所採取的方式就都是這樣的。

我自幼受父親的教育，心裡很崇敬他。我的行為，不自覺地會受著他的指引而受到規範。父親的那些孔門教條，到如今還深深地印在我腦裡。喜美子知道這個把柄，常常用來提醒我。這些教條和日本儒家道德是同宗，所以她很熟悉。

房子與汽車

在國內，住家附近的街道都是以行人為主，房子間的距離非常近，可以稱之為「比屋連舍」了。那時在路上來往如梭的交通工具，就是自行車，汽車都不及它們跑得快！我在這樣的環境裡長大，對「擠」的看法自然和一般美國人不同。

到洛杉磯來之初，我們住的公寓雖然只有一間臥室，可是比我們在明城住的大多了，剛搬進去的時候覺得很寬敞，足夠我們兩人過活。那時我還不知道房子的大小，不僅是為了生活，而是代表屋主的事業成就和社會地位。如果沒有這些後加的考慮，我會在這兒一直住下去。

對開業的想法，最初是不切實際的。一天來了一位人壽保險銷售員，談話中我覺得他的生意經驗豐富，可以合夥幹事，就想說服他。他聽了我的建議以後，眼睛先向房內四周轉了一下，然後瞪著我，露出不信的神氣來。我起先不知道怎麼回事，以後搬了家，看到來訪的客人，才瞭解他的想法。原來他認為我住的那所單臥房的公寓，實在太簡陋了，住在裡面的人不可能有所作為。那銷售員賣人壽保險給我還可以，要想和他合作，以住在這公寓裡的身分，他就認為不配了。

美國地廣人稀，她的都市設計，是圍繞著汽車而產生的。汽車決定房子之間的距離，把人拉開了，把人藏起來了，人和人的接觸都沒有了。要接觸就只限於工作場所。

以是中國人在這裡如果不互相聯絡，在不同文化的環境裡，就覺得特別孤單，就不會有愉快的生活。要打破孤立，必須創造自己的社區，因此用華語布道的教會、同學會、同鄉會……都產生了，都特別興旺，都被擠得滿滿的。

要跨入美國的生活裡去，就必須有自己的房子。在經濟上、在別人眼中，就有了某種地位。從郵局起，學區、銀行信用、商業宣傳、社會定位等等，都取決於房子的大小和它的所在地。

如果房子坐落在住宅區，環境和公寓區就不一樣。它離市區很遠，買菜訪友非要開車不行，所以車子又被列入了必需品。在美國為了保持某種生活程度，要做許多配搭工作，買屋、買車、買傢俱……成套連環的，缺一不可。

在國內的工作收入和買房能力的比例和美國不同，有沒有房子的感覺也因此不一樣。那裡的汽車是稀有品，突顯車主的地位和排場。到美國來，房子和汽車就是必需品，沒有車子就不能動。因此從國內看美國的生活條件，和在美國過平淡生活的感覺是不一樣的。至於有人藉此去誇大，去炫耀，另外又有人聽了去羨慕，那是他們自己的事了。有位父執輩張伯伯，出差到美國來，我和弟弟去見他，他見到我們學校畢業，又都開著光亮的汽車，大為稱讚，連道「好，好」我當時想不出什麼話來回答他。

有了車，是踏入美國生活的第一步，由此可以真正體會到美國的動態文化。我們行動的範圍突然因此增加了，而且非常自由，要到哪裡就到哪裡。美國的距離感、比例感，都要以車子的行動來衡量。有了車，我才正式算是開始「走路」了，真正地算是「進入美國生活」了。這種感覺，是我從來沒有過的。

安頓

我們在 Santa Monica 市的公寓裡已經住了六年了。喜美子早就吵著要搬家，說她的朋友都有自己的房子住，就是我們沒有，為了有正常的社交關係，她也需要像樣一點的住所。我是安土重遷的人，老是不想搬。而且又是驚弓之鳥，怕窮，捨不得花錢，就不想買房子。但是禁不住喜美子的蘑菇，鬧得耳朵都聾了。也正好推土機來拆公寓隔壁的汽車旅館，準備大興土木造高樓。吵鬧的機器聲，無處不在的灰土，擾得我們住不下去了。當時我們的經濟能力也允許，於是我們就開始找房子了。

初買房子，感覺很特別，這房子是我自己的嗎？好像是，又好像不是，我不是每月還在向銀行交月費嗎？既然在出錢，還算是我的嗎？又想，我居然搬到自己的房子裡來了，我不是來美國留學嗎？怎麼買起房子來了？我準備幹什麼了？

買了房子以後，喜美子特別高興。我也覺得很新鮮，到園裡弄弄，進屋裡敲敲，又常常去花圃買這樣那樣的花來種，到店裡買各色的壁紙來糊。同時我們的錢也為買房而花光了，剩下來的只能買二手的傢俱，買來的有些很不配，只得將就些，有些墊子都已磨破了，喜美子就自己動手補——可是隔不多久，我發覺自己對整理房子的事興趣不大，就洩了氣，懶得動，不去管它了。

新居前的街路都是直的，交叉如棋盤，平常道上沒有行人。喜美子在東北時的同學的女兒竹田一子來訪問我們，到門前的人行道上左右一看，一個人也沒有！她就大嘆這屋子的環境安靜，說在日本很難找到這種地方住。我也是第一次搬到這樣安靜的地方來，的確是太靜了。四周皆是空虛，汽車聲、人聲，隱約地都在遠處漂浮著。我有點不太習慣靜，就不甘寂寞，常常和附近的老太太一樣，坐在房內好奇地向街上望，希望有什麼新發現——發現倒沒有，看到的卻只是遛狗的鄰居太太和郵差。

這裡的鄰居們不再有奇奇怪怪的閒雜人等，都是中等收入年紀較輕的家庭。他們花了大部分的錢買房子，又要送孩子上學，除了受調換工作的逼迫外，難得再搬家。在一處住久了，大家經常見面，慢慢地彼此就熟悉了。即使是這樣，互相看到只是遠遠地打個招呼而已，在一起交談的情況很少。第一是忙著上班，第二是美國人注重自己的生活圈，不太管別人的閒事，和東方人不一樣。

東方人果然是不一樣。對面住著一家韓國移民，那夫婦見我們也是東方人，就上來搭訕。東家長西家短的把附近一帶的情形和歷史全都告訴了我們。

隔壁住著一位老女士，一輩子沒結婚，我們搬進來時，她還和她的妹妹一起住。後來那妹妹過世了，她就一個人住。起先還見到她每天拄著拐杖到門外透透空氣，後來年紀太大，身體更壞，就在家整天躺著，也沒見人來看她。喜美子知道她不能動，就幫她推垃圾桶，推了好多年。去世前數月，她被送進療養院，喜美子曾帶水果，拿著花去看她，她就對喜美子說：「你不知道我如何地感激你！」

一天我們收到一張支票，是律師寄來的，我們弄不清來歷，就打電話去問，才知道隔壁女士已經去世，遺囑說明要酬答喜美子多年的關心，留這點錢給她。那女士生前從來沒有向喜美子提到過這個身後安排，我們驟然拿著這張支票，覺得很意外，心裡很感動。就商量著盡數買了一套音響設備，放在客廳裡，永遠保存，作為紀念。同時就想不分中外，善良的心，別人總會感覺到的，尤其在年老、孤獨無助的時候。

搬了家以後，我把自己這間臥室充作工作室。由於我是不重修飾的人，房裡書籍亂擺，家具簡陋，我待在裡面卻覺得很舒服。公餘我又做了一張簡單大床，擺在那房裡，睡了幾十年沒有換。因此喜美子常笑我的生活情趣很像學生，我自己看看也覺得她說得很對，不過仍是不為所動，也想不出其他的式樣來代替。就找藉口向她辯說這是中國「菜根譚哲學」，深刻得很，日本人不懂，她聽了，一笑置之。

這哲學有次得到證實。在一個星期五的中午，下著雨，家裡沒人，小偷來光顧，把所有的房間都翻過來了，拿去了喜美子的好手錶，和她母親去世時遺給她的戒指。就是對我的房間沒興趣，進都沒進來，什麼都沒有碰。我們家從來沒有什麼值錢的東西，那可憐的小偷冒著險，工作了半天卻所得無幾，一定大失所望。

喜美子每次買東西，都是買一雙，一個是她的，一個是我的。一個蘋果，必定切兩半，如果我不吃，她也就不吃。在這些細節上，我的神經就顯得很粗大，沒有感到她細膩的表示。發病後她還是這樣做，只是變本加厲了，如果我不坐下同吃，她就挨著餓，一動也不動！

喜美子對結婚紀念日是記得很牢的，每年不是送我卡就是買禮物，弄得很熱鬧。結婚十週年，我們商量好以種樹為紀念，我就去買了一棵巴西胡椒木（Brazilian Pepper），像辦公事似的，拿回來就在前院種了下去。不想喜美子晚上下班回家，看見我種的這棵樹，大發脾氣，一定要我拔出來再種。我說這會把樹弄死，她也不管。後來我們還是拔了再一塊兒種，而且長得很茂盛。

每逢過年過節，喜美子就買了些應時的裝飾品把房間裝點起來，還在大門口掛上畫片，等等，增加了節日的氣氛。每年的聖誕樹，她總是要買的，那上面琳瑯滿目的掛件，她就花了許多時間去擺。萬聖節時用的南瓜燈，她一定要我一道來做。又買了許多糖，晚上早就等在門口，聽見小孩按鈴，她就興高采烈地迎出門外，說這個打扮好、那個裝得妙，哈哈地笑個不停，比那些小孩還起勁。

喜美子的個子不高，可是她心裡沒有「矮」的觀念，自認和其他人一樣高，以此不自覺地做出很多好笑的動作來。在洛杉磯的一次市長籌款餐會上，拳王阿里也來了，喜美子看見，大為高興，就上前去和他握手。那拳王人高馬大，喜美子的頭頂，只及到他的肚子，拳王和笑嘻嘻的喜美子握手，那手卻高舉過頭，樣子確是很滑稽。

在這種場合，我卻心存猶豫，躊躇不前，未上前去和拳王握手，這是我和喜美子性格上不同的地方。

她喜歡滑稽娃娃，每次去日本必帶幾個回來，從衣櫥裡到客廳到廁所，都有擺著。她的喜歡滑稽娃娃，是她內心歡樂的表現。和人相處，人家也受感染，以此她的人緣就很好。參加社團，極受歡迎，以是有些學生的母親們，願意和喜美子親近、交朋友。認為她爽朗的性格，對她們的子女，有示範的作用。有的甚至把她們的女兒，送到我們家裡來，不是為了學科考試，而是聽喜美子談她豁達的人生觀。

由於喜美子的社交圈逐漸擴大，在電話上的時間也增加了，長時間佔電話線，影響我的需要。她的電話幾乎都是用日語，我就不得不替她另裝一條專線使用，而且也附了錄音機，沒事我不會去接。其他電視機，收音機也都買兩套，以同樣方式處理。這個辦法使我們在家裡不爭不搶，各得其所。

喜美子有晚睡的習慣，又喜歡在電話上聊天，常常談至深夜。而我是早睡早起的人，為了工作早上七點前就出門了。她又有晚上開燈入睡的習慣，和我的不同，以此我們必須分室而居，各不相擾——這安排到喜美子發病後就有了變化。

為什麼喜美子會在夜深時和人以電話談天呢？原因是她在那時感到文化上的寂寞，需要和人用日語聊聊。她嫁給我這個外國人，文化背景不同，感情細緻的地方不能用英語表達。而且身處外國，心理不安穩。其他嫁給外國人的日本女子都有同樣的感受，於是她們就愈聊愈起勁了。

喜美子的社交

喜美子和我生活在美國，可是彼此又有不同的文化基礎。這種特殊情形促使我們家庭具有與眾不同的社交關係，這是我們婚前萬萬沒有料到的。日本人的工作，大多是終身職，在同一機構內一待就是一輩子，和機構外的接觸面很有限。如果在社會上要擴大交遊，最方便的渠道莫過於同學會了。因為大家都上過學，彼此都認識，不要再起爐灶、另組團隊。而同學會的成員在各行各業都有，只要加入同學會，就不愁沒有社會關係了。喜美子進過許多不同的學校，每個學校都有同學會，早稻田大學、長崎的活水女子學院、橫檳的雙葉學院、哈爾濱的富士高校等等，她在這些同學會裡，進進出出，活動多得很，有些在日本開會，有些在洛杉磯，電話就此響個不停。由於言語不通，我從不過問她的活動，她的同學、朋友，大多沒有見過我。

她和朋友們有鑒於美國是外國地方，如有危急，需要互相照應，就發起成立在美日本大專畢業婦人會，曾作過會長。何以日本婦女要成立一個會，還要分大學中學呢？這就要回到上述社會層次的原因了。

喜美子為了會務需要籌獎學金，曾去推銷清潔劑。這種工作原非所好，但她也樂此不疲。在裡面的會員，都是第一代的移民，也都是家庭主婦，但是喜歡社交活動，所以就來參加聚會了。有幾位會員，她們的先生就是美國人，即是如此，還是插不進美國社會去，卻轉過來要參加日本人的社團。

日本人在美國，也受文化震撼，也有很多地方不適應，心裡也有鬱悶。可是和中國人相比，他們的煩惱程度就輕淡得多了。他們沒有「固有」的五千年文化的負擔，而且人與人之間的關係，和西方社會很相近。因此他們的價值觀，和當地沒有矛盾，不發生衝突，所以就很快地融入美國社會裡去了。我們從日本女子嫁給外國人的數量上，可見端倪。

即使風俗如此接近，還是不能完全融洽。有一位美日婦人會會員很活躍，據她說她出自日本世家，父親是日本海軍高級將領。她的美國先生似乎事業做得不錯，在好地區造了自家的房子。她引此為榮，常邀朋友到他家玩，話題總是不離光榮體面的事。我們也以為她是躊躇滿志、快樂的人了。不想有天在日本餐館見到她，滿臉落寞、哀愁、幽怨地獨自一人在吃飯——我突然清楚了，文化不同的婚姻，是有其不可彌補的缺陷的。

自那天餐館見面之後，在一個聖誕節，我們又被邀去她家觀看她為了回家過節的女兒，花了一禮拜才裝飾好的高大聖誕樹。這次訪問證實了我在餐館時的猜想沒有錯，她先生拿出一本旅遊照相簿給我們看，說是全家到紐西蘭去照的。奇怪的是在那整本的照相簿裡，沒有見到他這位日本太太的身影，卻只有先生和哈佛醫科畢業的女兒的合照。我不敢問，只是同情這位裝門面的日本太太。

除此，喜美子還參加詩社，討論寫作問題。她的文筆很好，是日本名女詩人深尾須磨子的好朋友，家裡牆上還掛了那朋友的詩句。她有時也參加合唱團，唱些日本老歌，曾到日本社區的慶典上獻唱。

喜美子曾帶我去憑弔深尾須磨子在京都嵯峨野的墓址。墓在一個以柿樹得名的小寺附近，在幾塊鵝卵石堆中插了一個木牌，如此而已。可是深尾須磨子是名滿全日本的女詩人，那簡單的墓卻是名聞遐邇的。這也可以看出來日本是不重身後的排場的，當然某些「神社」是例外。

儘管有如此多的社團，和喜美子平時來往最多的算是日文學校的同事了，因為那些老師的資格規定必須是日本大學畢業生，她們有共通的語言，加以每週見面，自然就很熟悉。其次就是學生們的家長，她們常為子女的學業、操守來請教喜美子。這些人清一色都來自日本，他們常常來我家玩。有次萬聖節，有位女教師和喜美子不嫌年紀大，像小孩一樣一道晚上出去討糖吃，她們年紀差得很遠，性格卻相近，在一起嘻嘻哈哈，說個不停。

我的社交

中國人到美國來，帶來的本國文化，受西方文化的衝擊，衍生出許多不同的混合物來。各人的認同又因其地域觀念而不同，彼此還經常鬧意見。以我個人來說，我是從臺灣來的外省人，可是在中國移民的圈子內，臺灣人稱我為外省人，大陸人卻認我為臺灣人，我只覺被不同圈子的人踢來踢去，不知道自己是那裡人了——由此可見中國人在美國的社團觀念，是如何地紊亂了。

我的社交方式、我的習好、人生觀，事實上是國內傳統中國式家庭環境的延續。自己雖然到了美國，可是身上這些由固有文化而衍生的習性，卻是很難改。

當初喜美子願意和我結婚，她所賞識的，也正是我身上的那些老套！我們來自不同的文化背景，又在美國定居。相處那麼些年，可是我們非但沒有互相被同化，反而比一般人更保守，各自堅持自己本來的想法，因為本來我們是以欣賞對方的個性和觀點而結合的。這些由文化衍生的個性，沒有理由去改變，也不必為適應美國環境而放棄。我們的生活簡單，除了工作之外沒有太多社交活動，我心裡的老作風，在孤立的環境內大部分被保存下來，日久彌堅。

見到日本朋友，喜美子把我介紹給他們，她常常半開玩笑地說「這是我的御主人，他可很頑固，是孔夫子的門徒！」那些朋友就瞪大了眼，愕然地看著我，似乎是驚異，也似乎是讚許。我就想：「日本人是知道孔夫子的。」喜美子提到的「孔夫子的門徒」，就是「中國味」加上「奉行孔門教條」，兩者皆顧的代名詞。

日本人的社會結構、思想，和美國的很不一樣。喜美子長時間在日本政界活動，待人接物的方式已經定形，改變不了，她的社交圈侷限於日人社團裡是很自然的事。我的社交範圍除工作需要外，由於文化關係，也大都是在華人圈內。我們家庭的特殊性質，規範著我們的社交關係。

在日本社區，人和人之間的關係處理得比較清楚，沒有東家長西家短的閒話。太太們的活動不一定都請先生參加。譬如茶道、插花，就很專業，太太們是不會拉著先生們跟著跑的。夫婦倆也不必屬於同一交遊圈，所以喜美子雖然嫁了中國人，她的行動就完全沒有限制。

可是我就不一樣了，在中國人的集會內，大家見我獨來獨往，總是瞪大了眼問：「你的太太呢？」我就找藉口說太太忙，沒說喜美子不願意來，那些人聽了以後，就現出迷茫和不以為然的神色，似乎在問：「這人一定有毛病，怎麼出門不帶太太！那他來幹什麼？」又因我們是異國婚姻，被他們認為是「異端」的，所以我所遭遇到的排擠和冷眼，就到處都是了。

為什麼移民到美國的華人夫婦們在社交上一定要同進退呢？他們是不是受了西方影響，互相間的感情比在國內濃得多了，以致看不上我這不帶太太的怪人了？不是的，要找到解答，就得問問第一代的中國人在美國有沒有融入美國社會的本錢。如果沒有，那就不能過當地人的生活，就會感到孤單，就要創造自己的活動圈。但是他們的生活傾向又是不一致的，以是形成許許多多不同的社團。而在這些團體裡，太太和先生是分不開的，不然就會落單，就要被人排擠在外。

我們到日本人的聚會場所，就沒有這種冷遇了。可是除了要陪喜美子出席特殊社交活動外，我也不常去參加。這不是因為日本人認為我們是「異端」，排擠我們，而是我感到文化不同，不習慣。美國人的社交場合，我沒事也不會去。這裡不去、那兒不參加，自然就被遺落了，什麼社團都搭不上邊了。

但是人都是要有認同的。不管是黑人、白人、黃種人、中國人、日本人、馬來西亞人，總要是一個什麼人，不然就不是人，就站不住腳了。尤其在洛杉磯這車水馬龍的大碼頭上，如果自己都不知道自己是什麼人，沒有認同的團體，就會成為沒人要的孤兒，自己沒有歸屬感，也被人看不上眼了。在這樣的環境裡，我慶幸自己是不折不扣的中國人，而且以中國文化的深厚為榮，對它甚有感情。可是在我以「中國人」自居，自鳴得意的時候，我卻被其他的中國人視為「異端」，以此引起許多無謂的煩惱。

這煩惱是因為我要移民，想在美國長住而引起的。

移民

搬了家以後不久，為了工作需要，我就開始辦移民手續，決定當美國人了。不！不！不是美國人，是有美國國籍的華人。當美國人可以冒充、可以裝給別人看，或是回國去坐在閱兵臺上當僑領。但是真正成為美國人，可不容易，就要像猶太人一樣，在思想上持有神論、在行動上參與地方政治、在生計上要有商業組職能力、更要有氣吞美國的雄心。中國人是內向的，大家只是自顧自的賺錢，自顧自的傳家，自顧自的吃飯館。對美國當地的事，一點興趣也沒有。這樣就永遠成不了美國人。我不幸繼承了所有中國人的特點，因此不可能成為真正的美國人。

可是我的這種看法，就遭到反對。我問一位中國朋友：「你是那裡人？」我本是要問他是湖南或江西的，不料他的回答是：「我是美國人。」把我嚇了一大跳！我說：「不是吧，你是有美國國籍的華人。」他說，他可不是這樣想。又問我有沒有美國藉，我回說有，他就說：「那麼你是美國人無疑了。」我說：「不是，我還是中國人，只是有美國籍而已。」他就有點火，就問我在拿美國籍的時候有沒有宣誓。我說有，他就振振有詞地說我是美國人了。我說宣誓是西方的契約思想，要信神才能有道德的約束力，又開玩笑地說我們中國人沒有那些傳統，只信祖師爺、孔夫子。他聽了就發怒了，認為我不可理喻，冒然地「卡嚏」一聲掛了電話。

＊

在有些華人的心目中，他們自覺好不容易移民來了美國，就像上了天堂一般，言必美國好、中國壞。避華人唯恐不及，唯恐沾上了窮味，以身為華人為恥。看看猶太人，他們就完全不一樣，他們自認是上帝選民，舉世無二，無論在什麼地方都是這樣想。為什麼有這麼大的區別呢？顯然是中國文化出了問題，禁不住考驗了。

反過來有些華人在國內學到些中國東西，成績還不錯，就坐井觀天，認為人見人愛了。跑到美國來，看不懂人家的長處，還是賣他的中國貨。如此這般就打不開市場了，結果只能留在華人圈子裡混。更有些人，知道美國是用英語的國家，到美國來，當然首先要懂一點英文。可是他看到那麼多先來的華人英文也不見得好，卻在這裡開店開餐館，還是過不錯的日子，他就犯了老毛病，和人比較起來。想人家行他也一定行，於是不顧一切地來了美國。他不會開店、不屑打工、不通英文、不知規矩，結果當然混不下去。鬧出許多問題來不說，把不如意的怨氣盡發在其他人的頭上，都是人家的錯。

認同

在明大的美國學生看到我們中國學生一個個畢業後都留在美國，感到他的就業機會受到了威脅，很不友善地問：「你們怎麼都不回去？」——我們乾瞪著眼，尷尬地無言以對。「美國是移民的國家，不同的只是先後而已。」我那時面皮還不夠老，也還沒有申請入美國籍，想不出這句話來反駁他。這句話後來就成為所有的中國移民想留在美國的辯駁詞。

我本性喜歡抬槓，表達意見經常不考慮對方的感受，常使人不快。由於我自己在美國的生活經歷並不是一帆風順的，以此我對美國這社會有許多為他人所無的不如意的感觸，自然發出些不以為然的批評。一天我和朋友吹牛，頂了起來，那位老兄突然吼出他心底的話：「那你為什麼不回中國去？」我吃了一驚，心裡想，原來這位先生認為他是美國人了，批評美國就等於是給他不好看，居然理直氣壯地要趕我走路了，是什麼心理使他說出這句話來？

我沒有想到世上居然有這等奇事，身為中國人，移了民就有如此徹底的改變！我以是感到悲哀了，我為我自幼接受的中國文化而悲哀，我為我唸《孔子家語》的父親而悲哀，我為任何自以為是中國人而悲哀了。同時我又憤怒：「呸！你不照照鏡子？你還不配問這句話呢。」——他把他自己當作美國人，而我卻把他當做和我一樣的中國人了！

「那你為什麼還不回去？」這句話後來也被中國移民引用來排斥他不喜歡的另一類的中國移民。我常聽說：「那你為什麼還不回臺灣去？」、「你為什麼不回大陸去？」、「你為什麼不回你的老家去？」——等等。在許多不同的情況下，各人不同的出生地和他來美後所選擇的認同，就由這句責問式的口語表現出來。

我遇到一對夫婦，出差到中國老家住了許多年。敘及他們對中國的觀感時，他們就開始把目前中國的醫療服務和美國的比較起來，起勁地批評中國的落後。他們的感性敘述，引起我的不滿，回想在四川念小學的時候，班上的同學每年都會少兩三個，他們都是得病而死的。那時醫療條件差，營養又不足，大家都有不同的毛病，死人不是稀奇的事。時至今日，中國衛生的進步，不可同日而語。可是在美國的中國人，硬是要把美國的生活標準來衡量中國，對中國的努力成果全不理會，動輒批評國內的設備落後，我覺得這種態度並不公平。是的，我又把他們當作和我一樣的中國人了。可是他們卻不一樣，他們認為自己是發達國家美國的公民，罵罵落後的中國，也是一種自豪的表現。

這種自卑性，猶太人就沒有，這就令人深省了。

即是一樣的認同，又由移民的先後造成了偏見。剛來美國時，到中國城看到老華僑，覺得他們很猥瑣、保守，被環境壓得扁扁的，伸展不開。他們見到我們這些年輕剛來美國、趾高氣揚的留學生，看得不順眼，於是他們就愛理不理的，罵我們為「蔣介石」。表示他們先來，高我們一等，看不起我們，認為不是他們圈裡的人。

經過那麼多年，國內的變化，我們自己也沒有跟上。新到的中國移民，看到我們也是愛理不理的，是不是他們也把我們當作保守落伍的老華僑了？或者是生活情況不同，把我們來得早的、經過披荊斬棘階段的、比較安逸的人也劃到圈外去了？

我是渴望著我的認同的，我來這裡那麼久，清楚地感到我不可能變成美國人。每當中國體育隊和別國比賽，我總是為中國隊鼓掌，即使對手是美國隊也不例外。然而我們的下一代，他們出生在美國，天經地義地自認是美國人，有些中文都不懂，就沒有我的煩惱了。他們看到中國隊和別國比賽，倒是為中國隊鼓掌，一旦碰到對方是美國隊，他們就毫無疑問地為美國隊加油了。

一九九三年，我曾在上海的街上漫步，觀看過往的行人，回味著在那裡度過的童年。想著想著，突然被一個聲音驚醒了，「老先生，儂阿曉得ＸＸ路勒啥地方？」一位老太太停下來向我問路，我說我也是外來的，路不熟，她笑笑就在人群中消失了。她看不出我是在國外待過大半輩子的人，把我認為是當地居民，是老上海了。我被問了以後，心裡感到很溫暖，我終於被人認同了！我在美國也被人問過路，但是沒有這種感覺。同時我也自覺滿意，來美國三十三年了，身上一點洋味都沒有。是不是我在美國沒有根，生活在無形的圍牆裡，驟然不防被那老太太的一句話，把圍牆穿破了一個洞？我就無心去推敲了。

我記起我在來美國的那班飛機上，看著英俊的空服員時所做的想法了。「我」和「洋」之間，就是喝了近四十年的洋水，仍然是存在著一大截距離。

專業的偏見

在國內，社會結構齊全，各行各業都有，大家都有發展的前途。即使有收入上的不同，只是個人性情的選擇，職業上的偏見不顯明，學什麼都行。在美國就不同了，在留學生之間，僅是以專業而論，就有高下之分。美國為求快速發展，缺乏理工人才，學理工的中國留學生正好投其所需，找事很方便，待遇也不低。相形之下，從事其他工作的中國移民，不管他的天分有多高、成就如何斐然，他的命運就沒那麼順利，於是就被找事方便的人看不起了。

如果有人把交友的標準，限於個人的興趣之內，在美國的華人中找朋友就寥寥無幾。有位畫家的作品非常好，我家客廳裡就掛了一張。一天我邀了他和其他朋友共進午餐，談話中間，有位朋友知道有藝術家在座，引起他心裡的自豪和偏見，要想一吐為快，就昂然地大聲說：「我也喜歡藝術，也搞得還不錯。可是那玩藝兒不能學，學了就要餓肚子！」說得那藝術家面紅耳赤，人又老實木訥，吃吃地沒有反唇相譏，唯有瞪眼乾噴氣。我也覺得很不是味，好意給大家介紹，卻請他來受這種閒氣，真是無聊！這位學工程的是怎麼了？他懂得些 A 加 B 就如此盛氣凌人了？

本來就是嘛，「有飯吃」和「有錢」是同一回事。在國內，彼此見面時，就問：「吃過飯了沒有？」

在美國，見面時卻問：「你做什麼事？忙不忙？」如果沒有事做，拿不到薪水，或是要被裁員，就是沒飯吃，就是丟人，就會為人所不齒。而對所做的「事」的衡量標準，就是他所贏得的待遇。當然收入愈高的人地位就愈高。

一天經朋友介紹，到他的同學譚先生家作客。我問譚先生：「請問你是學什麼的？」「嗯，我是學原子的。」譚先生神祕兮兮地說。原子？厲害！我還記得當年那位歸國演講的學人，他唸的就是這門很了不起的學問。「是不是原子彈？」我接著問，「嗯，那個……那個你就不要再問了，說了你也不會懂！」譚先生自矜的一句話就把我壓下來了！把我搞得矮了三尺，很氣餒，說不出話來。譚先生感到了，就把話題一轉，告訴我他的一個朋友可了不起，在車子裡居然裝了一臺最新式的衛星導航儀！真算趕得上時代，言下不勝欽羡。

事實上譚先生就是好心替我說明他的專業的範圍我也是不懂的，我大可不必惱火。說不定，他所搞的真是美國機密，那他的囁嚅就更是情有可原的了。我之反應過敏，是我自己有成見，因為我所學的東西不是「尖端」科學，在研究「尖端」學科的人的面前，我很容易自卑了。我對用「尖端」來做衡量學科標準的人很有偏見。

先生太太

在明大做學生的時候，我自己雖然結了婚，在心理上卻仍然是單身，原因很多，主要是我結婚太突然，各方面沒有充分的準備。我的社交圈裡的中國朋友也盡是些未婚的男生，和他們來往，都是我自己一個人去，很少把不懂中文的喜美子扯在裡面。到洛杉磯來就不同了，大家不但已成家立業，而且有了子女，幹什麼事都是全家出動。可是我在中國朋友間獨來獨往的習慣還是沒有變。去找朋友，進進出出，談談說說，很少考慮到他們的太太。更有甚者，我根本不知道她們在想什麼，也不想去瞭解，因此常常鬧出笑話來。

為什麼我會有這種不識大體的態度呢？這就要溯源於婚前我對女士們有偏見，使我敬而遠之，不瞭解她們。再就是喜美子不過問我在中國社團裡的活動，我在太太們面前沒有話說。別人的太太覺得我不尊重她們、不理她們，就不歡迎我了。

許多年過去了，大家已過中年。生兒育女，有的還發了福，眼角也上了皺紋。可是太太們年輕時的那令人不寒而慄的審訊眼光，卻像嵌在臉上一般，仍然炯炯有神。一踏進門，她們還是和當年未婚前一樣，從腳到頭，研判著我的穿著、我的收入、我的家庭，甚至我的靈魂。為什麼我會有這種感覺而別人沒有呢？我不太清楚，可能是當年跑堂的後遺症吧。我到朋友家去，最吃不消的就是太太們的眼光了。

這些太太們一般都比先生年輕，愛好也和先生們不一樣，她們喜歡交朋友、辦活動，日久形成一種社團。她們在一起東家長西家短，比這比那地聊天、興高采烈地打麻將、穿門入室地推銷東西、在家唱卡拉OK、開歌舞會、拜假和尚學道……弄得那心悅誠服的跟班先生們團團轉！為的是那些學有專業的先生們，做學問很內行，在生活情趣上卻枯燥無味，沒有太太們的有聲有色，就只好跟著太太們跑了。

有天到一個中國家庭作客，當然我是先生的朋友，仍然是獨來獨往。談話中間，女主人知道我的太太竟然出她意料之外的是日本人，本來親熱的態度竟冷淡下來。不知是我太沒出息，和她看不起的日本人結婚，還是她含有醋意，怪我討了一個圈外的媳婦……總之她表現得近乎涇渭分明。這位做丈夫的朋友以後還是和我常聊天，不過不是在公園裡的練拳場上，就是在電話裡，沒有再請我去他家。

一次聽說有位老兄喜歡看武俠小說，引起我的興趣，想去見見他，聊聊天。因為我也是武俠小說迷，當時又在練日本的合氣道武功，找他一定有好多話可以痛快地聊。見面寒暄後，我忍不住要露一手，在他家的客廳地毯上打了一個滾。不想他的太太看到我這不像樣的行為，決定與我絕交，以後就再也沒有見到他們了。我久思不得其解，我這個滾怎麼會引起如此強烈的反感？是不是到美國來的中國人，為了適應新環境，接受了某些我所不知道的美國式的行為價值？不能接受像我這樣不拘形式、興之所至，隨隨便便的人了？

如有中國朋友來我家，也多半是男士。如果他帶太太來，情形就特別複雜，喜美子做的菜就不太對口，太太們的談話內容除了客套之外，就沒有什麼可說的了。她們對喜美子本來就沒有興趣去瞭解，我對女士們的多心又覺得煩，不願去打圓場。如此一次兩次，她們也就失去登門的意願。太太們如此，先生們當然遵從，於是來訪問我們的就很少。

小孩

比較和有無，在中華人社團中，其實是一回事，只是性質稍微不同而已。

喜美子幼時，長得像東洋娃娃，圓圓的臉被中國東北寒冷的天氣凍紅了，就像蘋果——是不是流鼻涕？她沒有說，我也不便去瞎猜。大家見了都稱讚她好玩，她也就此養成樂天外向的性格。她常告訴我說，小孩在成長期間，需要有人誇獎，這會使他快樂，影響他後來的個性。以此喜美子向來都自認是小孩，從未把年紀放在心上。

喜美子家中人口單薄，父母都是獨生，親戚很少，就把她這長女像寶似地寵了起來。因此她自幼就習慣受人注意、受人稱讚，不懂怕羞，不會服侍人。加以她年輕時熱衷婦女解放運動，結婚生子不是她的理想，以此遲遲沒有嫁人。

我來美國，獨自一人，沒有大家庭的壓力。走著長期曲折不穩的路，有人願意嫁給我，已經是奢望了，沒有顧及其他。如果有小孩，擔心可能負擔不起，又沒有非要不可的決心，因此沒有小孩也罷。

喜美子一向不把有沒有小孩當作一回事，看到別人的小孩只是笑笑而已，和我一樣，沒有患得患失的想法和願望。我們未曾做任何計劃生育，沒有小孩只是命運自然的安排。不過話是這麼說，其實如果真的有了小孩，可能喜歡得不得了，那就不得而知了。可是出乎意料地，這沒有子女的事實，曾經給我們帶來不同的刺激，我們不止一次的為此被排斥在某些華人社會圈子之外。

在洛杉磯住的早期來美的中國留學生並不多，聚在一起，談到子女的教育，除接受美國正式教育外，大家希望在家庭外有一所學校給小孩們課外補習中文。喜美子那時還沒有進日本社團辦的日文學校去教書，聽到我的朋友們提到要辦中文學校的念頭，非常贊成。她不懂中文，沒有任何意圖，只是想去幫幫忙。我也很起勁，要為這有意義的事情貢獻一份力。我們參加發起會，去了一兩次，看到所有在場的人都有子女，就是我們沒有。心想這無所謂，只要出力就行了。討論的時候，沒有人注意到我們沒有小孩。可是有位家長，知道我們的情形，有意無意地對我們說：「你們沒有小孩，來這裡幹什麼？」我們聽了啞口無言，如受重擊，就不再去了。

於是有和沒有，成為社團入門的標準。而多數華人社團，廣東人的、臺灣來的、大陸的、學工程的、教會的、學中文的、有子女的……分門別類，都有其特殊的「有沒有」的條件，都有排外的傾向。而我們的婚姻，大多不符這些社團的要求，自然就被這些社團拒之門外。

美國人或日本人，有沒有子女向來不是一個問題，也不會成為被排斥的條件。可是在中國留學生的家庭中就不同了，公餘之暇，在一起談論的話題就離不開子女的事務。如果沒有小孩，就沒話可說了。喜美子和她的日本朋友，在一起也有談不完的話，但是不太牽涉家裡成員的事，關係再好，她也不知道她們的先生是幹什麼的。

如果我們家有小孩，為了照顧他們的教育，我們必須瞭解他們在學校裡學些什麼？長時期的注意，會使家長們多瞭解美國的教育和文化精神。但是我們沒有這種機會，所以我們受美國文化的影響就比較少。我們的作風，和其他華人不盡相同，也不太能容忍不同的意見，這大概又和家裡沒有小孩有關。

有了小孩，我想氣氛定然和目前的大為不同。他們小的時候頑皮，固然會給我們帶來麻煩，但是他們天真可愛，又會給我們帶來欣慰。看著他們成長，會給我們帶來滿足，他們成家生子，又會解除我們老年的寂寞……

不管命運帶給我們些什麼，現在老了，捫心自問，我終究是羨慕別人有小孩，他們心裡有一種充實感，這是我們沒有的，也是我們一生無法彌補的。至於這個誇獎自己的小孩好，那個為自己的小孩而得意，卻是屬於個人的價值觀方面的事了。領養別人的小孩，是否可以代替親生的？也是見仁見智的事。

衛生

在臺灣時，同學中如果有什麼人生病，大家都去他家探望他，他的家人也就一五一十、毫無忌諱地告訴我們他的病狀、起因，等等。我們那時都年輕，所得的病也無非是傷風感冒，吃壞肚子而已。那時沒有聽人說傷風感冒會傳染，不能去探視。卻只罵不去探望的人，說他沒有情義，不夠意思。

當年我們難得吃到真正的冰淇淋，有的多半是芋頭冰或紅豆刨冰，上面倒些煉乳，算是很好的消暑食品了。有天一位同鄉請我們兄弟到冰店吃雞蛋布丁，來了一只蒼蠅，停在布丁上，我們就大呼小叫，不敢吃，那同鄉一句話不說，揮手趕走蒼蠅，就把布丁吞下了肚裡！

來美國後，害病就變成了不可告人的祕密了。大家彼此躲來藏去，拿出來見人的，只有好看的一面。五十歲的人裝作四十幾，四十歲的人要裝得更年輕，似乎唯有年輕的才能見人。有次我也真的害了感冒，仍舊毫無忌憚地到處跑。一天到朋友家，大剌剌地進了門，那主婦首先發現我流淚擤鼻的病狀，如逢惡魔，急急忙忙把孩子們關到另一間房裡去。主人先生倒稍微沉得住氣，只是對我伊伊哦呃地翻白眼，我感到不妙，立即逃走了。事後想來，我也太不識相了，完全不為別人著想。連這感冒會傳染的基本衛生常識都不在意，那怎麼配在美國混？

其實我的行為並不算越軌，只是中西文化不同，各人的接受程度不同而已。去探望病人，是人情佔優先地位；怕傳染，是重衛生的表現。在美國，所有中國人的價值觀都有不同程度的變化，接受了不同的當地的習慣和看法，其中變化較大的要算女士們了。我沒有料到中國家庭注重衛生的程度幾乎和美國人一樣，居然能把人情擺在一邊，大出我的想像之外！

隱私

在臺灣的時候，電話還不普遍。那時我們找朋友很方便，騎單車去他家敲門或大喊一聲就是了，從不顧慮對方是不是在睡覺、在吃飯、在洗澡……等等作息上的常事。到美國以後，就不一樣了，大家似乎突然都很忙，都很神祕，在家裡似乎都在做不願告人之事！要找人聊天，就不那麼容易。光敲門不行，那太冒昧了，不懂新禮貌，必須先打電話約好。打電話就打電話吧，可還是不痛快，對方卻這樣那樣，不是說兒子要來，就是說要清掃房間。去看一個人，要等好幾天，見了面後，反而沒有話說了。

在記憶裡，以前來我家的客人進進出出，沒有任何顧忌，我們吃飯他就坐下來吃，我家有客他就參加著聊，小孩哭他就幫著抱，夫妻吵架他就跟著勸。像一家人一樣，沒什麼神祕。到美國來，為什麼兒子來變成訪問的大事一件，以致成了阻止朋友來訪的口實？吃飯、大便、睡覺……樣樣都是推托之詞？

開頭我不管這一套，仍然我行我素地做不速之客，開了半小時的車去找朋友。按了門鈴以後，門開了一條縫，丟出半個太太的臉來。單眼看到我，嚇了一跳，問我有什麼事？我說沒事，只是來聊天，她就顯得不耐煩，似乎有什麼祕密要被我戳穿了。就說他們在忙，沒空見我，把我推走了。她在回答我的時候，沒有一點要去通知她先生的意思，雖然我只是她先生的朋友，而我來找的聊天對象也絕不是這位太太——我鬧了個沒趣，碰了一鼻子灰，心裡有點火、有點迷糊、有點感慨，噯，美國是不一樣！

每次打電話去找中國朋友，不知道為什麼，接電話的經常是他的太太。她必定先詳細地問清楚我的姓名和來意，然後通知那朋友來聽電話。經過這道調查局式的關卡，我聊天的情緒也就冷了下來，不但如此，我還暗暗地罵那先生不中用，為什麼連他的電話都懶得接？這現象一直困擾著我，一天在電視上看到英國喜劇裡的太太和先生搶接電話的鏡頭，突然恍然大悟，原來接電話和好說話是婦女的天性，中外如一，不足為奇。只是我家情形特殊，喜美子從來不接我的電話，因此不知道別家的習慣罷了。

更奇怪的是，有些太太們有時居然好奇得離了譜，在另一個電話上旁聽我們說話。一次我毫無忌諱地發表了對某件事的不滿，不意得罪了那位太太，她當下就在電話上大罵了起來！把我嚇了一跳，摸不著頭腦。這種習慣美國人是沒有的，日本人也沒聽說有。無以名之，名之為「在美國的中國國粹」。

比較

常常聽太太們扁著嘴、斜著眼，數說倒霉的先生，從鼻子裡哼著：「人家都有，你怎麼沒有？」弄得這位先生灰頭土臉，一句話都沒有。不知道他是聽慣，麻木了呢？還是愛他太太愛昏了頭，縱容她到了如此的地步！

這句話我沒有聽別國人說過，至少我沒有從喜美子那裡聽到過。只有中國人會說，尤其是女士們，說時理直氣壯，旁若無人，旁聽的人愈多，說得愈起勁。似乎是在大庭廣眾能批評老公，是她們的權利，也是一種樂趣，說不定又是一種愛的表現，那就得再研究了。

中國人喜歡比較。人家有的，我就要有；人家做什麼賺錢，我也做什麼。如果我沒有，我就妒忌，就紅眼，就開罵，就不理他——其實不是真正不理，腦子裡還是想要的。

以此每家的小孩就拚命地要上同樣的名牌大學，房子要在相等的地區。汽車、衣著、嗜好，都要差不多，不然就不算是圈內人，是會被冷落的。只是這些中國人的活動圈子僅以生活條件為基準，他們之間沒有組織，和他國人不同。

在美國大家都有職業，每家收入都差不多，沒有向朋友借錢的習慣，可是東家西家的收入多少，中國朋友們卻都瞭若指掌——這又是別國人沒有的。

在街上如果看到有家中國餐館生意好，賺了錢，過一會它的附近必定又有幾家中國飯館要開張，來搶生意、殺價，攪得大家開不成。

如果某人錢多，有些中國人固然會成為門客，去巴結。但是多半的人就會站得遠遠的，半理不理的，在那裡偷看。一有機會，說不定還會來踢一腳、罵幾句。「他是貪來的」或是「哼！他的錢是家裡給的」總之不是來路不正，就是嗟來之食。如果有人窮，或是倒霉，大家也是躲得遠遠的。不過這回不再偷看，而是真正地不屑一顧了。由此可見，中國人是最不能接受別人的成就的。

一位中國朋友，來美比我遲二十多年，是同行。在餐會上相遇，一見如故，言語投機。之後又有多次來往，一天來我家，我順便帶他看看我的工作成績，他見到二十多年的差別，回去以後，我再去找他，他就避不見面，以後就失去聯絡了。

為什麼會避不見面呢？二十多年是一段長時間啊！不管幹什麼，差別總是有的，有差別又怎樣呢？就不能忍受了？就不足為伍了？這是什麼心理呢？

中國人交朋友，多半是平行的，向上則妒忌，向下則瞧不起。如果有人不在乎這些，有逾常的行為，就有人出來冷言冷語。向上就說是拍馬屁，向下就被指為自甘墮落了。

觀念

中國文化和西方國家不同，很少談抽象概念。我的生活價值觀也都是感性的，實行的方式也都是現實的。在抽象概念上只覺沒有什麼可執著的地方。和朋友聊天，如果他引用報上常見的西方抽象觀念，我就很不以為然。認為此人是在說假話、趕時髦。他到美國來謀生，還不是為了想過美國式的生活，忙都忙不過來，哪裡有機會去研究這些思想上的問題？

美國人鬧得天翻地覆的墮胎問題，有時還賠上人命。我就完全不懂，也不想去瞭解，覺得它和我的生活毫無關係，沒有興趣去研究。美國的同性戀問題，我認為不可思議。美國的殺人犯不抵命，卻在牢裡看電視，我就更不懂了。大概美國有錢吧，不然怎麼會花那麼多的錢去奉養那麼多的犯人呢？總之，我雖然住在美國，卻不知道美國人在想什麼、要什麼。美國人的價值觀，跑不到我現實的腦袋裡去。

和中國朋友辯論，有些人大談自由民主，認為這是世上的至理。他們到底懂不懂什麼是「自由」？什麼是「民主」？是不是真的會為這些抽象概念去犧牲呢？沒有人知道。我來美國那麼多年，只要想做點事，就覺得有很多的限制，不知道「自由」在那裡？因此不知道他們所說的「自由」是指什麼？是不是他們把找事方便認為是自由？或者是開車很自由？罵人很自由？我就不得而知了。

我每次去投票，僅是被動地去畫圈，我對和我有切身利益的提案，有興趣去瞭解，其它的就不去管它了。可是這提案是如何產生的呢？有多少利害集團在爭奪呢？我不知道。如果真想知道，我就得投入，就得花錢，就得花時間。到美國來的第一代移民，要達到能投入的地步，幾乎是不可能的事。大不了和我一樣，花點錢上競選餐桌吃一頓而已。

在這裡就看到一個問題，留學是求學，而移民卻是找地方生活。求來的學是當地的學，在當地可以適用，但是不一定適用於國內。可是有些留學生移民，身在美國卻以從報章雜誌上所得的口頭禪來批評中國，我想這並不公平。

自由民主是要有條件的。中國要有美國的條件，才有美國式的自由民主。只談自由民主，不談條件，就是空論。為了這個議題，我和朋友們抬槓抬翻了天，臉紅脖子粗，一直沒結果。

有些父母年紀大了，退休來美倚靠先在這裡就業的子女過日子，在子女家裡待不住，就搬到老人公寓去了。美國有多種為老人而設的福利金，這些老先生老太太們在美國從來沒有做過事，本是沒有權利享受福利金的，可是為了爭取這種優待，他們突然就非常重視自由民主人權了，也為它爭得臉紅脖子粗。可見自由民主人權，在中國人眼裡，是非常實際的，絕不是抽象概念。

又有人拚命地要告訴人家他們到美國來生活的幸福。長篇大論地說抱美國孫子似乎和抱中國孫子有很大的不同。他們在美國的兒媳也似乎比中國的兒媳要孝順得多。這種心理，和在美國佛羅里達州的古巴難民完全一樣。古巴難民說在美國生活什麼都是好的，他們都是為了自由而住在美國的。為了自由，五歲的小孩可以不認在古巴的父親。

美國華人的價值觀，被充斥市面的新聞媒體裡的自由、民主口號給扭曲了。不！不能這麼說！是我這移民美國的華人，腦筋轉不過來，自相矛盾。思想也是給新聞媒體扭曲了。

在美國有來自各種不同國度的移民，也有許多國際婚姻，以第一代的移民來說，有中美之間的、有中日之間的、美日之間的，等等……如果要婚姻幸福、白頭偕老，當事人在文化的認同上先要有選擇、有取捨。以中美配對來說，不是甲方全盤美化，就是乙方全盤中化。後者在美國幾乎不可能，所以就只看到美化的家庭了。我有一位中國朋友，他討了個美國太太，多年相處，他把中文都忘記了。

我又遇到好幾對中日配偶，多半是先生會日文。他們在家就講日語，這些先生們就不認為自己是中國人。有一位中國女生，做學生時嫁給日本人，她不會日語，沒有日化，這對夫妻不久就離婚了。

喜美子常說中國人的胸襟很開闊，氣量很大，會包容，不拘小節，看起來似乎如此，我們中國人也常以此自誇。但是從另一個角度來看，情形就不同了，中國人排外，偏見很深，談話中常稱外人為「鬼」，什麼西洋鬼、東洋鬼、白鬼、黑鬼、印度鬼……凡是不同的，看不順眼的，都是鬼。

在報紙上、在談話中，我們經常聽到事業成功的人發表他們的心得，提出來供大家參考。他們勸大家說既然來了美國，就要全心全意地投入，不但要捐棄過去的一切，而且要積極參與當地的社會活動。這樣才能出人頭地，贏得人家青睞。這些話的正確性，當然無懈可擊。

但是這種勸告是以全部美化，接受文化上的一面倒為前題的。要當事人自己做決定時，它和留學、移民的目的不一定完全一致。

可是中國人要全部西化並不容易，因為中國文化經過幾千年的醞釀，實在是太深厚了。相較之下，中日兩邦相互間的東方文化的共通點，在美國的客觀情況下就很清楚地被認同了。如果不是為了能欣賞並接受對方在文化上的特點，和以此形成的個性，我們的婚姻是不可能會維持下來的。

搬家

喜美子向來喜歡看房子，別人賣房子，她沒事就跑去看。回來敘說這屋子好、那屋子壞，自得其樂。而我對別家的房屋設計也有興趣，偶爾陪她一起去。可是看多了別人的房子，卻又開始憎嫌自己的老房子，住久生厭了。她就挑三揀四地說，這裡不行、那裡不好了。

於是她真的要搬開以前住的家，向我提了好幾次，我還顧三慮四地拿不定主意。她仍不斷嘮叨，我想市場情況還可以，於是我們就搬到現在所住的房子來了。

搬家以後，喜美子就興高采烈地把它裝扮起來，養花、植樹、種草，這兒擺瓶、那兒掛畫，似乎要把這所玻璃房子，集成我們的安樂窩了。不僅如此，她又把遠在日本的弟弟妹妹請來玩，千葉教授夫婦和山口津子也曾來訪問過。

我也意氣風發地請這個、邀那個，高談闊論，計劃著下一波的新事業……

每天在我去公司上班之後，喜美子就到院子裡去掃除、澆花，眺望飛機、白雲，回到屋裡烤餅、喝茶、打電話……心境愉快了，餅吃多了，人就胖了起來，以前所有的衣服都不能穿。醫生警告說血脂過高，而她父母的心臟都有毛病，受遺傳的影響她得病的比率比一般人高，受驚之餘她才戀戀不捨地停止吃那每天一個，甜甜的、好吃的烤餅。

日子過得很安詳。可是好景不常，不久之後，喜美子就在這裡得病了。

母親的杯葛

弟弟突然去世，對母親的刺激太大了，在葬禮上，她就嚎啕大哭了起來。我們上一輩的人，哭不僅表示悲哀，而且傳達意見。在這傷心而充滿感情的場合裡，有些意見倒真是埋在心底裡的話。

母親一邊哭，一邊數說家史，把她從嫁給父親以後不如意的事全部搬了出來！所幸我們這代的人都瞭解長輩們的習慣，聽多了，也就不以為意。

「啊啊！式同這人不曉得怎麼搞的，一塌糊塗！兒子也沒有，事體也不好好做，啥什麼也不知道，討個妻子，講話也不通，咳！真是的，啊啊！」她哭著把她對我的意見，清清楚楚地敘述了一遍。

我聽了只覺無地自容，慚愧不已。在母親的眼中，我這個兒子，徹底失敗了。

我自小在學校住宿上課。放假回家，又是早出晚歸，一心一意地去找朋友玩，回來不是吃、就是睡，對母親來說，我等於不在家。她其實是不太喜歡小孩的人，我的起居、我的功課，她都沒有過問。我逃學、我留級，她似乎都不知道。她的喜好、她的感受，我那時也不清楚。

家裡的收入本來全靠父親的薪水，父親去世對母親的打擊太大了。在臺灣的家她幾乎已經支撐不住，又添上親戚來找她的麻煩，她更惶惶然一籌莫展了。以此自我來美以後，為了不增加她的心理負擔，我就一直報喜不報憂。跑堂、轉系，她都不知道。

母親自始就是反對我和日本女子結婚的。說是結婚了，又不見發請帖，又不見請吃飯，照片也不見，是不是真的結婚了？她很懷疑——說不定是同居，不敢對人講，就稱結了婚，也是可能的。他到美國來之初，曾問過我：「你們結過婚了沒有？」

弟弟生了小孩，要人看護。母親獨自在臺灣，無依無靠，請她來照拂小孫子，再適當不過。可是弟弟要她來幫忙，事先我並不知道，母親也沒提起弟弟請她來的目的。只在要來美國前，來信問我的意見，我那時剛搬到洛杉磯，住在單臥房的公寓裡，職業又不穩定，風雨飄搖，自顧不暇。喜美子也在打工，沒有精力迎她來奉養，就回信說請她等一會兒，到我有些能力再說。她回信大罵了我一通，不准我阻止她，就自作主張上了來美國的飛機。為什麼她和弟弟都沒有告訴我她要來看護小孫子呢？我也不知道。

母親來了洛杉磯，就暫住我家，那時我們還住在租來的公寓裡，我們就睡到客廳裡的沙發上，把臥房讓給她。六七年不見，驟然看到她，樣子似乎都沒有變，只覺得她非常活躍，與父親在世時大不相同。她看到我和喜美子，沒說什麼，也沒找我好好談談。在我家過了幾天，只見伯母叔母之輩，突然多了起來，常到我家來看她，歡迎她來美國。那些伯母叔母，看到我家的情形，沒有興趣坐下來，反而把母親帶到他們自己的兒女家裡去聊天了。

一個多星期後，她就搬到弟弟家去住。她旋風式地經過我家，給我的感受好像是一個客人。

她常常說「人麼，是要聯絡的，認得人多，就是有辦法。」在她那一代，兵荒馬亂，「出外靠朋友」

這種人生觀，是有其存在的背景的。可是我並不同意她的看法，加以我和喜美子是異國婚姻，文化上和一般家庭相去太大，因此我們的交遊很受限制，和其他家庭不同。母親是喜歡熱絡、風光的人，看到我們門庭冷落，在屋裡也是不多說話，靜悄悄的，又沒有小孩，一點也不熱鬧，很不以為然。

母親長年一直住在弟弟家，替他把兩個孫子撫養長大，人也漸漸年老，心情也在變。但是她的基本人生和道德觀，仍是一成不改。對喜美子的偏見，還是耿耿在心。每次見到喜美子，雖說是言語不通，但她那愛理不理的樣子，我還是為喜美子叫屈。

母親認為一個人要好好做事才對。什麼事才可以好好地做呢？她的意思是一家有名氣的大公司，或者是賺大錢的生意……總之職業要穩定，收入要高，如此才夠風光，可以在別人前面一提了。而我卻偏偏不爭氣，要自己開業，公司規模又小，不登大雅之堂，忙一陣閒一陣，賺不賺錢都不知道，實在不像話！被她數說，是在意料之中的。

我們沒有小孩，朋友曾建議去領養。我們當時還年輕，忙進忙出，心理上也沒這種需要，所以不加考慮。但我的母親，常以我們沒有小孩而不解於懷，有時在我面前自言自語地道「我的兒子是不會沒有小孩的！」言下之意是怪罪喜美子了。我聽了不做反應，只作沒聽見，在這個大逆不孝的問題上，我是一點防衛能力都沒有的。

有時過節，弟弟全家帶了母親來。包括我在內，大家免不了高聲談笑，把在場忙著招待的喜美子冷落在旁邊，她不知道我們在講什麼，就受不住了，盡量忍耐，有時甚至流鼻血。就算是她在婚前必須預料到這種嫁給外國人的家庭情況，實際上還是受不了。不自覺地，我到弟妹家的次數也因此減少下來。我也去過喜美子的娘家，我也是聽不懂他們說話，可是我沒有被冷落的感覺。

為什麼呢？事後想來，這不是對錯好壞的問題，而是中國文化是世上獨有的、內向型的、排他性很強的文化。如果日本人知道你不懂日語，而他們也不會英文，他們就不會請你去參加聚會。即使不得已，碰上這種場合，他們一定會說抱歉，講話聲音也不會大得使人難過。

弟弟去世後，在一個難得的機會裡，我單獨請母親吃飯，自以為可以傾心吐膽，好好談談了。不知為何，我提到剛來美國時在餐館跑堂時的辛苦，她就不表同情地責問：「人家都有獎學金，為什麼你沒有？」我聽了登時噎住了，飯也吃不下，幾乎哭了出來！同時就想，這句話雖然刺耳，倒是她由衷之言。那麼當初她在臺灣時，為了不使她擔心，我報喜不報憂的作為，是不是做錯了？如果那時就坦白地告訴她我在跑堂，說不定她的反應不是擔心，而是一頓痛罵吧？我的轉系唸書，沒拿高學位，在她來說，可能也是不能見人，很丟臉的吧？

喜美子生了病，母親知道了，曾寄些有關病況的中文剪報給我看。見到喜美子，就說：「蠻好麼，沒有病，看不出什麼來！」然後就放了心，不再追問了。以我所知，對老人癡呆症的現象，除了「忘記」之外，其他方面的反常情況似乎還沒有被中文報導敘述過，因此大家不清楚這是怎麼回事。母親不清楚底蘊，是在意料之中的。

母親九十二歲去世，我們都在她面前送終。我沒有眼淚，只是在想，在她的眼中，我這做兒子的，是徹底失敗了。

中年的困惑

人到中年，頭髮漸趨花白，身體發了福，肌肉、下巴、眼角，都鬆垂了。

心理上也感到疲倦，每天回家，總覺太平淡。搬家後的熱情和忙亂，已經過去了。似乎裡面缺少些什麼，於是羨慕起別人的家庭來，想他們家裡大大小小、熱熱鬧鬧，生活一定很充實，忙得有意義。

喜美子仍是經常在電話上，談什麼我也不懂。因為她不懂中國話，有些細緻的情緒，我就無法表達。她也有同感，也常對我這樣說，不然她不會在電話上待得這麼久……國際婚姻的矛盾，就此被我擴大了起來。日復一日，都是一樣，覺得生活太平淡了，得要換一個方式過。

想要換些什麼呢？小孩？這是我們無法彌補的缺陷。新的羅曼蒂克？我的年齡、條件，又都不允許，也沒有青年時的幻想。

對自己每天做的事，好像已經走到盡端。再幹下去，似乎總是在重複，沒有新挑戰，進步不了，提不起興趣來，想來想去，忽忽不樂。找些不同的事幹幹吧！

我也曾想過再搬家，換更大的房子。但是年紀大了，時機也不對，不能一天到晚搬。也想到這輩子不能專為房子而活，所以沒有搬成。

想去旅遊，總是有顧慮。這樣那樣總覺有許多事要做，不敢放心地要走就走，以此就沒有去成。

為了想體會人家所謂生活的「享受」是什麼味兒，於是我們每逢週末晚上，去光顧所有當地有名的飯店。想吃些真正的好菜，領受些體面的風光。因為沒有打領帶，有幾次還吃了閉門羹，被趕了出來。半年多過去了，有名的餐館大都去過了，結論仍是覺得中菜好。所謂有名，只是鋪設講究些、碟子多些、跑堂的制服乾淨些、禮貌特別些、跑得勤些、多做了些宣傳而已。這些使人擺闊的玩意兒，滿足不了我們，只覺也不過如此。花了些錢，買來的只是空虛。

我也曾學人家的樣，在能力範圍內買了一輛好車，在路上兜來兜去，自以為「得意」。不久之後，又意興索然了。這「得意」的感覺，反而成了我的精神負擔，停車時怕人家來刮壞車、在街上怕小偷、下雨怕淋髒、天晴要車庫……等等。我變成車坐人，不是人坐車了。

人家在談話中引以為榮的事我們也學著做了，商場上自以為富的家庭我們也已看過了。我卻沒有得到滿足，以此減少了對別人的羨慕，也減少了和別人的共通話題——我的興趣範圍更縮小了，更覺得無聊了，不知如何是好。

當時正值大陸開放，於是我也擠入去大陸的人潮，打算做些新嘗試……而喜美子的病，就是我在太平洋上飛來飛去的時候開始的。

她的病掃除了我進退維谷的困惑，使我迫切地感到被需要。我有照顧她的事要做，開始忙起來了。我整天被喜美子的病驅使著，而這些事又是前所未有的，這不正好是我新的挑戰、新的生活意義嗎？

退休

退休，在想像中，就是什麼都不做，在家無所事事，享享福、養養花、剪剪草，或者更時興一點，跑遠路去看兒孫……這些暮年閒暇的生活，我們想都沒有想過。不消說，一定是很愜意但也很無聊的了。既然如此，還去計劃做什麼？但是生活情況的變化，有時是突如其來的，一點預兆都沒有。就是有打算，多半也是不能如願。

喜美子從沒有表示過任何想退休的念頭，一天突然向我說她的學校當局要調她到更遠的巴沙迪那去，這是學校的政策，不能改變。她一向在附近的學校教書，後來調到城內稍遠的小東京總辦室當副校長。如今被派到遠不可及的分校去，一定有什麼問題了！問她，她也說不出所以然來。

只是從我們家到那裡要開長時間的高速公路，尤其是到巴沙迪那的那一條，是洛杉磯最早建造的高速公路之一，設計很老，急轉彎很多，危險得很，普通人都常出車禍，影星詹姆士．狄恩（James Dean）的車禍就出在這條路上。我想喜美子的開車技術又不好，總有一天會出事。

她工作已經夠長久了，我們的經濟情況也可以不要她的收入了。算了，不去也罷。搞不好出了車禍，那就得不償失了。我向她如此說，她聽了也同意，於是就在一九九〇年辦了退休。

事實上我想這是那日文學校看她已屆退休年齡，請她退休的婉轉表達方式。日本人要拒絕什麼，從來不直說，只是不置可否，或是顧左右而言他，或是敲邊鼓、轉圈子，常使人摸不著頭腦。喜美子就有這種習慣，我是知道的。

剛剛退休，喜美子很高興。這裡開會、那邊串門，日子反而過得更忙了。

不久之後，喜美子得了病。她的病，使我也提早退了休，我是被逼如此退休的。我的退休生活，其實並不安逸，和我想像的完全不一樣。這不得已的安排，和其他所發生的事一樣，又是沒有計劃過的。

08 病發

先兆

一九九〇年左右，美國市場不景氣，公司業務不忙。晚上沒事，我就有空學下圍棋，常常飯後或週末外出找朋友下棋。因為是初學，棋力很差，人家讓我幾個子都敵不住，願意和我下的人就不多了。只有在我家附近住的牟歧鹿雄教授和我棋力相當，彼此下得很起勁，約好每週三到他家殺兩盤。他的太太是喜美子的熟朋友，她們經常來往，有說不完的話。

牟歧教授是教工程課的，和我沒有什麼共通興趣，人生觀也不一樣，在一起沒什麼可談。只有下棋，倒可以說是同好。他為人比較拘謹，所以每次總是我到他家下，免得他開車了。

牟歧教授夫人是標準的日本婦女，把家裡弄得很乾淨，為人小心、講禮貌，穿著介於和服和現代服之間。她常做些日本糕餅送人情，技術很高明，而且以此自豪，喜美子想請她傳幾手，被她拒絕了。

下棋的時候，牟歧夫人就坐在隔間廚房裡，一聲不響，連打電話都是壓低聲音細聲細氣的。可是當牟歧教授咳一下嗽，她就應聲端出茶來了。我們下完一盤棋，休息一會，這時他的太太就擺出些糕點茶水給我們吃，有時順便坐下來扯幾句。一天她告訴我，喜美子曾打電話給她，說一個人天黑後留在家裡感到特別寂寞，有些吃不消。唉？奇怪？以前她不是嘰哩咕嚕用日語在電話上講個不停的嗎？晚上留在家裡一點問題也沒有，怎麼現在又不行了？是沒事找事吧？是要看看我在幹什麼吧？我們的棋可能要下到晚上十一點多，那麼長的時間，而且需要安靜，我怎麼可以帶她一起來呢？而太太們就是談天也要不了那麼長的時間，說完了她豈不是會來吵我們，使我們無心下棋了？……我當時以為喜美子的電話是太太們獨自在家不甘寂寞的通病，就不加理會。

後來每次去下棋，喜美子就經常打電話給牟歧太太，抱怨同樣的事情。「又來了！真是麻煩！」……我顯得有些不高興了，仍是照舊下我的棋。

喜美子一天到晚和朋友聊天，電話響個不停，怎麼會寂寞？我就是不信。

後來才知道，原來喜美子那時已經生病了，她說的那種寂寞和普通人所體會的不同，它是病人的心理狀態，錐腸拉肚的，感受特別強烈。尤其在黑夜裡，一定要有令她相信的人伴著才能打發。

囈語

在大家想像中的老年人，或多或少都會「健忘」和「糊塗」，可是這不是「病」，只是老化而已。害老人癡呆症的病人就不同了，他們也「健忘」，也「糊塗」，但並不那樣癡呆，他們在安全感上的靈敏度甚至比常人還強！在他們腦裡的各種功能，其退化程度也不是同步的，病情變化也因人而異。他們可以很清楚地敘述某件事，但是其他的就忘記了。過了一陣，那些忘了的東西可能又會再被他們搬了回來！他們有很強的自尊心，他們的內心在掙扎，他們會哭、笑，也會感動、會憎恨、會愛——普通沒病的老糊塗是沒有這些強烈的感受的。

長期生活在一起，雖然不懂日文，但我仍可以猜測喜美子在想什麼。她的話，有些的確是可以代表她的感受，我用我的語言在這裡模仿著說，就稱之為「囈語」。

囈語之一

今天我一個人在家，太清靜了，四面八方，都是空蕩蕩的，一個人影也沒有！唉！我頂不住了！我得去看看牟岐太太，和她談談、嘆嘆氣，說不定又可以吃到什麼好東西！好久沒有吃家鄉味了，肚子憋得慌，想到她的日本菜，真是太吸引人了。

敲了敲門，是她，奇怪，她的臉色怎麼變得那麼冷？青青白白的，我們認識二十多年了，以前從來不是這樣的！我也是的，最近我怎麼老是沉不住氣，在家待不住，盡往外面跑。是不是找她的次數太多了，人家厭煩了，給我臉色看？

她叫我不要再去找她了！什麼？她怎麼會向我說出這樣的話！我又沒有做了什麼錯事得罪過她，她為什麼不要見我呢？為什麼？她不說，我也不知道……

有人說我有病，這怎麼可能？我吃得睡得，跑得走得，哪裡有病？他們是胡說，他們一定是在妒忌我，找些原因把我壓下來，他們就高興。就算我有病，他們應該一如既往，不至於不理我的。

以前大家都要找我商量事情的，這裡那裡都歡迎我。怎麼現在都不一樣了？連這位鄰居牟岐太太，也突然不理我了！世上那有這樣的事？我的自尊受了傷了，我感到屈辱。我也不要理她了，原來她是個冷冰冰的小人，把她忘掉吧。

怎麼都沒有人理我了，都在自己管自己。嗨！式同，我要回家，我要回家啊！什麼家？我也說不出來，只覺得家裡有許多人，對我都很好，不會不理我的。

*

我家附近有所日本人開的住友銀行，所有的日本人都自然而然地去開了戶頭，喜美子當然也不例外。她有她自己的支票簿，多年來一直沒有大問題。一九九二年前後，銀行突然來了通知，說她的支票帳戶收支不平衡，要罰款。我和她去銀行弄清楚以後，接著幾個月，總是鬧問題。她一向不拘小節，經常忘，數目觀念和我差不多，一次兩次沒有搞清楚是常事。往常碰到這種情況，我習慣了也就不以為意，她也笑笑就算了。這回有點不對頭，接二連三的次數太多了！我質問她，她像受了刺激一般，反應特別激烈，堅持認為是銀行人員出的錯。「噯！真不是她自己有問題吧？」我心裡開始嘀咕，但終於又陪她去了銀行。銀行裡有一位善心的日本女職員半同情半服務地幫她計算，搞清楚了以後，還是再出錯！

三十多年前我們首次見面時她就忘了東西。現在年紀大了，六十多歲了，忘記點東西算什麼？不值得大驚小怪，我這樣想。

一九九五年，駕駛執照到期了，按規定必須再筆試，用選擇題，喜美子考了兩次還是通不過，什麼道理？我又開始懷疑了，她又堅持是考官給她找麻煩，故意使她過不去。第三次還是過不了，喜美子就去磨那黑人女考官，花了很長時間，那考官才讓她通過。

她一向是不拘小節的人，怎麼近來脾氣那麼大？把毛病都推給別人，盡說是別人出的錯，難道她不知道她自己嗎？試題答不答得對，她心裡應該有數的。

她其實是有數的，只是搞不清楚是怎麼回事。大概是用日文表達比較自然些罷。她和朋友聊天，說她不太舒服，記不住事情，心裡很亂。朋友告訴了我，我們就去看醫生，醫生也找不出毛病。自結婚以來，喜美子一直很少病，大不了只害些傷風感冒。既然醫生開不出藥單，我們也就不再追問了。

喜美子開車時總是心不在焉，把車子開得搖搖晃晃，在旁邊的乘客就提心吊膽。她的個子又矮，坐在墊高了的駕駛位上，盡量伸著頸子、仰著臉，還是看不清前面的路。看得見遠的看不到近的，視界很受限制，露在窗口上的只有半個頭。一九九三年左右，我不在家時，她的心境不寧，就常出車禍。所幸都是小的，沒受大傷。

駕車執照考過之後，我擔心她的開車能力了。一天我故意跟在她車子後面，想看看情況如何？親眼看她不顧左右前後，也不讓道，從停車位子衝到路上來，幾乎被後面跟來的車子撞上！我驚出一身冷汗。於是決定不能再讓她駕車了，她自己對開車也沒有信心，因此同意我的勸告。

我很不喜歡上菜市場買東西，以前都是喜美子獨自開車去買的，自她不便開車以後，我只得陪她一起去買東西。到出口櫃檯前，我準備付錢了，她突然盛氣地爭著付錢，我覺得奇怪，我不是一直都在付嗎？她在旁邊從來不說話，怎麼現在又不一樣了？嗳嗳，這些小事，不值得注意，算了，讓她付吧——我沒有想到她會有毛病。可能喜美子自己感到有什麼不對了吧？但是卻不願接受這個不愉快的事實，盡量找機會表現在這方面她還有自主的能力。

以前有機會，喜美子常回日本去參加同學會，見見老同學、朋友，談談說說，非常高興。一九九五年，她又要回日本去，機票都買了，上機前一天才說不能走，又不解釋原因，只說沒把握上路，害得她的弟弟打電話來詢問，機票也退不了。

在這期間，我們一直不停地在看醫生，希望能把喜美子的不安情況診斷一下，到底是怎麼回事？我們常去找的那位日本內科醫生，只會看驗血結果，不能解釋喜美子的失常狀態。

晴天霹靂

一九九五年夏，我離開洛杉磯一星期，行前喜美子就有點心悸不安，說她感到太寂寞了。如果我不在，她一定會吃不消。我想事非尋常，但是不知道是什麼毛病，也不知其嚴重的程度，不能預料會有什麼事情發生。行程又早就安排好了，不便更改。於是就請了一位日本老太太晚上來陪伴她，然後放心上路。一週之後，喜美子看到我回來，非常高興，緊張的心情立即放鬆了。而我卻大吃一驚，數天不見，她已瘦了許多！原來這幾天我不在家，她一直吃不下飯。見到我以後，就一直喊餓，拼命吃東西，一天吃四五頓！

她一定有毛病！怎麼會吃不下？以前從沒有這種現象，我們得趕快找醫生。那位常去看的老日本內科，怎麼這麼久還說不出所以然來？嘿，說不定會誤事！

於是我們又趕去看這內科醫生推薦的心理科醫生，他也搞不清，只是要錢。

急急忙忙，幾經試探、詢問、介紹，最後才在加州大學醫院神經科找到一位哈佛畢業的專家。經他診斷，喜美子是得了「老人癡呆症」！事實上中文裡還沒有這病的適當翻譯名詞，這裡就暫且沿用它。

這是一種慢性的、很難處理的、目前還沒有藥醫的病。不錯，這種病是發生在比較年老的人身上，但也有例外，五十幾歲的人也會發生。癡呆嗎？是有的，是會忘東西的，但病人本身卻一無所知，不覺得自己有病。唯有照護病人的人，除他自己的生活之外，加上病人的生活，再加上病，一個人當三個人用。要面面照顧得周全，就會被拖磨得心力交瘁，形神俱疲。

回頭想來，喜美子的病是和一般病況不同，是在不知不覺間開始的，沒有確切的時日可尋。其症狀最初是模糊不清的，很難給人一個清晰的概念，無法驟下判斷——據說就在害同類病的人中，每人發病的現象都不一樣。

就是我們自己，當初也不知道喜美子會害病，僅以為是普通的「忘記東西」的小事，不值得大驚小怪，所以就不加注意了。

麻煩的是，病人比普通人更不清楚自己的病狀，一直以為自己沒有病。因為大家都認為凡是病就要痛，就要發燒，就要瘦，沒有見人生了病還會若無其事、笑嘻嘻地跑來跑去的。

可是事實上喜美子已經得了病，只是這種病情很少人知道而已。得了這種絕症的本人或他們的家人，一輩子就只有這麼一次的痛苦經驗。由於種種原因，沒有把它敘述出來。喜美子即是害了這種病，置身不知道這是什麼病的人中間，就產生許多誤會來。

開始時病人不知道自己有病，凡有問題都歸罪他人，發人家的脾氣。家人不知道病已經發作，不原諒病人的異常動作，常以指責的口吻教訓她，傷害了病人而不自知。朋友們更不必說了，事不關己是不會有心去瞭解的。

漸漸地病情惡化，病人心理開始改變，怨天尤人，不能安靜下來。這時家人被騷擾得力不從心，縱有愛心也會支持不住——最後還是把病人交給了養老院。

害這種病就像煮一壺開水一樣，起先只冒些似有似無的泡，沒有人注意。漸漸地泡多了，沸騰了，才被人家發現……最後是燒乾了，生命也就此結束了。

當喜美子被診斷確定是得了老人癡呆症的時候，我的感覺登時麻木了，不知如何是好。經過了好一陣，惶然無措的心境方才慢慢地平靜下來。我們的生活開始要改變了！她當年離鄉背井，抛家棄職地嫁給我，相依為命已四十年，她的生活就算是我的了。如今她生了病，是治不好的病，今後的日子怎麼過？我需要冷靜地思考一下，看看今後該怎麼辦。我要重新安排我的事業了，不然不可能有時間來陪她。做事和經濟來源是直接相關的，非同小可！我得妥善地處理。

首先，我不能再離開洛杉磯了，因為找人幫忙照顧也不行。上次請的那位日本老太太大村俊子是很可靠的人，喜美子本來就認識，就是她也不能使喜美子的心情安定下來。老太太在我回家的時候還說喜美子很愉快，一點都沒有問題呢——喜美子在別人前面仍是會矜持、講面子的。

華人在美國，子女們有他們自己的生活，即是有心也無力去照顧年老或生病的父母親。而那些老年人又多是第一代的移民，文化上和當地的習俗有所隔閡，照護他們的生活，要會本國語言，請人幫忙就很困難。要照顧病人，唯一的去處是職業性機構，而且社會也公認它們的性能完善。可是這些機構不是專為移民來美的人辦的，服務就不夠妥貼，而且費用很高，子女們不一定負擔得起。就我所知，朋友們的父母親，多有被子女們推來推去地輪流照顧的，而且照顧起來很麻煩，因此在子女之間，造成許多磨擦，遺下許多解決不了的問題。

更何況我們沒有親人和子女。照顧她的病，就非我莫屬了。

在我腦裡正忙著打算如何安排生活的時候，心底卻漸漸浮起無可遏止的空虛來。和我相依為命，天天在一起的伴侶，可能有一天要先我而去！留下我怎麼辦？嗳！事情要有先後，現無時間考慮我自己了。同時我也感到自己的渺小和無能為力，在命運面前，我一點辦法也沒有。我只是想，我們一起過了一輩子，這就是我們的下場嗎？唉！這命運也真是太不濟了——眼前只覺起了一陣威力無比的颶風，呼的一下把我捲向無窮無盡的蒼穹去了。翻來覆去地，兩手拼命地划，兩腳拼命地蹬，都沒有用……

在我責無旁貸地、直覺地作照顧她的決心時，萬萬沒有想像到其後那麼多年，過得是如何的艱難、孤單和無奈。

求救

喜美子生了病，而且是我不知道的病，怎麼辦？首先我要瞭解她得的這個「老人癡呆症」到底是什麼性質？要用什麼藥？如何得來的？要多長的時間來照顧？其他病人是怎麼被處理的？

我買了幾本有關的書來讀，長篇大論地討論。作者都是醫生，看了之後，沒有給我什麼解決辦法，反而使我更糊塗、更擔心了。

書上說這種病在一九〇六年被德國心理醫生 Alois Alzheimer 所發現，因此就以他的名字為這病命名。那時人的平均壽命只有四十七歲，害病的人不多。現代人的平均年齡已達七十七歲，害這病的人就多了。就美國而論，八十五歲以上的人已有半數以上患了這種病。

又說人老了，腦細胞分泌出一種蛋白質，化成膿，把其它的腦細胞破壞了。患癡呆症的人的腦細胞的抵抗力薄弱，如此慢慢地就把整個腦子的細胞給弄死了，人也就完了。

至於什麼人會得病呢？大部分是遺傳因素，其次是腦部受過傷，或者是不動腦筋、沒有受過教育的人。這病是不會由傳染而來的。

這種病的中文名字本身就是錯誤的解釋，把人給搞糊塗了。為什麼醫學界在一九〇六年就有「阿茲海默症」而中國還是沿用「老人癡呆症」這名詞呢？我不清楚，只知道這種病的性質和老人癡呆是完全不同的兩回事。

幾經詢問，在偶然的機遇下，一位美國老太太羅拉給了我很清楚的答案。她的先生就得了這種病過世，前後十六年，她有不可多得的切身經驗。由她的教導，使我瞭解這種病的發展情況，也使我有充分的心理準備。自此我有疑問，就常去請教她。她說以前她的處境比現在難多了，二十多年前，這種病還不普遍，醫學界還不知道如何處理。知道也是束手無策，不能解決問題。

她為照顧先生，摸索著走，到處求助，的確很辛苦。一天她的先生外出遊走，她沒辦法處理，當時也還沒有機構來管理這種病人，就找警察來幫忙。警察也不知道這毛病的處理方法，就把她先生和另一位犯人關在一間牢內，過了一晚，她先生的腿，就被那犯人給打斷了！

喜美子的一位朋友告訴我，說在洛杉磯有個日本人，害了同樣的病，外出遊走，就被汽車撞死了！

聽了這些可怕的故事，我感到事態嚴重，必須向人求救，光我一個人是照護不過來了。找什麼人呢？首先我們要去找醫生瞭解病情。

看醫生

雖然知道老人癡呆症（阿茲海默症，又稱失智症）在目前是無藥可醫的，可是心裡還是懷著希冀，希望喜美子能早日康復，回到以前的樂天生動與活潑，重新過著無病安寧的生活。於是我們就去求醫生，請他們巧施妙手，起死回生，救一救。

如果只為了調理普通的毛病，我們仍舊去看那常見的老日本內科。他有喜美子的病歷，而且經驗豐富，又會日語。聽得懂喜美子對病痛的敘述，對症下藥方便。

只是在老人癡呆症方面，我們得去找在加州大學醫院神經科的那位專家，那醫生年紀輕，出自名校，有現代醫學常識。而且那裡的設備齊全，全國的醫療病例都可以拿到。

喜美子得病後我們每半年到加大醫院去見一次醫生。原因有二：其一，是要醫院留檔案，譬如到稅政局、移民局、陪審團等機關去辦手續的時刻，這檔案就用得到了。美國的法律涉及每一個人，用不著時，這些法律沒有用武之地，所以我們認為法律很自由。可是在喜美子有病需要辦手續的當兒，這些條例就冒出來了，把我們逮住了。有些固然是幫我們忙的，但多數是給我們添麻煩的——不論它對我們的效果如何，要醫生證明是不可少的。其二，是要醫生按病情輕重出藥單。醫療這種病，可用的藥多半還在試驗階段，其功用只有減緩病情的發展，而無根治的能力。副作用都很強，喜美子服了反而吃不下飯，精神更壞了，所以我們就沒有採用。其中唯有維他命 E 沒有副作用，喜美子就每天吞服一千 I.U.國際單位。

另外是控制情緒的藥。醫生說在喜美子情緒不穩定，或高度神經質的情況下，可以服用。開頭我沒經驗，聽從醫生的教導給她服了些。她就說不舒服，精神更是萎靡了，昏沉思睡。這就是藥的效用，但有效時間不長，要繼續吃還不說，又要逐漸增加分量。我想如此下去，吃多了藥，並沒有好，倒把五臟六腑給弄壞了，那還得了！於是叫停，以後看病情變化再斟酌辦理。這些控制情緒的藥，事實上就是鎮定劑。是廣泛地為美國社會大眾所接受的，也是醫務人員會毫不猶豫地給病人服用的。我遇到的這位美國老太太羅拉，她早就建議我用藥物處理方式對待病人。到醫院去就更不用說了，藥物治理是唯一的辦法。這種以藥治代替人治的構想，是東西文化的根本不同點。據醫院的護士說，病人進了療養院，沒有人愛護，心境不佳，加上藥的副作用，病情就急轉直下了。

我們不敢輕易去碰控制情緒的藥，就沒有照醫生的建議執行。醫生知道了，當然不高興，但他也曉得這些藥終究是無效的，所以也不深究。

開始的時候，醫生建議我們每半年去看他一次。後來換成由護士來做病情紀錄，時間也改成一年一次。可見在醫生的眼光中，喜美子是沒有藥救的了。

忘東西是腦力衰退，普通人都會有這種現象，不算是有病，更不能說是有老人癡呆！有病的人除了記憶力減弱之外，還有許多心理上的變化。人的腦子由許多細胞組成，某一部分的細胞退化了，其他部分還完整。正常人的思維是整體腦子活動的結果，而病人則僅靠部分腦子的作用，以此產生不平衡的心理和行動，不為一般人所瞭解，大家就覺得奇怪了。我也是經過好一段時期的觀察後，才知道這一點。

其實病人的一舉一動，都是有原因的。他的意圖有好有壞，因人而定。可是病人的思維邏輯是不正常的，因此常有普通人意料不到的言行出現，弄得別人摸不著頭腦，有時很不愉快。不過只要稍有耐心，病人的原意是可以揣摩出來的。喜美子病中任何的動作，究其原意，都是愛我的。以此我很感激她，不以她生病為苦。

由此可見，感情這東西是很微妙的，不管病得如何厲害，病人還是渴求愛護的。從另一面來看，如果沒有感情，就不可能找到妥善的處理方法。結果是全家陷入愁雲慘霧之中，怨天怨地，求神拜佛，拚命給病人吃藥，也沒有用。

每當帶喜美子去見醫生，她自覺沒有什病痛，就不停地問：「我沒有病，看醫生做什麼？」她還不知道她自己有病，更不能敘述她的感受了。而且她的英語能力也逐漸退化，所以再見醫生的時候，每次都是由我來替她解釋。可是當我向醫生說明的時候，喜美子聽不懂，似是而非的，不知道我們在談什麼，自尊心受了打擊，她就很煩惱，竭力來打岔，盡量表現她沒有病，搶著和醫生答非所問地對話，或舉手動腳地想吸引人家的注意，就這樣做出各種逾常的行為來。

除了醫生之外，我們必須瞭解現有醫療機構的情形，看看有沒有地方可以幫助我們解決問題、提供服務。而這些醫療機構，是和醫生們有密切聯繫的，於是我們遵從醫生的指引，走訪這些組織。

現有設備

美國有許多癡呆症患者，故此成立了全國性的癡呆症組織。最初我對這種病的性質不瞭解，醫生建議我打電話給當地的癡呆症中心，由他們指引去參加附近的週日照護中心（Daycare Center），喜美子去了兩個月後就不要去了，她說那裡的工作人員只專心各自做表演而沒有關心病人的需要，把她給冷落了。使她感到無趣，還是回家好。

這個中心從早上九點開門到下午三點。如果有特別需要，經過特別安排，可以延長到午後六點。它受政府及各類慈善機構的部分資助。工作人員之中，有些是職業性的，也有自願為社會做服務的，又有些是來此做實習的醫學院學生。病人家庭則按經濟情況付月費。

我陪著去了幾次之後和喜美子有同感，照護中心的人為了吸引病人的注意，盡其最大努力，從早上到下午，都安排了節目。內容是運動、時事、滑稽表演、中餐、記憶訓練等等。只是病人終究是病人，每人心理需要都不一樣，沒有針對病情，只是跟著正常人做活動，是不能滿足病人的需要的。喜美子又是日本人，文化上有隔閡，就更不能接受那裡的待遇了。

由這次經驗，我知道病人所需要的是感情上的關懷，盡可能過正常生活。而這種關懷除了家人之外，任何職業性的團體都不能取代。在這所週日照護中心裡，我見到的病人都是眼光滯礙、表情木訥、行動遲緩，完全受他人的擺佈。有沒有吃藥，我還不知道。他們的家人忙於其他活動，不得已，就把他們送來，委託這照護中心照顧了。

癡呆症中心又為病人的維護者組織了經驗交流討論會（Supporting Group），我們也去過，組織的人大多是職業人士，有社會工作者，也有醫務人員，參加者多是病人的家人。

我們走進小東京的日裔經驗交流討論會場。主持人是位年輕女士，見到我們，小心地詢問了喜美子的病況和我們的需要，然後特別注意我們的經濟能力。她知道有這種病人的家庭，總有一天會要請人幫忙的，而且需要迫切，一定得花大筆的錢，才能僱得起。這是有利可圖的機會，她不得不留意。

參加討論會的人並不多，約有五六個家庭。一位老太太面露倦容，心力交瘁地敘說她處理她的丈夫的經驗。最後還是支持不住，把他送進了療養院，她的經驗最多，說話很有分量，我們都注意聽。另外婆媳兩個，聲淚俱下地說她們照拂得病的父親。激動的情緒已到崩潰的邊緣，經濟又不充裕，顯得一籌莫展。

從討論會回來，我覺得在那裡除聽聽別人訴苦之外，其他並無所獲。一切的問題，還是要靠自己來體會、解決，所以就不再去了。

我們也曾試著去參加過當地美籍日本人辦的社團中心（Community Center）的活動。那中心安排了許許多多帶有日本文化的節目：柔道、劍道、跳舞、太極氣功、書法等等。因為那些活動不是為病人而設的，每週一次僅一小時，滿足不了我們的需要，以此過了兩三月我們就不參加了。

我們也去參觀過療養院（Nursing Home），而且是專為日裔第一代移民辦的。這是所醫護老年人的機構，那裡的工作人員比病人還多，沒有廁所，病人受醫生和護士安排一切。為了病情需要，也為了管理方便，院方把他們一直都放在藥物控制之下，整天昏昏沉沉地想睡覺。據統計，在那裡的病人受藥物的侵蝕，不過兩年多，就歸天了。這所療養院新近增設了老人癡呆症人護理分部，每四人一間房，適合神志不清、大小便失控的後期病人住，費用不貲。

見過醫生和參觀過醫療機構之後，我們覺得需要有「人」的幫助，於是我們試著找幫手。

僱幫手

一天我也生了病，已經是早上十一點多了，躺在床上，還是起不來。起先喜美子不知道我有病，一直喊餓，吵得我不能休息，我大聲告訴她我有病，不能拿東西給她吃。她不懂，不知道我曾生「病」，仍是不停地來騷擾我。我煩躁不安，突然靈機一動，就做出哼哼唧唧、痛苦的聲音來，她慢慢的懂了，就安靜地坐在那裡。快下午一點了，她餓著肚子，還是一聲不吭地坐在那裡。嗳！我們的生活過得怎麼這樣糟！兩個人都在餓肚，都做不了事，怎麼辦？非得找人幫忙不可了！

勉強拿起聽筒，突然呆住了。找什麼人呢？老張？不行，上次找過他，他已經給我上了一課，教訓過我，說這種緊急需求，早就應該安排好的，現在再去求他，顯得太沒志氣。老李？也不行，他在忙，不敢打攪。隔壁老外？更不行，上次喜美子跟著我出去倒垃圾，不小心帶上了門，把我們兩個都鎖在門外，那時我們曾敲過他的門想借電話請鎖匠，他就急著推說要出去接太太，沒空，當面給我們閉門羹吃，把我們兩個丟在外面……想來想去，找不到人，最後還是出錢請人送飯給我們救急。

這件事給我當頭潑了一盆冷水，平時不在意的腦子頓時清醒了。在美國，人老多病，面臨的原來是一片冰牆！所有的人都在迷信，迷信美國的一切都是盡善盡美的，如有問題，定然有什麼組織、什麼機構會來幫忙解決。我也是這樣想的，從沒考慮要安排「人」來幫忙照拂自己的生活。哪知臨事就不如想像中的那麼順利。在美國找人幫忙，要花錢不說，可能還找不到！

想到這裡，似乎隱隱地有一種威脅，慢慢地侵蝕我了。如果我也得了醫不好的病，那可怎麼辦？想來想去，找不到人會來幫忙——這威脅冷氣陰陰地，一直滲進我的腦裡……

我於是後悔以前做移民美國的決定了。如果在臺灣，以中國社會對老年人的人情，至少比這裡好得多。像我這樣的情況就不會落得如此孤單，如此無助——事實如何，不得而知，可能這也是我的未經證實的夢。

*

喜美子的病，已經發展到新的層次。她怕孤單、怕被人遺棄，無法控制情緒。整天要和人說話，想藉別人對她的反應來表達她的存在。她又時刻不停地在尋找她想做但不能安排的事情，走來走去、坐不住。起早到晚，牽累著我，我也照顧不過來了。於是試著請幫手，代我看顧她，讓我有些時間休息。

說到找幫手，以前我曾離家一星期，我們請了一位日本老太太晚上來陪喜美子過夜。不想當我不在家的時候，她的心情仍然動蕩不寧，控制不住，白天一個人吃東西就咽不下去。有了這回經驗，此後我不再離家出遠門，醫生也在這時判明是得了老人癡呆症。

她對我說日語的次數漸漸多起來了，我還以為由於她的病，把該說日語或英語的場合沒有弄清楚，高聲校正她，沒有結果——實際上她正逐漸地忘記英語，回歸到母語去了。

我登了一次日文報，請會日語的太太們和她在電話上談談，希望能消除她的寂寞，結果不成功，原因是沒有面對面的交流，談話就沒有內容，當事人提不起興趣來。

我又登了一次日文報，這回註明是請人來照拂患癡呆症的病人。應徵的倒不少，能得喜美子喜好的人卻不多。最後才在喜美子以前做老師時的學生們的母親中，找到認識她的人，家又住得近，可以開車帶她出去逛，僱人的事算是這麼暫時安頓下來。不過她的病情還會惡化，要請不同的人來看護，那就到時再說了。

來幫忙的學生母親們，年紀都不小了，都有家庭子女。看到在大公司做事的丈夫快退休了，經濟情況還不好，將來生活有虞。心裡很擔憂，就出來找事做。日本婦女婚後做事的並不多，沒有工作經驗，自然不容易找到事。知道喜美子為人可親，願意來工作，開始時談談笑笑還可以，沒有想到病情會變嚴重，看護這種病人又有許多麻煩，她們就吃不住，就撒手不幹了。由此可見僱人之難，因此我特意請兩個人輪流來幫忙，不致臨時有人辭退而措手不及。

在來應徵的人當中，我遇到些以前所沒有想像到的可笑情況。

有人專以照顧老人為職業的。他們住在老人家裡，幫行動不便的人開車、買菜、上街辦雜務等等……這種人有男有女，有老有少，多半是單身，沒有任何職業訓練，為人卻很有問題。原因是為了生計，他們選擇陪伴風燭殘年的老人生活，實質上是沒有樂趣的，也談不到有任何發展。如果不是親人，不出於愛心，年紀又輕，則必有所圖。如果老人有一點積蓄或什麼的，那就很危險了。

我也是自喜美子得病之後才知道有這些人的。他們有些提供正當服務，有些就來意不善，設法撈油水。要使壞的辦法很多，大體首先是得到病人的依賴心。這一步不難，因為虛弱的人是沒有多少自衛能力的，然後得寸進尺，達到其所要目的了。

一位應徵者，男，獨身，四十多歲，日本人。說受他照顧的老太太已經去世。願意住到我家來看護喜美子。我說我是她的丈夫，本身沒有病，生病的是我的太太，不希望男士來看顧她。不知為什麼，此人始終沒有聽懂我的意思，還繼續打電話來。

另一位女士，六十多歲，她說從來沒有結過婚，願意來看護喜美子，談話時發現我的身體狀況還可以，就表示對我有興趣——真是匪夷所思，無奇不有。

對最生疏的朋友，喜美子忘得最快；對不忠實的朋友，她的戒心愈大。病人對於保護自己的安全感上的敏感度，是普通人所不能覺察到的。對來幫忙的人的個性，喜美子有強烈反應，曾不止一次換人。

有位女士和喜美子同屬一個社團，曾同過事，喜美子和這位女士相處後的印象不佳，得病後還是記得很清楚。這位女士為了貼補家計，曾表示願意來幫幫忙，不想被喜美子否決掉了。她們相處這麼久，仍不知道喜美子對她的觀感，可見喜美子在日本政界所受的處世訓練，是如何的成功了。

為了照顧喜美子，我嘗試過許多方法，走過許多彎路。發覺如要請人來幫忙，幫忙的對象不但是她，而且也是我。是「我」才需要有人協助來照顧病人的。是「我」才有那麼些惶恐、失望、冷落、被遺棄、憤怒的感覺的。

人家說有人來幫忙了，我可以自由些，出去散散心了。說話的人不知道看護病人每天要用二十四小時的精神，晚上也不例外。病人睡醒，不論早晚，都要有人注意的。我感到需要有一點安寧的時間休息，所以就利用這段有人代理看護的時間安靜下來睡覺、思考、看東西……

囈語之二

我是怎麼了？什麼事都不能做，都做不好！我以前很能幹的，一個人不是就來了美國嗎？還去了紐約呢，走在那裡的街上，人那麼多我都不怕。我要像以前那麼能幹，要做一個正常人。式同，請你幫我忙，唉！我要哭了！我怎麼才能像以前那樣呢？式同，請你幫我忙，請你幫我忙，請你幫我忙罷……

門鈴響了！是什麼人？說不定是壞人，我不敢去開門，找式同去開。對了，好像他說過有人要來看護我的。我沒有病怎麼要人來看護？那人到底是什麼人？他來幹什麼？式同這人最近怎麼了？他講話都不清楚，我說的話他也不懂，什麼！我說的是日文？不會，不會，以前我說什麼他都懂，不會不懂的。

他說來看我的人是春子，哦！我好像記得，是不是那位把女兒帶到我家來聽我講故事的太太？啊啊，什麼？不是春子，是另外一個，熱子？我沒聽說過，她已經來看護我兩個多月了？我不記得。她，只是要錢罷了，我對她一點印象也沒有，她一定不怎麼樣，不然我怎麼記不住？

這個人要帶我出去走走，那很好，我沒有事幹，本來在家就坐不住。我不能看不能寫，又不能打電話，人家都在忙，我怎麼沒有事？我得找點事，式同，我應該做什麼？你要我跟這個人出去？那麼你呢？你在家裡？好，好，這樣我才安心，我有什麼事會找得到你。

這位太太怎麼忙得要命？奔來跑去的，就是不管我，她說的話我還聽得懂，只是講不明白，唉，她太自私了，我要回家了，回到式同旁邊去，他是個好人，會照顧我的。我的爸爸呢？好久沒看到他了，哦，對了，他一定在家，問問式同就行了。什麼！式同說他已經死了？什麼時候死的，我怎麼不知道？我媽媽呢？也死了？不會的，前一陣他們還在家。我要去找他們談話，他們對我是多麼好啊，他們的心都很溫暖。

這個女人把我帶來帶去，去的地方我都不熟悉，都不習慣，我有點怕，很緊張，累得要命！回去吧——終於回來了，有式同在，我很安心，不必發愁了，我想睡覺，我很累，我睡了。

道聽塗說

知道我們有困難的朋友愈來愈多了。時下醫藥進步，人的壽命增長，而害這種病的人也就漸趨普遍，有關的消息，報章雜誌經常在登。有些好心朋友看到就剪下寄給我，也有人見到我就告訴我他所聽到的藥名。我那時為喜美子的病，急於求醫吃藥，想她因此會好起來，起勁地買了些來試，有沒有效，當然不知道。

到中藥房去問，他們總是說有特效藥可治這種病。而且就陳列在藥架上，付了錢就可以取。不同的藥房有不同的藥，都說很有效。事實如何？不得而知。如果我們要證實，就得花錢、花時間。

有位專業免疫的加大醫學博士說，喜美子的病是某種病原素在作怪，要我們到他的門診部去看他。我們沒有去。隔了好一陣，他還不死心，又向我們推銷藥丸，說那日本研發的藥丸可以治病。可是那藥丸的作用和他上次所提到的病原素沒有任何關係——他可能已經忘掉上次他在說什麼了。

跑了許多地方，見過許多醫生、嚐過許多藥，聽了許多話、又看了書。對這種病，都束手無策。

請律師

有次搬家，隔壁住著一家房地產經紀人。那經紀看到我們兩人成了他的鄰居，卻只開了一輛便宜的烏龜車，和房子不相配，就斷定我們沒錢。一天我請假沒上班。他看到我大白天在家，斷定我是失業了，一定缺錢用，就走過來問我要不要賣房子。我回他說不賣，他又使出壞主意來，建議我把後院賣給他，我說我沒有賣東西的念頭，他才死心了。

美國是多種移民雜居的國家，大家之所以相安無事，全靠浩瀚如海、無所不在的法律來約束。新來的移民如不瞭解法律，就會被當地老手欺負——當時我如果聽信隔壁房地產經紀人的話，把後院賣給他，那我多年辛勞的積蓄，就全都沒有了。這個經歷使我瞭解美國的人際關係，他們的「仁義」就是法律，認為凡法律制定的都是權利，都是應該有的。它必然是公平的、仁義的，是要「當仁不讓」的。如果你不知道法律、不懂規則，做錯了事、吃了虧，對不起，那是自作自受，沒有人會同情的，連法官都沒有辦法！誰教你不知道？美國的社會教育，對法律有認知的過程，移民來的外國人就不一定清楚了。

法律是條文，是抽象的、冷冰冰、硬邦邦的東西。要能在它織成的網裡適應，除了動點腦筋之外，還要多學些法律常識。不像在國內，不瞭解法律也還過得去。多數中國朋友，慣於國內的生活，對此地的法律細則不清楚。一輩子沒有打過官司，自己認為做人做到上法庭，必定是做人的失敗。所以大家在這裡唯唯諾諾、奉公守法，在沒有觸及美國法律的小範圍內過日子，卻常被懂法律的美國人欺負而不自知。在美國不懂「爭」字訣，就吃虧不少；要爭就要懂法律，沒有其他辦法。

那位美國老太太羅拉曾一再關照我說：「你們要請一位懂得老人癡呆症的律師幫忙安排相關事宜。」我聽了之後，開始時感到困惑，後來才知道她這話的重要。到一定的階段時，老人癡呆症人是不能判斷事情、不能簽字的，事事要有人代簽。以喜美子來說，那就非我莫屬了。可是我卻不能隨隨便便簽，是要經過法律授權的，這就得要律師來幫忙。

很多中國移民不知道美國政府和公司都不替慢性病人保險，老人癡呆症是慢性病，是沒有人管的。朋友們聽到我面臨的情形，和他們的想像不同，覺得不可思議。我原來也一直認為健康保險不是問題。事到臨頭才知道沒有保險的醫藥費用之高，加以生病的時間又拖得那麼長，醫藥費用的來源問題在當事人家中就顯得特別沉重。美國州政府對貧民有部分資助，病人夠不夠資格申請，也需要請教律師。

其他遺囑遺產問題、賦稅問題、子女責任問題……在在都需要專業律師的建議，一般人是不會知道這些細節的。

人情冷暖

我們的生活狀況改變了。這不僅僅是我們兩個人的不幸，更可悲的是，有意無意間，卻在以前來往的朋友們的態度上反應出來。這是我們做夢也沒有料到的。

本來麼，人是需要「朋友」的，大家可以聚在一起聊天、安慰、幫忙、利用……某個時期、某種生活，就有某些適合的朋友來往。小時我們有玩伴，學生時代有同學，工作上有同事，做生意有合夥人，打麻將有牌友，病痛時有人安慰等等。

喜美子生了病，如果不和社會接觸，我們就不知道我們的變化發生在什麼地方。別人態度的改變，其實就是一面鏡子，使我們更清楚地知道我們的處境。如果預先沒有心理準備，還是按習慣去衡量別人，我們的期望不能實現，遭到拒絕時，剩下的自然就只有無奈與失望了。

我們需要改變往常的看法了。更實在一點地說，我們必須改變處世的態度，重新建立我們的價值觀。可是人在倒霉的時侯、失意的時侯、有病痛的時候，還會有朋友嗎？如果有，是什麼樣的人呢？他們憑什麼會來結交倒霉的人、失意的人、有病痛的人呢？

這就是我們的考驗了。喜美子的病，變化著我們的生活。而這變化，時間上又是被拖得那麼長，變得那麼出人意料。其間的一點一滴，處處給我們帶來震盪，拉開我們和其他人的距離。我也就知道：生病、人性，其實就是生活的一部分，不管這病是發生在喜美子那裡，或是在我的身上。

以我個人來說，不管怎麼樣，生病和健康，失意和得意，我都得參與，都得承擔，都有其接受和付出。唯有身經其中的喜怒哀樂，我才算是做了人，沒有白來這世上一趟。

事實上「朋友」的性質是由各人自己決定的，什麼人在什麼情況下就有什麼樣的「朋友」。喜美子的病，和我家的現況，改變著我們社會關係。不過這些改變都不是自願的，而且又沒有先例可循，更無從計劃。只有一步步地摸著走了。

打電話

從早到晚，喜美子的電話鈴一直在響，她就趕著、跳著、蹦著去接，廚房裡、飯桌旁、臥室內，都聽到她高興地在說話。她那開懷的大笑聲，彌漫在屋裡，似乎永遠不會停。有時我們在用餐，來了電話，她就搶著去接，把我冷落在一邊，弄得我很不高興。

「哦！怎麼沒有人打電話給我？我又沒有做錯事！」喜美子有了病以後，經常滿面愁容，有時帶淚，嘴裡一直重複地掛著這句話，語氣中含著乞憐和無奈，繞著滿屋子說。

有時跑到我面前來，像被遺棄的孤兒，望著我，希望能得到一絲滿意的答覆。

「人家都在忙她們自己的事。」我試著安慰她。

「唉……」她嘆了一口氣，沮喪地走開了。

喜美子的本性是外向的，電話就是她對外的窗口，不可或缺。記得在婚前，她一天到晚都在電話上。站累了，還是不放，就坐在地板上對著聽筒說。那時她的電話線總是忙，我要找她，打了半天還不通，引得我大為光火。現在她沒有朋友和她講電話了，她那落寞、失望之情，自不必說。我也看不下去了，時而也為之抱不平、也為之感嘆人情之無常，也為之抱屈。後來那委曲之氣反而轉成憤激之氣了，但也無濟於事。

如果她的朋友打電話來，聽到她反復地說同一件事、總是在問同樣的問題，朋友們就不耐煩了，沒興趣多談。隨著喜美子病情的惡化，話裡又多帶了不相干的聯想，有時牛頭不對馬嘴，令人大感意外，摸不著頭腦。她們驚異地發覺她的變化，或出於同情的不忍、或由於對病人的嫌棄，不願再聽下去，鈴聲於是零零落落，稀少了下來。

有些比較熟的朋友，知道她病了，基於關切，間或來電話。時間長了，即使是這些好意的電話，也經不住持續的不快、惋惜，休息去了。

剩下只有喜美子給人家打電話了，對方或是想安慰她，或是喜歡聽到她那熟悉的笑聲，或是感到不好意思，就耐著性子和她談幾句話。她聽了臉上現出滿足的笑容來。只是朋友們的這種善意也維持不了多久，以後再打電話去，他們就都變得很忙了。

漸漸地她連撥電話也很費力了，開頭老是撥同樣的幾個熟朋友的號碼，每當心情不佳想找人聊天，她就不管早晚，不加考慮地去打電話。有時正值做主婦的朋友們下廚燒飯，沒有時間和她多說話，她就很失望。我對她說不要無故地去打攪別人，她們有她們的生活，有她們的時間表。可是喜美子轉頭就忘了，又去撥電話。有一陣子電話公司因加添區域號碼，號碼數字多得很，記不住，她就不會打了，教了也不會。於是每當她要打電話，我看對方不忙，可以接電話，才替她撥。

慢慢地她連電話也不能撥了，號碼總是弄不清，再三再四地要我幫忙。但我並不積極，盡可能讓她自己打，使她保持主動。其實我是知道對方的心理的，不想使喜美子去騷擾或乞憐他們——這時喜美子已經不能揣摩別人的心理了。

她的世界愈來愈小了。我為她的遭遇感到心酸、感到悲哀、感到無能為力。

從早到晚，一有機會，她就專心致志地去撥。她撥了一次，沒有打通，就再撥一次，再撥一次……聽不懂電話公司留言機裡的話，就再撥一次，再撥一次……把電話機也弄壞了，還是撥……

慢慢地她習慣於沒有電話的冷落了。在她桌上的電話機，她很久沒有碰，似乎已經把它忘掉了。

屋裡只有空虛與寂靜。

「哦！怎麼沒有人打電話給我？我又沒有做錯事！」喜美子一直重複著、喃喃地說。那帶著傷感的語聲蕩漾在屋裡，也撕裂著我的神經……

晨步

清晨散步，斜斜的陽光從樹葉間掃下來，鋪在人行道上，現出雜亂繽紛的影子。我扶著喜美子，不敢走得太遠，仍舊繞著附近的幾個街角打圈子，透過殘存的薄霧，遠遠地看到一對模糊的人影，一明一暗的、一搖一擺地愈來愈近了，漸漸顯出輪廓來——原來是夫妻兩個，而且是認識的。

好久不見了，只知道他們在同一地區住，想不到近來都在這幾條街上走，見面後不免寒暄一番。

「你們都好啊？」那太太端詳了在旁邊的喜美子一陣，然後看看我，接著就問。

「唉！說來話長，真是一言難盡。」我指著站在旁邊的喜美子，皺著眉頭說「她害了老人癡呆症，」同時雙手一攤，搖搖頭，做出無可奈何的樣子。

他們先用驚奇的眼光，注視了喜美子一下，見她面帶笑容，無憂無慮，氣色如常地靠著我站著，就以帶點鼓勵的口氣安慰我說：「你太太看起來好得很，不像有病。」那太太接著又說：「我的父親也是一樣，八十多歲了，總是忘事情。」同時搖了搖頭，嘆了口氣，說：「咳，人老了麼，就得忘東西，這個……大家都一樣。」說時顯得有心事，暗懷隱憂。

「不！不！老人癡呆症可厲害得多了！倒不僅止於忘事情……」我辯稱記憶力衰退並不一定是害了老人癡呆：「老伯八十多歲了，忘事情是常事。只是喜美子的病，可就麻煩了……」我還沒有說完，夫婦倆就顯得不耐煩，不想再聽下去，匆匆打了個招手就離開了。

說起來這對夫婦的看法也不算錯，一般的病不是打針吃藥，就是住院開刀。如此說來，老人癡呆的確不算是病，忘記東西的病情也和普通老人差不多。若他們稍有耐心，聽我解釋後，我們彼此就能溝通。只是他們要照顧從臺灣接來的年邁父親，也有心理負擔，不願因我的敘述而把它加重，就極力避免了。

六零年代的臺灣，經濟還沒有起飛，生活條件和美國相差太大。那時的我們留學生，文化上、語言上、功課上、工作上，和美國的現實都不能即刻適應，其間隔著一條大溝，想要跨過去就得費好多年的勁。好不容易適應了，經濟情況過得去了，又要買像樣一點的房子、兒女要上像樣一點的學校，家裡的擺飾得要像樣些……這樣那樣，剩下的錢就不夠僱人侍候年老的雙親了。如果沒有保險來負擔老人的醫藥費用，那就更有問題了。

我望著他們風霜滿肩的身形，在間歇的光影中，一步一蹬地冉冉而去。

我感到落寞、惆悵、意興索然，於是引著喜美子轉身回家。

訪客

自從喜美子得病後，什麼家事都得由我來做。我卻不具這方面的長才，也沒有心情好好做，結果家裡太髒太亂，沒茶沒水。如有朋友來訪，不敢把他們向家裡邀，只好請他們在餐館見面。見面握手後，坐下問安。談到坐在身旁，木然微笑的喜美子的病時，他們都同情我的遭遇，建議說：「你為什麼不僱個人幫幫忙？」我回問：「幫什麼忙？」那先生就說他的父親年老體衰，健忘癡呆，兄弟姐妹籌錢找了個幫手，很得力。我追著問：「那人幫什麼忙？」回答是：「燒飯、洗衣，等等家事。」

我向他們解釋，喜美子的病是心理上的，需要安慰和照顧，要人和她說話，此人還要會日語，個性又要相投。所以請人就很困難，不是做一般的家事就幫得了的。他們聽了現出迷惑的神色來，似乎是說：「怎麼還有那麼多的講究？」

我們以前也請過一位日本老太太來幫忙。她的個性就喜歡家事，來到我們家之後，忙忙碌碌，弄這弄那，煮得一手好菜，把屋子清理得很乾淨。她這麼一忙，卻把喜美子給冷落了。喜美子就不高興，說她的東西都被攪亂了，找都找不到，又說這位太太只會做家事，格調不一致，無法交談。要請她回去，不必再來了。

就算我試著把喜美子的病情詳細剖析給這兩位共餐的好心夫婦聽，他們也不見得會體驗到我們的感受，不說也罷——我們轉移話題，談別的事情去了。

餐桌上

上菜了。如何在大眾面前夾菜，喜美子已經不太了然，只能從擺在她面前的盤子裡撿。這時我就不自覺地只管替她把菜往那盤裡遞送，打算先把她安頓好了，再和其他人談天。我正在夾菜的時候，突然覺得大家的眼光都集中在她的盤子上，露出不以為然的神色來。糟了！我又得罪人了，忘記尊客為先的禮貌了！

在飯桌上，為營造喜氣洋溢的氣氛，大家都是點頭微笑，正襟危坐，說些吉祥話兒，看人只動眼睛。如果有人不識大體，好奇地東張西望，搖來擺去的，是不禮貌的，是不受歡迎的。喜美子得病後，為了照顧她，我們自發地揣摩出一套特別的習慣，這習慣只適用於我們二人，有不經意的逾常動作，別人不瞭解，就會引起誤會。就會用一般不成文的社交上做人的規範，來拘束我們，因此得不到諒解。

在這樣的場合裡，我除了費神看護喜美子之外，還要安撫其他的賓客，管了這個，顧不了那個，這裡說抱歉，那裡求原諒，弄得我手忙腳亂。但是那當事人不自知的冷峻、責備的眼光，卻仍就照著我們！逼得我無所適從、力不從心，感到特別累。如果因此不理會別人的態度呢？心裡過不去，也顯得太魯莽，無端打破了桌上的氣氛。如果等大家夾完了菜以後再為喜美子送菜呢？我認為這樣太殘酷了，喜美子有病，是不是要看人家的臉色才能吃飯呢？想來想去，只好退避三舍，不上桌為妙。

邀我們吃飯的人，就此稀少了。

怕傳染——怪力亂神

雖然知道老人癡呆症是不會傳染的，但是有人仍然不放心，仍然認為它和傷風感冒一樣，是會傳染的。加以這又是不治之症，以此更覺得可怕了。不過既然大家都說這並不會傳染，報上也沒有提到要注意，這顧慮就只是他個人的意見。因此在表現上，這種人就躲躲閃閃，拿出許多藉口來搪塞他們的疑慮，使我們摸不清他的本意是什麼。

美國人是注重科學的，學院的研究報告說什麼，他們就相信什麼，絕對沒有問題。可是在中國人的圈子內，卻有一股說不清的「怕傳染」的狐疑在某些人的腦海裡流連——說它是迷信也好、是謠言也好、是自我主張也好，反正有那麼些味兒，但是又不清楚。這種感覺有點像吃中藥。沒有人知道其原因，全靠道聽塗說，或個人的信心來維持。想要病好，再貴的千年龜殼也會有人買的。只是龜殼為什麼要千年才會有效呢？就沒有人去追問了。如果朋友中有人相信這病會傳染，怎麼辯論說明也都沒有用。

又有人講運氣、搞吉凶。遇到倒霉的就避免，不如意的就不談；買房子要講風水、生小孩要算八字。喜美子有病，是倒霉的事，當然要敬而遠之了。可是人家認為倒霉，我卻不同意，就想，那個人不生病？生病又怎麼了？還是一如往常，帶著喜美子到處跑，不在乎別人想什麼。這行動當然就會招忌，就會碰壁了。在美國的中國家庭，雖然身處西方社會，學的也是科學，可是迷信的程度確實令人吃驚——這現象可以解釋為被孤立了的文化的自瀆罷。

絕交

有次和一位相交多年的熟人同去午餐，他早知喜美子的毛病，飯吃了一半，我們正在用中文閒談，「吭吭」——這突如其來清脆的聲音，打斷了我們的談話。原來喜美子旁若無人地，把她的假牙從嘴裡取了出來，放在玻璃水杯裡洗，用筷子攪得大聲響！

我感到萬分抱歉，連說「對不起」。她怎麼了？當著客人的面，做出這樣丟人的事來，以前的禮貌都跑到那裡去了？我惶恐地解釋，可是沒有用，這位朋友面子下不去，禁不住怒氣衝天，大為光火，請我們提早離開！

我被侮辱了！為什麼他會為這點突兀小事而不高興呢？喜美子有病，難道他不知道嗎？

仔細想來，他是我做生意時代認識的。以前那麼些年，我們見面，談的都是好聽的話，不是說某人怎麼怎麼成功，就是談自己如何如何能幹。不費吹灰之力，就賺了一大筆。早先我在做生意，說這些行內話是很自然的，聽多了就習以為常。現在不同了，我全天候地在照顧太太，人生觀有了改變，可是我自己還不知道。

這改變由這位生意朋友的反應而顯現出來。這位朋友不能容納喜美子病中的異常舉動，下逐客令了！說不定他心裡本來就不高興我帶有病的喜美子一起來的，只是沒說出口而已——在這逐客令後面，清楚地傳達著一個信息，那就是我整天陪著太太，什麼事都不能做，對他來說，已經失去了利用價值。

不僅做生意的朋友如此，就是普通朋友的態度也有了改變。一般人只願和春風得意的朋友們聚會，不會和有煩惱的人聯繫的。可是他們在談笑中，別人的煩惱卻變成了他們的談天資料。在美國，就是有同情，也只限於說兩句關心話、嘆氣聲而已，不會有任何行動的。

我非常惱怒，「我要把喜美子和一般的社交關係隔離，找個人在家看著她，」我想，「或是和這位朋友絕交？」既然失去利用價值，還留在這裡幹什麼？兩者之間，我得做個決定。

喜美子的病，使我們社交的性質和範圍，起了不小的變化。

躲避

喜美子有許多聊天的日本朋友，住得近的常常來我家串門，住遠的就經常打電話，有些相交已近二十年，聽到喜美子生了病，這些人立即離奇地都消失了。

喜美子的一位朋友，家就住在附近，好久不見了，我還記得她。大概已經有人告訴她喜美子的遭遇吧，一天我們不期在銀行相遇。她老遠看到我們，以為我們沒注意到她，就藏到柱子後面。從後面偷偷地瞧著我們，想看看喜美子到底變得如何了，是骨瘦如柴呢？還是步履維艱？不料我眼尖，看見她在柱後躲躲藏藏，要見不見的樣子，就拉著喜美子上去硬和她打招呼，要使她出點醜。她逃不掉了，只好紅著臉從柱子後轉出來向我們鞠躬。這位太太的行動令我好氣又好笑，覺得很滑稽，猜不透她在想什麼。喜美子害的又不是見不得人的病，見面打個招呼有什麼關係？是不是打招呼就會惹來一身麻煩？

什麼麻煩呢？是不是喜美子要去求她做什麼了？會在她做飯時打電話去吵她了？沒有呀！更何況平時喜美子並不怎麼和她來往，也已經忘記她了。

另外一位朋友住得遠，喜美子和她常在電話上聊天，也曾來看過我們。她身上灑了很多香水，臉上塗了許多粉，知道喜美子生了病，就此沒有來往，電話也沒有。這下我更不懂了，她住得那麼遠，喜美子是不可能去找她做什麼的，她也大可放心，不必擔心喜美子會去麻煩她的。

另外一家人，平常我們沒事就聊聊、串串門。他們也知道喜美子有病，可是當我們要造訪他們的時候，大概是怕我們的倒霉情況會給他家帶來什麼惡運吧，他們就顯得不耐煩、不高興。就躲躲藏藏地、忙來忙去地不歡迎我們了。

如果我帶喜美子出去碰到朋友，他們看到我神不守舍地和他們打招呼，也就沒有談話的興趣了。但是在我的心裡，我還是喜歡見人聊天，我仍是渴望有人給我一些同情——雖然這是很難得的。

「噯！這些人一向不都是好朋友嗎？」我這麼想。

「怎麼生了病就變了？」

人總是向上看的，我只能這樣想。不是嗎？我在電視裡，看到非洲的動物，一生了病，就被群體拋棄，餵了獅子的饞嘴。

人的耐性，其實並不多，人，總是寂寞的……

自己的生活？

有人看到我整天在家照顧喜美子，別的什麼事都不做，問我自己的生活怎麼辦，將來的打算又如何？又說我的來日方長，一定要繼續走下去。又有人建議我出錢把太太送到療養院去，如此方可脫身，自由地做自己想做的事。

「唉，」他們常常說，「你把喜美子送進療養院不就行了？你總得做點事。」「什麼事？」我問。「你幹了那麼多年的本行，經驗那麼多，繼續做下去就是嘍。」他們點醒我說。

這就牽涉到價值的問題，牽涉到輕重的問題，牽涉到人生觀的問題了。所謂「想做的事」又是什麼呢？是不是可稱為「賺錢的事」、「喜歡做的事」？喜美子嫁了我，過了幾十年，現在老了、病了，無親無故，需要人看護。這些「賺錢的事」、「喜歡做的事」都比照護病人更重要嗎？我是什麼人了？

喜美子的妹妹有一位獨生女，四十歲了，還沒有結婚，她拋下獨居在日本的寡母，一個人移民去了紐西蘭。她的母親在日本很寂寞，常去紐西蘭看她。我問這姪女為什麼不留在日本陪她的母親，她說她受不住日本那空氣窒息的生活，一定要到紐西蘭去住。

這姪女從紐西蘭來看我們，我們去接她，一下了飛機，在瞭解喜美子的病情後，她在機場就迫不及待地盯著我問：「你花了這麼多的精力去照顧喜美子，你自己的生活呢？」「什麼是我的生活？」我回問。「你自己的時間，你自己的事情。」她旁若無人，毫不關心地說著。我吃了一驚，這種問題居然出自喜美子自己的姪女之口！我是不是聽錯了？

「喜美子的生活就是我的生活。」我這樣回了她一句。

人家說

又有人見到我，知道我有生病的太太，不知是出於同情、出於安慰、或出於自炫，就說：「我有個朋友害老人癡呆症，跑出去就不記得回家的路，不知去向，最後還是被警察給找了回來。」說完了就皮笑肉不笑地拉開嘴笑笑，似乎在賣弄他的見聞。聽到他這樣說，我不知如何答腔，只是哼哼唧唧地點頭。

我對這種病有切身感受。他的敘述，不痛不癢，對我來說，像隔了一層膜。我想給他解釋，只覺說也說不清，講了他也不會懂，只好報之以微笑了。

是的，老人癡呆症是一種病，病人是在忘東西，這是大家所知道的。可是這種病又和其他病不同，嚴格地說它是一種心理病，害這種病的人在情感上是極其寂寞而脆弱的。因此只能以愛護、關心、參與的態度去照顧，而且是無時無刻的照顧。照顧的人若沒有關懷的心，病人在感情上沒有可依賴的支柱，他們就會覺得無所適從，就會自己跑到外面去尋求安慰，就會不記得回家的路，不知去向。如果家裡很溫暖，病人是沒有理由會跑到別的地方去的。

這就可以解釋報上登病人為什麼會從療養院爬牆逃跑出去的消息，就是護士們太忙，沒有適當的照顧，而且她們用職業態度去對待病人。病人們忍受不了，想要回到他們心目中溫暖的家，就不顧一切地去追求了。

這都是病狀，因人而異。需要做很細緻的心理分析，按層次地去做適當的處理。不過這些複雜而麻煩的過程，如果沒有切身需要，一般人是不會有興趣去瞭解的。

＊

在美國我常聽人用中文說英文，或者用英文說中文，在用雙語的中國移民圈裡，這是一個普通的現象。當我聽到有人說：「我們很歡迎你，因為你給我們帶來快樂。」這種家常話以後，我就會生出莫名其妙的反感來，覺得他很浮誇，用英文的口頭禪來對付我了。暗想：「嘿嘿！你是不是在說，如果我給你們帶來的只是悲哀，譬如帶著喜美子到你們家，你們就不要見我了？」

我的反感還是出自我是中國人的感情上。在國內，如果有人只撿別人在春風得意的時候去聚會，人家倒霉的時候就躲得遠遠的，我就會看不起他。我也會和他劃清界線，離得遠遠的。現在喜美子有病，我更變本加厲地把這條標準拿來衡量別人了。

在一般慶祝的場合，大家都說些應景的話。長篇大論，一句真心話也沒有。如果我敘述些在照顧喜美子時的難處時，他們就都顧左右而言他，不願意聽。這時我就會生氣，會坐立不安。其實我大可不必那麼量窄，難得大家有機會見面，就得要藉此高興一番。他們憑什麼要來聽我抱怨照顧喜美子的難處呢？聽了抱怨又能怎樣呢？哭？笑？我為什麼只顧自己抱怨，而不聽聽人家說的得意的事蹟呢？

我之所以氣憤難抑，源自我自己目前的處境，太過情緒化，趨於偏激之故。

09 病中生活

喜美子的病情開始時所發生的微妙變化，她自己知道也說不出個所以然來，朋友們只聽到我在訴苦，問問不清楚，看看沒有病，也就算了。

這變化愈來愈厲害了，喜美子自覺她的思考能力明顯地在衰退，不知如何是好，醫生也僅說沒事。可是她和普通人一樣，有自我保護的一層膜，我捨不得去戳破它，盡量維持她的自尊心，不願把情形告訴別人。

她只得有時哭、有時自怨自艾、有時魂不守舍、有時喃喃自語……

她的變化使她無法顧及別人的反應了，她的表現使不熟悉她的人覺得奇怪了，以常人的標準來衡量她的言語行動，就得不到諒解了。

與此同時，我無時無刻地陪著她，心理上也在盡力地試著適應她的變化。因此她的感受、她的需要、她的生活，無可避免地都是我的了。我也就無時無刻生出新的同情、新的刺激和新的無奈……

在我的心裡，她還是以前的她，還是在明大校園內見到的、樂天的她。她舉手投足，都使我覺得溫暖、好玩、可愛。現在她生病了，她給我的感覺至今仍然沒有變。如果我回家看不到她的笑臉、她的滑稽動作、她那帶日本口音的話語……如果她不在我的生活裡，我還有什麼呢？

我怕，我怕，我怕失去了那可愛的笑臉，那溫暖、好玩、可愛的她了。

＊

往事如煙，快四十年了，我們一起走過漫漫長路，如今都老了。和當年一樣，喜美子的圓臉，依然浮著笑，只是變得空洞了，無復昔日的光彩。她的動作，禁不住歲月的侵蝕，已沒有以前那麼活潑了。現在她心裡混沌一片，懼這怕那，孤獨無依。被無情的命運拉扯著，慢慢地愈去愈遠了——同時又不停地掙扎著，盡其餘力，回著頭、伸著手，聲嘶力竭地，期待我伸出的援手。我也使盡我的力量，緊緊地拉住她，不讓那無形的黑幕，把我們隔開……

偶而我繃緊的神經有些要斷了，控制不住自己的情緒了。曾向她表示我的忍耐能力已經過了極限，抵不住了，要把她送到安養院去請專業機構的人來看護她。她聽了立即露出極端恐懼的神色來，默默地坐在那裡，一動也不動，一句話也不說，生命的光亮，逐漸離她遠去，剩下的只是灰白色的影子。

我不能忍受了，我的心融化了，我緊靠著她，喃喃地只重覆一句話：「我抱歉，我抱歉，我說錯了，我永遠在這裡……」

不見了！

早晨起得特別早，平時夜間受喜美子打攪，起來時有點昏沉。難得今天頭腦特別清醒，精神也不錯，到大門外張了張望，報紙還沒有送到。幹什麼呢？唉，非要運動運動不可了。近幾年心情不寧，運動量不夠，肚子大得要見不得人了！所有的衣褲都穿不下了！

打太極拳吧？我打了幾十年的拳，可謂輕車熟路了，只是近來膝蓋不爭氣，打到一半，就痛起來了。去看醫生，說年紀大，肌肉不行，支持不住身子重量，要我以走路代替打拳，每天至少半小時。

以前我是每天早上和喜美子一起出去散步的，一走就是一個多小時，我還嫌不夠，又做些別的體操。喜美子那時身輕步快，走路一點問題也沒有。現在不同了，她不但忘了路，而且體力也不行，走得很慢，一出了門，就緊張起來，說是怕狗，事實上是不認得她所走的地方了，怕控制不住，迷了路，只是吵著要回家。

就這樣我也走不成路了。在家裡運動吧。以前神清氣爽，意志力強，要做什麼就貫徹到底，打拳不就是在家裡幹的嗎？現在不成了，為了照顧喜美子，其他的事都沒心情了，連必須的運動也不能專心做。

好久沒有做有規律的運動了，體力在退化，我自己還不知道。一天和朋友一起爬樓梯上屋頂，到天花板上，磨蹭了好幾分鐘才站起來。可是那朋友一下就上去了，沒有任何困難，他還比我大兩歲！回來以後，想想不甘心，我怎麼變得那麼糟？那位朋友一定做了什麼活動，不然手腳不會這麼利便。就打電話去問，原來他信奉佛教，在家每天磕幾百個頭，磕得滿身大汗，身體自然好了。

我看喜美子還在熟睡，一時似乎不會醒，自個兒就出門散步去了。

半個鐘頭以後回來，一進門就嚇了一跳，喜美子已經起來了，見我進來，神色漠然，可是臉上的肌肉都繃緊了，坐在椅上瞪著眼，向我心不在焉地笑了笑，沒說什麼。我覺得有些不對，不過也不太在意，看見報已送來了，就坐下來看報。星期天的報特別厚，仔細看要許多時間。我平常僅撿有興趣的題材看，其他的只瀏覽一番而已。即使如此，也得要看好一陣。打開報紙不久，眼角瞥見喜美子到前院去了，我以為她一如往常地去撿樹葉，就不以為意，繼續注意看我的報。

十分鐘過去了，一切出奇的安靜，像湖水一樣的平靜！這不習慣的安靜卻給我帶來一陣陣的恐懼！喜美子呢？莫不是有什麼事吧？

喜美子平常就是撿葉子，也還是會進進出出、來回打攪我看報的。這一會兒的安靜太不尋常了，只覺報上的字開始跳動，化成一片空虛的迷霧。我捉摸不住，看不下去，就甩掉報紙，跳了起來，跑到門前去看，沒有人！奔到街上，兩頭看看，盡我的目力，都不見人！嗳呀！不得了！我衝進屋裡，抓起鑰匙，跳進車子，到附近幾條常走的街上轉，沒有！我的心往下沉，糟了！我開始冒冷汗了！趕著報了警，他們說馬上會派警察出去找，向我要了名字和電話號碼。

我蹀躞不下，在家急得團團轉，無濟於事。心想不如再到外面去找，做點事來紓解心裡的緊張。繞了幾圈，還是沒有見到人！在路上倒是遇到警察，他們要我回家等。

因為我在報警的時候說明喜美子的長相，衣服的顏色和式樣，警察局就派來了兩個亞裔警察。警察前腳後腳地跟我進了門，身上的手提電話就一直在響，嘰哩呱啦的像廣播電臺。他們先查看了房子內外，然後向我問話。問得非常仔細，年齡、相貌、衣著、身份證號碼……還要去看護喜美子的牙醫名字——後來才知道，報尋人是偵探案件，他們必須審慎處理，所以不厭其煩地問話。

警察正在問問題的時候，我家的電話鈴響了，警察要我去接，那是加大醫院急診室打來的，說喜美子已經找到了！嗨！好極了！我長吁了一口氣，立即放下心來。他們又問喜三榮是什麼人？我說那是喜美子的父親，去世已經多年了，他們要我馬上去醫院帶她回來——在這忙亂情形下，喜美子已經記不住我的名字了！只覺得留在家裡的是她的父親，他是在她出生前就在家的，直覺上是很親很親的人了。

原來喜美子走在路上弄不清方向，也不知道紅綠燈的作用，在十字路口闖紅燈時被警察看見，下車來盤問。喜美子又不懂他們說的英文，在他們面前拚命說日語，警察沒有辦法，就把她送進醫院的急診室去了。急診室和警察局是經常聯繫的，從那裡知道我報警時留下的電話號碼。

幸虧是星期天早上七點多，路上車子少，不然過路被車子撞了，可不得了！我事後想起就打冷顫！

在我家的警察認為沒有什麼事了，就帶我去醫院。他們在醫院把交代的手續辦完了以後，向我打個招呼才離開。

喜美子被許多護士圍著，滿臉惶恐，失神的眼睛瞄來掃去，不停地在找，看到我以後，她就安下心，眼裡浮出笑來——她仍是認得我的，我是她認為最可倚賴的人了！美國護士們見到我們兩人相互擔憂的情形，都很瞭解。就說：「你的甜心（Sweetheart）在這裡。」就散開了。之後她們對我的態度，因此就特別友善，有位護士說她家也有同類病人，也要有人不停地看護，知道其中甘苦，同情我的遭遇。一次當我向郵局的服務員解釋喜美子的異常行為時，我也從那裡得到過這種富於同情態度——可見美國大眾對這種病人的特徵，目前已是家喻戶曉了。

從我發現喜美子走失後，再從報警到帶她回家，前後總共兩個小時，真是快！

回來後第一件要做的事就是把門裝了鎖，不讓喜美子隨意亂跑了。朋友們早就建議我把門反鎖起來，如果我不在意時，她出不去，就不會不見了。我想在她神志似清非清的時候，一切保持正常，使她對環境感到習慣自然。這類限制性的辦法，非不得已，還是不用的好。所以至今門上沒有裝反鎖，不想這就出了事。

喜美子看到鎖，似有所悟，看我在旁邊沒說什麼，她也就不說話了。警察建議替喜美子帶個牌子，上面刻著她的名字和家裡的電話號碼，以後在路上看到就知道她是什麼人，可以直接送她回家。我卻認為不妥，那牌子在出事前是沒有人看的，出事以後警察才會見到，那不是太遲了？

病人的任何行動，無論如何出人意表，都有其原因的。喜美子出走迷路，是跟我沒有帶她一起去散步有關，她對我的依賴已經成了她生活的一部分，而且對我的疏忽有了強烈的反應，不然她不會一個人向外面跑。

她為什麼一定要和我一起去散步呢？這是我們生活裡的日程，喜美子一直都堅持著要執行的。

囈語之三

早晨醒來，唉，床上不見了式同！他到哪裡去了？如果他不在，沒有人，整棟屋子就只有我一個人在裡面。那太可怕了，我會支持不住的，我一定得找到他。

廁所裡沒有，客廳裡沒有，飯廳、後院，都沒有！四面突然飄出一陣黑氣，漸漸地凝聚起來了，成形了，向我推來了，重重地，重重地，把我擠得喘不過氣來……

他終於回來了，原來是出去散步，為什麼沒有邀我一起去？以前不都是和我一起去的嗎？是的，他最近變了，你看，他看到我起來，也不理我，就是看報。哼！可惡！我也要去散步，屋子附近的幾條路我是知道的，我好好的要他帶什麼路？為什麼要跟他一起走？我走我的，不要理他，看他怎麼樣！

臺階上的落葉，又是那麼多……不管了，我得出去走路。這邊？那邊？那頭有條狗，還是走這邊吧。在十字路口，唉！向哪裡走呢？好像是那邊，是，是，就是那邊，過馬路再說。

嗚嗚！來了一輛警察車。不管它，我還是走我的，唉，後面來了一個女警察，她要我站住，她走到我面前來了，她在問我話，我一句也聽不懂。噯噯，我近來聽不懂別人說話了！似乎別人也聽不懂我的，連式同都聽不懂。

我不認得警察，她一定要我上車，到哪裡去呢？我不知道。到了一個地方，我看到許多人，男的女的，套著白衣服，我都不認識，都在看我，唉，式同呢？我沒有看到他的臉！這些人都在問我話，我不懂，有一個人問我的名字，這我是知道的，我就告訴他們了。又看一位女士在我身上罩了件衣服，手腕上繞了一個標籤。他們還問我家裡有什麼人？我記得我爸爸喜三榮的名字，就把它告訴他們了。

他們要我躺在一個床上，我好好的為什麼要睡覺？不行，我得找式同，他會幫我辦事的。我找來找去，都沒有看到他，還是一大群不認識的人圍著我，他們說話我也不懂，我擔心極了，我擔心極了……找著，找著，我終於看到式同的臉了！哎，太好了！……

散步

「汪！汪汪！」街口那只黑狗看到我們，遠遠地就大聲叫。吠聲劃破了寂靜的、留有晨霧的空氣，傳到四周的房子裡、樹叢中，顫動著我們的神魂……似乎就已經叫到我們的腳後跟來了！

「換條路走吧！」我建議，「不！我要回去了。」喜美子很恐懼，神經質地邊說邊轉身，向家裡跑。

喜美子小時在東北的時候，膀子被狗咬了，進了醫院，還發了幾天燒。那痛苦的經驗，給她的印象很深刻，至今臂上還留有疤。因此她一直不喜歡狗，見到就發抖。近來更怕了，聽到狗叫，躲在車裡都坐不住。

我也是怕狗。幼時在四川，鄉下有許多野狗，到處亂跑，一天我和弟弟在野地裡玩，有條黃狗向我們張牙舞爪地追來，我弟弟跑得快，早就躲得老遠。我被嚇得兩腿發軟，不由自主地直顫。走不動，正待彎下腰來準備爬，那狗就毫不客氣，趁此機會，順勢在我的屁股上咬了一口！那可怕的回憶，使我到如今看到狗還是會心驚膽戰。

為什麼我在被狗追的當兒，會腿軟發抖呢？後來自己想想也覺可笑，怎麼這樣差勁，膽子到哪裡去了？原來我看到狗來，腦裡就只想著牠的尖牙，那些牙齒被我誇大的幻想起來，似乎已經陷到我的肉裡去了，一定痛得要命！更何況它還可能咬下一塊來吃，還可能會咬第二口！哎呀！不得了！故我沒有想到別的事，忘掉可以逃跑，剩下的就只有腿軟發抖了。

而狗都很聰明，知道我們怕牠，老遠就專盯著我們叫，甚至跑來咬我們。那街角的黑狗霸住一方，逼使我們的走路出口只限於向南的一面——我們的自由於是被狗給剝奪了！

＊

搬了家以後，到附近走走，發覺路都是彎的。而且高高低低，有坡有谷，樹木長得很高大，在人行道上逛，一路看著各式不同的屋子，前院的花圃、門前的汽車，品三道四，頗不寂寞。

喜美子自小喜歡看文學作品，床頭擺滿了書，每每看到深夜還不釋手，以此腦裡充滿了幻想。走在路上，說說笑笑，仍然踢松果、走路邊、撿樹葉，指東畫西，批評、談說沿路的房屋——這些房子的式樣，有的和英國小說裡所描述的故事環境相似，勾起她的聯想，交織出新的故事，她就陶醉在眼前這些新的想像之中了。見到紅紅的楓葉很美麗，她就把果子撿回來養，長了許多小楓樹，前庭後院都有。

起床後空氣新鮮，散步又是很自然的運動，有益身心，就此成了我們每天早起後必行的習慣。起先我們就近到加大校園裡繞圈子，來回近一個鐘頭，那裡有體育場，很多人在那裡跑跳，偶而在人群中還可看到一些熟悉的電影明星。喜美子腳步輕快，有時走在我的前面，回頭笑我年老不中用。

我們一邊走，一邊說笑，一次我站在兩棵樹的中間不動，喊在前面走的喜美子，她回頭不見人，吃了一驚。停住腳東看西看地找，過了一會，還是沒看見，我忍不住就動了一下。她看到我以後，覺得有趣，她也站到那裡學樣。以後每經過這地方，她就稱那樹幹是「說話樹」。

每天出外散步，我總是撿老路走。喜美子就不同了，經過新的路口，她就像小孩一樣，好奇地轉進去瞄瞄，還要拉著我一起去。而我則一成不變，嫌麻煩，不要跟她亂跑，為此我們還會經常鬧些小彆扭——就在這小節上，也顯出我們不同的性格來。

喜美子自幼在東北住的時候，就會溜冰。她的工夫不錯，還會滴溜溜地打轉，她父親看她有些天分，特地請了個俄國老師來教。在明州時她有溜冰鞋，下冰場去溜著玩。婚後知道我不會，她就不去了。我自小就有懼高症，坡稍微陡一點，我就會頭昏腿軟，不敢上去。我家的平屋頂，上面積了樹葉，需要打掃，我就不敢上。喜美子卻無所謂，上上下下，如履平地，平衡能力也很好，以此屋頂的清理工作，常由她來做。

*

一九九三初，喜美子開車到機場來接我，和往常一樣，她還是笑嘻嘻地來歡迎。突然我看到她的右臉又青又腫，嚇了一跳，怎麼回事？她說當天早上散步，在路上跌壞的。奇怪！我想，她的平衡力一向不是很好嗎？怎麼會摔跤？就是摔，也不會跌得這樣糟！

她平常走路，跑跑跳跳，在人行道上如果不留意被絆了腳，緊跑幾步就站住了。年輕的時候，遠遠地看到我，她總是快跑到我身邊來的。她的身體一向很軟，個子又小，反應很靈敏，有幾次就是摔了跤，大不了擦破點皮，我向來沒有擔心她會受傷的。

從此她常常摔跤了，散步時顧著上頭，就顧不了腳下。一天早晨，我們一起走路，過街時不小心，她踢到路沿，就摔了下去，把手腕骨給跌斷了！找醫生上石膏包紮了兩三個月。即是如此，我們還料不到這是有病的緣故，只怪她不小心。

其實摔跤就是不能控制平衡力的表現，這就是病的初期症狀。手足的活動，腦子照顧不過來了。自此之後，她就磕磕絆絆，這裡碰那裡磕的，身上受傷的地方就多了。

她也不像以前那麼活躍了，不再一往直前了。她開始掉班落後，走了一小段路，就改變主意，吵著要回家。走時兩眼直視，雙手握拳，咬牙切齒。我問為什麼會這樣緊張？她說她自己知道有些不妙，走路時照顧不過來，在和自己奮鬥，拚命地想要掌握環境，就顯得不自然了。又一次我在對街招呼她，過街時她就直接過來，不顧左右來往的車！唉，太危險了！得想個辦法，不能讓她這樣走下去。

自此之後，出門走路，我就自然地護著她、扶著她，或握著她的手，怕她跌跤。同時也使她感到隨時有人在旁照拂，心理上不覺得孤獨。開始時她不甘示弱，推開我，表示她可以自己處理，後來覺得需要，才不再拒絕。

所有的變化，都和她的病有關，其輕重和病情的發展是平行的。心理上也分幾個階段：開始是隱瞞、找藉口；其次是矜持、拒絕別人的援手；再其次是放棄，知道自己不能控制了，才接受幫助。

＊

日本職業婦女時興穿高跟鞋，喜美子就有許多雙，出門就穿著。她朋友的女兒，曾告訴我說她幼時對喜美子最清晰的印象就是她穿的那雙紅紅的高跟鞋，普通婦女不太穿。她又不喜歡當時的日本流行歌曲，卻一天到晚聽法國小調，吵得和她一起住的弟弟都吃不消了，無心準備功課。就不經她同意，跑進房來就把唱機給關掉，以示抗議。我問喜美子為什麼會有這種標新立異的怪行，她說她是女權維護者，要怎樣就怎樣，別人管不著。其實那時代的日本新派女子，也是在反傳統，同時也是在崇洋。只是在程度上、性質上和中國人的崇洋不同而已。

在洛杉磯的家裡也有各色各樣的高跟鞋，紅色的仍是不少，連雨鞋也是紅的。那些高跟鞋都有尖尖的頭，把她幼時在榻榻米上養成的大寬腳趾都擠扁了。摔了幾次以後，我覺得她那些高跟或半高跟鞋很不安全，穿了容易跌跤，於是決定把它們全部丟掉，僅買舒服的平底鞋來用——即使如此，遇到路面的缺口，她還是會摔。

＊

逐漸她對出門的目的分不清了。對她來說，出門都是一樣，都要做同樣的準備。於是大清早起來就做出外的準備動作，一遍遍地重複，一次次地來問我……

於是出門就變成大事了。她心裡又疑神疑鬼，緊張萬分，我們就終止了這於身心有益的散步運動。

住在附近的人，看到我們每天經過他們的門前，已經都有默契。我也曾把喜美子的病狀告訴幾位常見的鄰居。有幾次喜美子獨自在我沒有注意時外出，他們就好心地把她帶了回來。

在我的眼中，喜美子還是那遠遠地跑跳著，舉著雙手向我衝來的日本女孩，還是那和我攜手走在明大橋上的伴侶。我們在一起走了一輩子，向來不自覺。現在卻是她的病，使我突然想起她在我旁邊已經走過了近四十年的風風雨雨、寒寒暑暑！如果沒有她在旁邊呢？是什麼？是空白！那太可怕了！日子怎麼過？我發著抖，捫著臉，想都不敢想。

說日語

喜美子見到警察、護士，英文都忘了！怎麼回事？如果真是不會說英語，那我這不懂日語的人怎麼辦？靠打手勢不成？

我們婚姻的缺陷雖然有，但是在別人眼裡並不明顯，只是在語言溝通方面的不便卻很突出，也是最為無可奈何的事。每次到中國朋友家，當大家興高采烈，用中文大聲談論的時候，喜美子聽不懂。看看人家都不理她，自己感到沒趣，就往往提早要回家。她的突兀行動，使場面大殺風景，令邀請我們的人很尷尬，也很不快。再聚會時對我們自然有所顧慮，邀請我們的次數，就此少了。

一位朋友知道我們之間的言語障礙，就問：「你們彼此怎麼說話？」他的意思是我們互相之間無法表達意見，怎麼可以結婚？我回問：「說什麼？談情說愛？哲學辯論？日常生活？張家長李家短？」他雖然不再問，可是我已感到他對語言不通的婚姻，是無法想像的。換句話說，一定有問題。

問題誠然是有，可是對我們來說，並不重要。經過那麼多年，婚前和婚後，喜美子的一舉手一投足，對我都有一種親切感，這是語言無法形容的。如果沒有這種親切感，不管她怎麼說得清楚有理，我是無法和她共處的。

近來喜美子說日本母語的分量漸漸多起來了。尤其在天黑以後，心情不定，她就自言自語地說個不停，也不管我聽不聽得懂，對我還是照樣講。我問她在說什麼？她看著我，流出詭異的眼光來，似乎是問：「你怎麼會聽不懂？」我們早知道這是沒有辦法的事，平時也不苛求。現在老了，病了，回歸現象出現了，這溝通的問題就顯得特別嚴重，有時還要請會日語的朋友幫忙。

說話是個人內心的流露，不停地說，顯出喜美子心中的抑鬱、煩悶，已經到非說不可的地步。在這個時候，為了使她能自由發泄，我不管懂不懂，就只哼哼唧唧地附和。

＊

六〇年代的日本人說英語，帶著明顯的口音，喜美子自然也有。來美這麼久，英語口音絲毫沒有變。我在家聽習慣了，也就不以為意。只是當她的日本朋友在電話上和我講英語的時候，才恍然發現這口音是如此地熟悉。我有時學著她的口音說話，逗得她哈哈大笑。

在明大唸書的時候，那裡的日本學生很少，校外的日本人多是二次世戰後嫁給美國軍人的太太，她們所受的教育有限。喜美子覺得和她們談不來，很沉悶。來洛杉磯之後，有那麼多的日裔人口，大都是從日本來的，她就如魚得水，交了許多朋友，整天和她們在電話裡有說有笑，唧唧喳喳地講個不停。她們之間講的盡是日本話，有些朋友甚至不會英語。為了不使她們感到不便，她那電話我不會去接，因此那些朋友都不知道喜美子的先生是中國人。

日本人之間的談話，男女間的用詞都不一樣，代表他們所屬的社會階級，而且經常在變。如果不經常講日語，就有被淘汰的可能。日本人是看不起別國人講日語的，平時為了實際需要，且日本人講禮貌，心裡所想的不一定會表現出來。喜美子和我是夫婦關係，無話不談，所以我就知道日本人的想法了。

我有一陣子，心血來潮，拿了張日文字母表來念，準備學日語，要喜美子教。她念了幾句，我跟著學，她聽了以後，大搖其頭，說我實在不是料，不學也罷。我頗不高興，問她為什麼不鼓勵？她說在美國沒有用日文的必要，而且日語如果說了個半吊子，反而被日本人看不起，不如不學。這句話道破日本人看待別國人的真情，從此我也就打消學日文的念頭。

為什麼日本人會看不上外國人說日語呢？原來日本人是服從勢力的，從他們在公司裡所表現的上司和下屬的關係，我們就可以看得很清楚。喜美子的弟弟昌佑有一次出差到洛杉磯來，順道來看我們。帶來了他在公司的助手，到我們家以後，發現我家的游泳池，特別希罕，這在日本是少有的，就要他的助手陪他玩水球。那助手打著領帶，沒有想到陪上司出門還要作這種服務，滿心不願地提起精神替他撿球。我看了很過意不去，只能代那助手忍氣。

其他方面也是一樣，如果你的勢力強，他們就服你，把你抬到天上。一般日本老百姓是崇美的，因為美國比日本強，其他包括中國在內的亞洲國家，他們就看不起了。喜美子的妹妹晴美在丈夫去世後寡居在日本，平常沒事就看運動比賽，看得入迷。到我家作客，看到美國隊和中國女子足球隊比賽，她就站在美國隊這邊鼓掌，我問為什麼？她說中國在拿日本的錢，不值得替他們叫好。我像吃了一記悶棍，沒有話說了。

如果你不行，日本人不但看不起你，還會隨意踢你一腳，認為這是天經地義的，誰教你不行呢？這就是為什麼戰前中國留日學生回國後要抗日，為什麼日本軍隊在戰時會如此殘酷，為什麼戰後死不認錯的原因。我們為什麼很少聽到這些真實情況，而只聽到日本的進步呢？原因是有人要巴結日本，貪圖他們的錢，把自己弄矮了。

日本人一般是看不起留日學生的。原因很清楚，因為你不行，不然不會留學日本。喜美子的教授朋友，在日本收了些中國學生。他自己到美國留學時，就向我敘說他的中國學生如何如何，言下頗有蔑視之意。當然這只是一個例子，有的留日學生回國後盡稱讚日本老師，其原因就有待斟酌了。

由此可見，只要是別國人，無論他的日語說得多麼好，如果自己看不起自己，光去奉承日本人，是會被人家拿來當球踢的。

*

中國人來到美國以後，所參加的餐會也經過幾個階段的演變，這和他們的年紀直接有關。首先是各人自己的婚禮，其次是子女們的婚禮，最後就是朋友們的葬禮。其間穿插著金婚、銀婚，生日、喜慶、添丁等等時興的節目……

一天應邀參加老朋友兒女的結婚宴會，我們拘於情面，不得不去應景，同桌的都是熟人，都屬於第一代的移民，背景、年齡、興趣，也都差不多。見見面也好。

桌上的人都神情專一地在吃菜，興高采烈地在說笑。浮在桌面上的喜慶熱鬧空氣，突然被一陣聽不懂的日語所劃破，大家吃驚地注視著喜美子，不知道她在說什麼，都覺得她太冒失、太沒有禮貌了。大庭廣眾，說出人家聽不懂的話來，一點也不為他人著想。那些最初的驚異，瞬間轉成不以為然的蔑視。

喜美子一無所覺，笑嘻嘻地繼續她的談話。

我滿懷歉意，倉卒地向他們解釋喜美子有病，她的越軌行為，都是出自無心，乞請原諒。

那些不屑的眼神又轉成嫌棄的了。

人們對喜美子這種病的性質，一點也不瞭解。只見她大聲說話，毫無病容，就斷定她沒有病。我乞求原諒的解釋，大殺風景。在這喜慶的場面，沒有人聽得進去。餐會不久就散了。

我心裡開始憤慨，也為我自己悲哀。怎麼這些人都沒有耐心聽我的解釋呢？哪怕只有一點點，一小點點的耐心！唉！都沒有。

其實人在失意倒霉的時候，心理是非常複雜的。對別人的態度、反應也就特別敏感。一般人能基於同情，在飯桌上肯給幾句安慰的話，就很難得了。何況他們所說的又大多僅及社交層面，沒有切身感受。對接受安慰的人來說，沒有搔到癢處，於事無補。

聯想

喜美子被警察送進醫院急診室，只記得她的父親崗村喜三榮的名字，說在家等她的是那去世已久的父親，而不是我。為什麼和事實差那麼遠呢？

我平常喜歡做白日夢，而這些夢和現實之間是有些距離的。有些是自我陶醉的，有些是自以為可行的。這些夢經過無數次的測試，它們的成功和失敗，形成了今天的我。如果我不做夢，現實一點，就不會遇到喜美子。

奇怪得很，喜美子也喜歡看小說，也喜歡做夢，不然不會嫁給我。

有時喜美子感到寂寞，就會若有其事地問我知不知道她的父親現在在哪裡，想要和他談談。我答說她的父親早已去世，這世上再也看不到他了。她聽了頗感意外，在沉思中露出迷茫的神色來。接著就問是什麼時候過世的，怎麼沒人通知她？我說她老早就知道的，只是現在忘記了。

她又吵著提到她的母親，說她的母親就住在隔壁房間裡，還是充滿慈愛地和她談天。她的小弟弟也還坐在窗前伏桌讀書，那母親在旁邊仍無時不刻地看著他們微笑，父親仍是神情爽朗地從中國東北給家裡捎來許多稀奇的好東西……患這種病的人，自己對自己的病情是不太清楚的。我再三對她說他們都已不在了，她仍不相信她的記憶力竟會糟到如此的地步，拒絕接受喪父失母的不幸現實，感情上起了強烈的震蕩。有時就會發脾氣、哭，湧出強烈的失落感。

母女間的感情的深刻度在病中就明確地被凸顯了出來。喜美子常說那母親一生都是無私地為孩子而活著……現在她更需要母親了，更渴望著她的愛。要母親仍留在她旁邊，一直護衛著她。有一床被子，那熟悉的顏色勾起她對母親的回憶，以為這被子是她母親做給她的，很溫暖，就每天拿來蓋在身上。她躺在那被下的表情天真又滿足，就像小孩一樣。其實那被子是千葉正士教授夫人，多年前在我們去日本時送的，在這裡我就不能再狠心地去點破她了。她又常吵著說要回家去，我說這裡就是家了，那裡還有別的？她在日本的家早已沒有了。她說這裡冷冷清清的只有兩個人，不熱鬧，不算是家。她要去的是日本的家，大大小小都在一起說話。

＊

喜美子的一位相識多年的老友來看她。這朋友曾經來過我們家許多次，知道我家的情形。預見客人要來了，喜美子就按日本習俗去打掃大門口，見面招手後，本來是應該讓這訪客進屋去坐的。突然喜美子像見到新朋友一樣，意外地對她這位日本朋友說：「海部俊樹家就住在北面隔壁的房子裡。」還引她到那邊去指給她看。朋友驚奇萬分，弄不清是怎麼回事，懷疑她在說笑鬧著玩。

那鄰居新近搬進一對年輕夫婦，帶個小孩，太太是東方人。我們之間平常也不太來往。

原來喜美子早年在日本國會工作時，和海部俊樹是同事。他們同自早稻田大學畢業，辦公室相隔又近，常常交談，彼此很熟。那時大家都年輕，喜美子是前期畢業生，海部婚前交女朋友，常來請教她。

來美超過四十年，時過境遷，喜美子嫁了外國人，脫離日本政界，他們就失去聯絡了。海部俊樹後來當了首相，喜美子和其他青年時期的朋友們，大家都引以為榮。卸任後的海部俊樹曾來洛杉磯參加同學會，和喜美子一起照過相；喜美子還寫了一篇記事錄，敘述和海部交往的歷史，發表在早稻田大學校刊上。發病後喜美子對這段印象很深的往事，還是記得很清楚。只是時間和地點都弄不清，與事實不符。

每當她說錯了，我就去提醒、去校正。她的自尊心受到了刺激，很不高興，有時反應很激烈。於是我改變態度，在一般不傷大雅的情況下，就不置可否，不去掃她的興。這來訪朋友聽了她的敘述，雖然經我說明這種奇特的想法是源於她的病，但仍是覺得不可思議。

＊

她喜歡吃家鄉口味。我就常帶她去日本雜貨店買，尤其是紅豆包，那是不可少的。那店開在一個街角上，從我們家到那裡去，非開車不行。我家附近的街角也有一棟大樓，不過這只是辦公樓，沒有商店，不賣貨物。喜美子卻以為那賣食物的雜貨店就在這樓裡。一天我在睡午覺，喜美子餓了，不願吵醒我，就自己跑到那裡去，見人就問，說要買東西吃。那樓裡有位女士，聽不清她語無倫次地說什麼，以為我們家裡出了亂子，好心地陪她回來。聽我說明她的病況以後，那女士馬上就知道是怎麼回事了。原來她的婆母也得了這種病，瞭解其中的詳情，就同情我們的境遇。並說得這種病的人愈來愈多，尤其是鼎鼎大名的雷根總統，也害了這種病。全世界的人都知道他害的就是這個醫不好的老人癡呆症。

如果有人來過我們家，隔天之後，她還會問：「那人在那邊幹什麼？」如果這人有什麼特點，令她忘不了，她就會重複地問——她的問題多半是現在進行式。

有時我躺在床上，喜美子問我另間房裡的那人在幹什麼？我說那房裡沒有人，她不信。我想了一下，恍然大悟，告訴她那人就是我，剛從電腦上下來休息。她感到困擾，攪不清我和隔壁那人之間是什麼關係。然後陷入深思，似乎是在找尋她的答案。她雖然個性樂天，笑得很自然，本質上是思而後行的人。聽到我的說明，她還弄不清楚，她就開始想了，很長一段時間不說話。

普通人有著多彩的幻想，喜美子病中的回憶，卻是有限的。其範圍愈來愈小，僅停留在某些印象最深的片段內。人到老年，過去的事情都從心底被翻了出來，似乎愈早的就愈清楚，愈近的卻愈容易忘。經歷、習慣、說話、飲食，都是如此。老年癡呆症人也不例外，只是對人情冷暖卻特別敏感。不管在任何場所，她都可以清楚地感到別人對她的態度來。當時在醫院裡，人家問她家裡有什麼人？在這全然不熟悉的生疏環境中，她用日語表達的習慣裡，當然就是她那去世已久的父親，岷村喜三榮了。

她曾經參加過合唱團，常說她的朋友要來我們家唱歌。到店裡如看到露天用的桌椅，就要我買，說要擺在後院裡，請他們坐。事實上自她得病後，那些朋友從沒來看過她。

不管白天和晚上，人是要做夢的，不然生活就沒有趣味了。喜美子得病後的聯想，都是藏在心底的回憶，拿出來再組織一遍。因她個性樂天，所以那些回想盡是溫暖美好的。既然如此，那就讓她做吧。

囈語之四

我要回家了，式同，我們怎麼回去呢？你開車？好不好？我不知道怎麼回去。家裡的人待我都很好，有我爸爸在，他會照顧我的。我現在不行了，很疲倦，沒有人理我了。唉，我需要有人幫忙了。

我肚子餓了，我要回家了。什麼？我們剛回來？才吃過飯？我還是要回家，隔壁鄰居是海部先生，他很能幹。有他在隔壁，我就安心些，有什麼事可以找他，他會來幫我忙的。

我不能忍受孤獨了，四面都是迷迷糊糊的一片，似有似無，是什麼呢？它們張牙舞爪地，要來吞我了！啊呀！我受不住了！我要有人陪，有人在一起，那些迷糊的東西就會躲得遠遠的，不來打攪我了。

依附

喜美子一天到晚問：「發生了什麼事？我怎麼不知道？」我回答說：「我剛剛告訴你了，你怎麼不知道？」她接著說：「他們都不理我，什麼事都不和我說。」委屈怨憤之氣，浮於言表。我就解釋著說：「人家說過，只是你忘了！」她即刻顯出迷茫的臉色來，似乎不相信我所說的話。

無論早晚，舉手投足，喜美子對日常生活上的細事，全都照顧不過來了。她感到無能為力，要人幫忙。因此她就跑來黏住我，事無大小，都來問我。我的回答她又記不住，就重複地問。弄得我煩了，失去了耐性，大聲地叫她不要再問了。她就瞪著眼，回說她從來沒有吵過我。

現在我一刻也不能離開她的視線了，我也就一刻也得不到安寧。

自從沒有人打電話給她之後，她就傾全力來找我講話。講的日語我不懂，只是自言自語地說個不停。其目的就是要引起我的注意，只有這樣她才感到安全，才不覺得被忽視。如果我在電話上，她就來坐在一邊聽，聽不懂也聽。如果我的電話講得太長了，或太興奮了，她感到被忘在一邊了，就來電話邊上打攪我。朋友們都知道我的情況，聽到她的聲音，知道她需要我的照顧，就把電話掛上了。

喜美子本來非常活潑，進進出出、跑跑跳跳；打電話、買東西，都是獨自去。不僅如此，她在我忙不過來的時候，還去遠地旅行。她常常自誇自傲地敘說她隨機應變的能力。婚前她曾獨自到熱鬧的大都市、紐約街上逛。覺得背後有人跟，就很快地躲進一家公寓去。告訴那看門侍者說她被人盯梢，請他幫忙，侍者見她是單身女孩，知道原因，就替她解決了問題。

她常說女孩子天性敏感，尤其在發育期，對自身安全保護的靈敏度是男生所沒有的。她在這方面的感受力本來很強，初次看到我的朋友，很快就可以對他們的性格作出精確的判斷，這本事我是沒有的。

得病後她這種防衛性的感覺不但還留著，甚至更靈敏、更強烈。加以她自知處世能力在退化，需要有人扶助，要倚靠他人，就更需要這種直覺能力來判斷周邊的人了。她曾不止一次地堅持己見，把我請來幫忙的人辭退了。

我把門反鎖起來以後，一天早晨我看她仍在熟睡，我就出去散步了。我這次雖然在走路，但仍是很擔心。如果她醒了，見不到我，一定會不好過。所以我在外頭只兜了一小圈就回來，前後不到十分鐘。不想她已經起來！站在大門口，失魂落魄地在找我，臉都變成灰黑的了！從此之後，我不敢獨自外出，就學爬樓梯的朋友，只在家做磕頭運動了。

隨著病況的發展，能記的東西也愈來愈限於目前的了。於是喜美子把依附於我的心理也用在來幫忙的人的身上，在她們到時間要回去的時候，她總是有依依難捨的感覺。

如果我是袋鼠，她也會躲在我的口袋裡的。

重複

日本婦女的習俗，到朋友家去拜訪，常常送花。喜美子也是如此，她不但送，也喜歡種。常去附近日本移民開的花店裡，買來許多不同的花草種在屋子四周。每天等我去上班後，她就清掃庭院，修剪花木。那些園藝用的工具，屋內屋外，到處亂放。有些被她遺忘在院子裡，經過風吹雨打，都生了鏽。

她在院子裡，摸摸索索，總是在撿乾葉子。掉在地上的、掛在樹上的，都被她收集起來。我問為什麼，她說怕乾葉子會引火，所以要急著把它拿掉。她聚精會神地採著、撿著。煞有其事地、不厭其煩地、低著頭、彎著腰，手肘一突一突地動……她孤獨的身形，不停的、單調的重複動作，衰弱地、有韻律地，撩撥著我的神經，也似乎把她推得愈來愈遠了。

她看到我為家事忙進忙出，過意不去，也想找些事幹。說要幫我忙，問我，我回說不必擔心，什麼都由我來辦。她想她能撿葉子，也算是幫忙，就到院裡去用心撿，費了很大勁，只拿到一把。起初她還一大把一大把地抓，後來就只能收拾一兩張葉子了。但她仍是鄭重地、心無旁騖地撿。撿起以後，暫時就擺在小桶裡，然後倒進放在門首的大垃圾桶裡去。漸漸地她又記不清小桶放在那裡了，就帶著玻璃紙袋裝。累了，或是裝完了，又找不到桶子，手裡拿著葉子不曉得怎麼辦，就交給我處理——她在院裡忙這忙那，我卻一直擔心著，怕她走失了，看她回到我身邊，就深深地鬆了一口氣。

我看到她流著汗，鄭重其事地把葉子交給我，像把心掏出來給我一樣，我的心感到緊縮，泛起暖意。她的善意，能在這樣的情況下表現出來，我想我是幸福的。

發病後的喜美子還是照常到院裡活動，但是精神不如往前，更不能集中精力了。要做的事只是開個頭，耐性不長，總是完不了。可是原來要做這類事的願望還在，所以就有常人所謂的重複動作了。掉下來的樹葉，不管她花了多少時間去打掃、收集，仍是滿地都是。澆花的工作，她也顧不到，就讓它們枯死了。於是我們家的周圍，就被一片衰敗的氣象籠罩著。

喜美子起床後就準備出門，洗臉、搽面霜、穿出門的衣服、拿皮包……好不容易做完了，看看還沒走，又做一遍。如此一遍遍地做下去，也就一次次地來麻煩我，衣服在哪裡？怎麼穿？皮包在哪裡？……同樣的問題，無數次地問，煩了，我就帶她出去逛一圈。

隨著病情的變化，她的問題範圍也愈來愈窄了，次數也愈來愈頻繁了。但仍是同樣的問題，無數次地問，像鐘擺一樣，在原地打轉……

囈語之五

大家都在忙，他們忙些什麼呢？唉，我怎麼什麼都不會了？我怎麼什麼事都沒有了？式同也一天到晚地忙，沒有和我講話，我也要像他一樣，要做點事。

做什麼呢？哦，我可以撿樹葉，我到後院子裡去撿吧，那裡的樹很多，掉下來的葉子就遍地都是，會引火的。我得撿，我得撿，我得撿，哎，葉子怎麼那麼多啊？大家為什麼也都那麼忙啊？……

式同在看書，不和我說話。我也要看書，唉，我怎麼都看不懂了？這是什麼？拿去給式同看看，什麼？式同說他看不懂日文，我怎麼不知道？

這又是什麼？拿去給式同看看，他一定知道……

懷疑

喜美子患病之初，心情混亂，懼這怕那。對什麼事都保持一些距離，都持猶豫和懷疑的態度。病前原來的心理防線，已沒有了。隨著時間的推移，為了保護她自己，她潛意識地建立起一道道新防線來。

稍早的時候，她按時吃藥，給她什麼就吃什麼，對藥的性質、名稱，問過幾回就不問了。慢慢地她的心理發生變化，覺得身體沒有病痛，為什麼還吃藥？就不敢吃藥了。告訴她這是醫生的吩咐也沒有用。為了使她有信心吃藥，在她用藥的同時，我也吃些維他命，她看了覺得吞服藥丸沒有害，方才吃下去。有幾次甚至在我不注意的時候故意把藥倒掉了。為什麼有這種心理呢？這是病人內心不安的表現嗎？是我在什麼地方說錯了話？後來見了醫生，他們說是害這種病的人都有懷疑、不肯吃藥的現象。

不僅吃藥如此，如要換口味，她見了不熟悉的菜，就不敢動筷子。一直要我示範過後，才開始嚐。

喜美子看到僱來幫忙的人，不知來意，就問我：「那人來做什麼？」我說是來幫她忙的，她不能想像她自己有病，需要有人照顧的事實。就盡力推說她什麼事都可以自己來，不需要人幫忙。我解釋說，是「我」才需要人來幫忙看護她，不是她。她聽了似懂非懂，流出自矜的神氣來。就問：「那人要什麼？」我說我們得付錢，不然沒人會來幫忙的。她又現出鄙視的態度來，躊躇著不肯和那來幫忙的人一起出去活動，一定要把我也拖在裡面才肯走。每次和別人外出，她必定要知道我在什麼地方，當我告訴她我會留在家裡等她以後，她才放心地走了。如果她回家來沒有看到我，那她就會失神落魄、輾轉不寧，不知如何是好了。

有些人年輕時有心結，不便對人說。多年來被理智壓住，埋在心底，自己幾乎忘記了。得病後防線沒有了，這些刺心的陳年舊事就被暴露出來。於是大叫大鬧，弄得別人很尷尬，家人們都無法去安撫他。這心結的表示方式因人不同，有些人雖不作聲，卻是以不信任、不合作的態度來抵抗。遇到這種情形，就很難處理了。人所不知的心結是些什麼呢？以講道德、要面子的中國社會來推斷，多半是男女間不可告人的事。和家庭裡扯不清的金錢方面的事。有些老年太太，得了老年癡呆，就開始吃老先生的積年陳醋，原因就是得了病。

如果病人有了懷疑心理，沒有信心面對環境，別人要是按一般標準來衡量病人，或是以教訓小孩的方式來管理病人，這就促使他反抗了。要想去掉它，首先必須建立和病人間的信任。就得愛護病人，和他站在同一立場，使他感到溫暖，自動地拿掉防線。病人如果不合作，就什麼事都不能辦了。

引起注意

人的天性是喜歡人家注意的，這樣才感到自己的存在、自己的重要。所謂怕羞、避見，都是相對的心理現象。生病的喜美子如果沒有人注意她，她是過不下去的。

近來她常常重複一種動作好多次，這顯然是她腦裡的記憶部門和命令部門不相協調的現象，她塗口紅就是一個例子。口紅是化學物品，不能多塗。她塗了一次，忘了，再塗一次……次數多了就把嘴唇皮弄壞了，壞了就發癢。以此她常常就怪我，說我沒有及時帶她去看醫生。

可是她要我帶她去見醫生的時候，有些像小孩引起大人注意似的，專撿在我忙著做別的事，沒有注意她的時候來抱怨。如果我和朋友談話過長，喜美子在旁聽不懂，覺得被忽視了，就藉嘴唇發癢的理由來打岔，催我找醫生。我說這是週末，診所不開門，她也不理會，當著這個朋友的面數說我，使我很不好意思。可是如果說話的是她的朋友，或帶她出門兜風，她的嘴唇就若無其事，一切又恢復正常了。

當她在週末不停地抱怨，說她的嘴唇癢的時候，我真的擔心起來了。於是我們在週一早上趕去看醫生，因為我們事先沒有約好門診時間，臨時才掛的號，我們在候客室內等了幾乎一早晨才輪到見醫生的機會。那醫生問清緣由之後，開了個藥單，我拿了就上街到藥房去買。那知道回家之後，還沒有用藥，喜美子卻像沒事一般，說她的嘴唇又一點不癢了。

凡在她認為沒有受到足夠的注意時，她就會找些事情來吸引注意。像小孩一樣，使用的方法層出不窮，這裡所舉的只是一個小小的例子。

玻璃窗

如果不是為了喜愛這些特大的玻璃落地窗，和門前幾棵沖天的特大樹，我們是不會搬進這屋子來的。那樹七八丈高，秀氣盎然。微風吹來，婆娑起舞，枝葉輕拂著下面的房子，飄然有出塵之姿。屋周四圍的玻璃窗，除了遮蔽風雨之外，光線可以自由進出，溫度也是內外如一的。

屋基地勢較高，在後院遠眺，只見到隔壁的屋頂，和遠處隱約的山頭。透過玻璃窗，在屋內就可以一覽無遺地欣賞那多彩的晨曦和晚霞、朝雲和暮靄、颳風和下雨。院裡有個游泳池，夜空無雲時，反映著樹梢的月亮。晴日微風時，池面粼粼的波紋，則弄碎了倒影著的雲天。以前常常開車去附近的山上看風景，到海邊瞧落日，現在就都不想去了。躺在房內的沙發上就可以看到外面的一切，猶如置身其中。

松鼠們、小鳥們，常來造訪我們。如果在窗外擺些花生米，牠們就會跑過來吃。喜美子怕被牠們咬，不敢待在外面。只躲在窗內指指點點逗著牠們笑。

白天陽光從外面射進來，使我們有時分不清哪裡是門，哪裡是窗？不只一次的把頭撞到玻璃上。朋友來也是如此，小鳥們也是如此，蒼蠅們也是如此。蜘蛛們看到機會，就在窗邊張起網來。有些小鳥從門口飛進來，就出不去了。牠們看不見玻璃，似乎到處都是通道，就滿屋子飛。我們要把所有的門打開，牠才飛得走。

到了晚上，室內的情況就變了，那些玻璃窗就成了一個個的黑畫框。裡面透出各種光線來。天上的星星月亮、來回遊動閃爍的飛機、地下的路燈、車燈、鄰舍的燈……和白天一樣，從屋裡望出去，外面的情形，也是一覽無遺地盡收眼底。不過這些光，卻經常被窗簾遮住了。

喜美子是喜歡陽光的，說她習慣住日本式的房子，那些房子都很明亮。和這所屋子一樣，沒有黑暗的角落，不會使人發悶。每天一早起來，她立即打開窗簾，讓光線透進來。有時我嫌光線太刺眼，把窗簾拉上，她還不高興。

屋子附近地點比較安靜，鄰居都不相往來，只有在投票的場合，彼此才見到面。門前街路也較寬，而且彎曲有致。南面的隔壁鄰舍，影星瑪麗蓮夢露在年輕未發跡時曾住過，幾年前電影公司為她拍專集時曾來熱鬧了好多天。據那看護夢露的老太太說，夢露年輕時就長得很漂亮，男朋友多得不可勝數。每天排隊來獻殷勤，隊從門口一直延伸到街角。門庭若市、不勝其煩，後來就被老太太請走了。

喜美子臥房的北牆，緊沿天花板下列有一排長窗，窗外稀疏的樹影，投在毛玻璃上。綠白相間，一閃一閃地，在天花板上浮動。從南面的玻璃牆上射進來的陽光，卻只貼在地毯上游移。自早到晚，房裡的氣氛隨著光線變化、轉動，情趣盎然。喜美子一見非常喜歡，就霸住不走了。又因我們的作息習慣不同，為了互不干擾，她就把我趕到另一間房裡去睡。然後在房裡擺了一張大書桌，靠牆列著書櫃，牆上掛著她弟弟拍的風景照片。牆角架著能看清早日語新聞廣播的電視機，床頭也放著晚上能聽日本歌的錄音機。這個機、那個機，各色俱全，儼然是她的臥房兼書房了。

我的房間北面也是一排窗，也裝了毛玻璃，窗外也是綠色的濃蔭。可是其他三面都沒有開窗，光線不足。為了採光，天花板上被開了一個大天窗，躺在床上，白天可以透過這兒看太陽，晚上就看星星月亮。屋頂上的樹枝，隨風飄拂，隱隱約約，時有時無，掃著那天窗，催人入睡。

在這房裡我也作了一番經營，也買了一張書桌，只是比起喜美子的那張來，可就小得多了。桌面上放著電腦，多年來我都是在電腦上和早先搬來自製的木床上過夜，已成習慣。只是房內光線仍嫌不足，暗暗的，提不起喜美子的興趣來，說它像間牢獄似的黑房。

玻璃窗給我們帶來的這一切，都因喜美子生病而發生了變化！

*

不管白天或夜晚，喜美子總是把屋子四周的窗簾扯上，遮住院裡的景物。我問為什麼？她說怕見到院子裡的游泳池。她本來是不怕水的，婚前曾去明州湖邊游泳。因為我不會水，她也就不常游了。不過會不會游泳，也不至於使她怕到如此的程度！我想一定有什麼原因，不是嗎？剛搬來時她還說喜歡這游泳池哩！後來由她的日本朋友替我解釋，說她早年從中國東北撤退回國時，曾有過一段可怕的記憶，如今生病了，舊事就被翻了出來。

日光被簾子遮住，屋裡光線不夠，覺得很悶氣。我就埋怨著去拉開，過一會又再被她拉上了。拉上了窗簾之後，她就聳肩縮頸，誠惶誠恐，站在屋內怯怯地撥開簾縫向外偷張。看了一邊，又轉到另一邊，白天轉，晚上也轉，只在屋裡轉來轉去，轉來轉去……我的心也跟著她轉來轉去，無處著落。

她獨自一人待在那臥室內，每至傍晚，就坐立不安起來。覺得那些窗子就像一列黑洞，白日看去美麗的投影，晚上由隔壁的燈光送過來，就變成張牙舞爪的魔鬼了。以是每至天黑，喜美子就磨著我要黏膠，把報紙貼到玻璃上去遮住那些黑洞，魔鬼就進不來了。在激動不安的心情下做事是不會妥貼的。報紙隔幾天就掉了。然後她就認真地爬上爬下不斷地補，弄得那窗子邊布滿了長短不齊黃黃的黏條——偶爾我也會去買些牆紙，替她把窗子遮住，可是不久又掉了。

她聚精會神、煢煢孤單、煞有其事地在努力。為她的安全而掙扎，為她的生活而奮鬥……我想要幫她奮鬥！又駐足不前，以為讓她聚精會神地做點事，也是好的，就不去干涉她。

一天半夜，我從睡夢中被喜美子推醒了，她心神不寧，神情緊張地說後院有一個人在她房外隔著玻璃窗對著她看。我嚇了一跳，隨時就想，這不可能，如果有人當小偷，他們不敢晚上來。因為美國人家裡有自衛槍的多得很，弄不好小偷會喪命。如果是強盜，他們都有槍，早就進來了。不會躲在外面張來張去地向裡瞄。不過腦裡雖然這麼想，心裡仍然緊張起來，下意識地從床頭拿了把練功夫時買的木刀，把燈關掉，悄悄地跟著喜美子走到她房裡，從簾縫間向外瞧，什麼都沒有，然後躡手躡腳地開了後門，到院裡轉了一圈，檢驗了門鎖，還是沒什麼。

回到房內，開了燈，看看窗子。喜美子說的那個人，原來就是她自己在玻璃上的反映！我鬆了口氣，就開始抱怨了。喜美子這人近來怎麼搞的？三更半夜的，一點也沉不住氣，使我白緊張了一陣！近來她不知為何變得膽小了，沒事總去撥開窗簾朝外張望。外面天黑，是不是反光，她也無法判斷了。

自此之後，喜美子盡找些口實到我房裡來打攪。說她房裡那窗子太黑，很可怕，嚇得她晚上睡不著覺。起先我提議她抱了被子到我房裡來打地鋪，漸漸地她覺得搬來搬去不習慣，我就乾脆搬到她的房內去陪她了，這樣她才能放下心來睡。這還不夠，她睡覺的時候，房內的燈要亮著，不然一片漆黑，她是受不住的。可是我卻不能讓燈開著睡，再暗的亮光也不行。

＊

喜美子怕黑怕孤獨，源自她內心的迷亂、無助。激動不安的情緒，借玻璃窗而表現出來。這種情況也呈現在電影院或其它地方。

喜美子怕黑，並不僅限於屋內和晚上。白天駕車出外，進入黑森森的地下車庫，她就不敢下車，怎麼勸說也無效。看到電梯裡面沒有人，冷清清的，像牢籠，她也不肯進去，有我陪也不行。

現在電影院裡的音響設備，可大大的進步了，是立體聲的，響起來天搖地動，使人神魂震蕩，心膽俱裂。不可能有機會仔細咀嚼劇情。其實現在的影片，有沒有劇情，也無所謂，只要能「吸引」人就行了。新派影片的剪接，也很突兀，如果腦子轉不過來，會使人吃驚。

這些都使喜美子感到害怕，忍受不住，不敢去。電影院裡熄燈後的黑暗，更使她吃不消了。可能是年紀的關係吧，我也不太想看。所以我們就不再去戲院看電影了。

病發怕黑的時候，多半在晚上。開始我也為之緊張，不知如何是好，於是打急電給醫生求救。他建議吃藥，吃了以後，喜美子就昏昏沉沉，說是不舒服，只是想睡。過幾天藥又不靈了，於是就要增加份量。所有的鎮靜劑都有副作用，長期下去，我想不是肝壞就是腎傷，對身體的損害更大，於是我就停止給她吃藥。

幾經嘗試，我們終於找到了一個辦法，不必吃藥。晚飯後提早就寢，天微亮就起來，如此減少了黑暗的威脅，也剔除了她在夜間外出時的恐慌。不過這個生活方式，是以改變社交活動為代價的。朋友們晚上打電話來，總是沒人接，聊天的興趣就沒有了。如果晚上不出門，參加宴會的機會也是沒有的了。

囈語之六

外面太亮了，忙忙碌碌的，活動太多了，是什麼？為什麼？我不清楚，我推想不出來了。我應付不過來，我要把窗簾拉上，我必須把我自己藏起來，要人家注意不到我，這樣才安心些。

我要看看人家在幹什麼？他們在外面走來走去，好像都在忙，他們忙些什麼呢？——我怕被人看見，就在簾縫裡瞄一下吧。我也要忙些事，我能做什麼呢？唉，現在什麼都想不起來了。

哎呀！外面有個人在看我！他就站在我前面，可怕極了！我要叫式同來看。他在睡覺，唉唉，式同，式同，起來，起來，你得去我的房間看看，外面有個人！他要做什麼？跟式同一起，我就不怕那個人了。外面黑得很，沒有人？到哪裡去了？剛剛還看到他的，是我嗎？哈，我怎麼是這樣子？我怎麼會跑到外面去的呢？

我一個人睡在這，外面人多得很，我害怕。跟式同在一起，就不怕了，可以放心呼呼大睡了……

遊走

喜美子不能判斷周遭所發生的事情了。她就整天擔心，不知如何處理。而且注意力所及的範圍又愈來愈小了，記得東西的時間愈來愈短了。在屋裡跑來跑去坐不住，出去了想回來，在家裡又要出去，一刻不寧。

大白天，我累了，躺下來拿本書看，看著看著，睡意上來了。喜美子不想睡，拿著她的皮包，到房間外面去了，隔了一會又回來，兜了一轉又出去了……

她這樣跑進跑出幹什麼？打攪我的休息，我感到不耐，沒好氣地問：「噯，你在做什麼？」，「我去做事。」她煞有其事地回答。看她跑得臉上冒汗，我想她的確是在忙，可是她在忙什麼呢？我好奇了，放下書，起來跟著她去看——原來她在浴室倒水，一杯一杯地倒，杯子用完了就把水倒掉再來。我覺得不可思議，就問：「你倒水做什麼？」，「倒熱水給你喝！」她回答。

以前飯後，她經常會倒茶給我喝，有時也切些水果吃。近來她不會泡茶了，可是從熱水瓶倒水喝，她還是自己來。

現在為了倒水給我喝，忙得不可開交。熱水瓶在廚房裡，太遠，她不敢去，就到隔壁浴室去倒。倒了一杯，忘了，再倒一杯，忘了，再倒一杯！……

看到她那樣用力，我覺得很感激，也很悲哀。她還是以前的她，只是離這個世界愈來愈遠了。

＊

晚上喜美子睡不著，每隔一兩小時就起來，到處走，又把我推醒。所幸她怕黑，不敢到外面去。不然出去了，或在院子裡跌了跤，就不堪設想。

她喃喃不停地說：「發生了什麼事？我怎麼不知道？」

喜美子一覺醒來，發覺自己躺在黑暗裡，只有隔間的燈光透過開著的門從牆上反射過來。看到我睡著不動，一切寂靜、空虛，她心裡泛著不安了。

她要知道究竟，就起來看看。看不見什麼，什麼都沒有，一片茫然，不知道發生了什麼事。奇怪了，就來問我。她在問我的時候，不會考慮我是要睡覺的。看到我在昏暗裡躺著不動，像一節木頭似的，就引起她的恐懼。我這個人，必須是活的，要對她有反應，不然對她就沒有意義了。因此我必需要永遠醒著，永遠陪著她說話。我說沒什麼事，放心，她聽了，想了一會兒，就安心入睡……

天亮之後，她的情緒平靜下來——經過整夜的擾亂，我卻只覺頭腦昏沉，思慮不清了。

主婦們花在廚房裡的時間可以說是最長的了。這裡的設備又特別多，烤箱烤爐、飯鍋冰櫃、洗碗機、攪拌機……這一切在生病的喜美子（的）眼裡，都是令她頭昏眼花的東西，碰都不敢去碰。不是怕火，就是防滴水。食物搞不好還會爛……的確麻煩透頂了。

喜美子本來是不喜歡烹飪的。婚後勉為其難下廚，在廚房堅持她的天下，不歡迎我去打攪、批評。在蜜月中，頭天早晨煮豬排給我，卻使我不能下咽的喜美子，居然在中國菜、日本菜、半中不日菜之間和我過了一輩子，不能不算是奇蹟一件。

我從來不喜歡吃魚。一想到吃魚，鼻子就聞到臭，肚子就感到有什麼不對，口裡就冒出腥味來，又擔心那裡面可能有寄生蟲！膽戰心驚地不敢去碰，更談不到吃生的了。婚後被喜美子拖著去日本餐館，看到生魚，筷子就不能動了。經過十年功夫，我才解除這道心理障礙，開始吃一些壽司。喜美子在日本餐館，彷彿舊地重遊，自然地和壽司師傅說說笑笑，那師傅就做出各種菜單上沒有的好東西給我們吃。我卻不識好歹，只能吃熟蝦、熟鰻魚之類的外行菜，引來他們一陣嘲笑。

日本壽司店的座位都向著廚師，為的是要顧客和他們談天，造成熱鬧的氣氛。來店光顧的客人，有許多是喝悶酒的，和他們事業不相干的廚師嘆嘆苦，在心理上也是一種發泄。因此廚師常常知道食客的隱私，但是他們守口如瓶，從不搬弄是非。那些顧客也知道廚師們的職業道德，就放膽地說。這現象也可以用來解釋藝妓在日本為什麼會盛行。在中國就沒有這種風氣了，很少有喝悶酒的。

日本的烹調風格，自成一家。注重材料的原味，和中國的烹飪思想完全不同。吃生魚在日本所以能發展，原因可能是日本是島國，魚的來源方便。在沒有冷凍保鮮的時代，僅日本才有這種普及的條件了。

日本風俗喜歡陶瓷器，光是日本菜就講究碟子和菜色的搭配。湯有湯碗，飯有飯碗，炸的煮的，用的碟子都不一樣，我們到日本菜館看看就知道了。我常向喜美子取笑日本人只吃碟子不吃菜。有一陣子她心血來潮，曾去附近夜校上課學陶藝，那時她還不會開車，要我送，我不肯，就不再去了。她買了好幾套碗碟，被她珍惜地包裹起來，放在櫃子裡。可是她的「打碗手」，卻不願聽她的指揮，數年之後，那些碗碟，又乒玲乓瑯地都被她打碎了。儘管如此，家裡的各種茶杯，買來的和送來的，還是多得很。

＊

得病之後，臥房桌上、洗臉盆上、廚房櫃臺上，亂放的杯子，到處都是，收拾起來，不勝其煩。她很少烤東西吃，而且不知道如何去運用那烤箱。我猜想她不會無故去打開來，於是把三分之二的杯子，藏到烤箱裡去。她不知道那裡面還裝有杯子，又不記得杯子的形狀、數目。如此一來，放在烤箱外的杯子就不太多，就容易處理了。

一天去市場買菜，買了一個要燒烤的食物，就請教算帳小姐。她聽到我不能用烤箱的故事，想到烤出來的都是熟杯子，覺得滑稽好玩，笑得直不起腰來。

日本人有喝茶的的習慣。喜美子也喜歡喝茶，日本茶、中國茶，什麼都有。日本式泡茶是先把茶葉放在茶壺裡，然後沖開水，等茶葉泡發後、過濾後，再轉倒到茶杯中，和中國式把茶葉直接擺進茶杯裡再沖開水不同。

以前飯後不管我要不要喝茶，喜美子總是要泡的。漸漸地那些茶廳蓋子都不見了，漸漸地茶壺也不用了，漸漸地泡茶方式也不在乎了。杯裡塞進了一把把多少不論的茶葉，漸漸地那些杯裡的茶葉也沒有了，只剩下了一杯熱水，漸漸地熱水變成冷水。於是滿桌堆著儲有水的杯子……

廚房裡的瓶瓶罐罐突然都沒有了蓋子，就有，也沒轉緊。或者根本不對號，顏色、大小都不配，在抽屜裡我卻看到一大堆蓋子。怎麼回事？一問三不知，得不到要領。沒辦法，只好找到些可用的蓋上，不久又亂了。

＊

喜美子煮菜愈來愈不盡心了。煮的菜愈來愈沒有味道了，房裡又經常散布著焦味，怎麼搞的？我忍不住開始責問了。一天她大哭了起來！我嚇了一跳，她一向是樂天的，不會為廚房裡的事而不高興的。自此之後，她就趁勢把在廚房裡的工作，全部推給我，說她已經退休了。可見她在放棄烹飪工作之前，心裡是經過一番掙扎的。

我也就不得不開始下廚操作了。可是我也常常帶她去飯店用餐，藉此可以使她每天可以出門散散心，調劑心情，也可以藉此使我減少下廚的麻煩，更可以換換口味，免得每天要齜牙咧嘴、皺著眉頭嘗我那不盡心的烹調技術了。

病中的喜美子，喜歡吃日本食品。以此我們常去日本店買便當、壽司或日本口味的甜食回來吃。偶而到中國餐館去，座上的中國朋友卻都同情我目前下廚的處境，把剩下來的菜給我帶回來。以前我是裝蒜，不拿別人吃過的東西。現在卻是為了省麻煩，把架子丟掉了。

日本的房子都是木造的，喜美子從小有防火的教育，非常怕火。每次出門，她總記得問一聲：「火關了沒有？」後來問也不問了，疾病使她失去廚房和火的聯想，在精神上從此也真正地離開廚房了。

我在廚房裡邊煮菜邊想：「唉！我從小到大，吃的都是人家煮的，不料現在卻要自己煮。」——這不就是命運嗎？

喜美子終於失卻夾菜的能力了，吃飯時我得替她撿。如果我不動，她就只吃碗裡的白飯！有幾次甚至忘了沒吃過飯，我得一再提醒她……

浴室

喜美子跑來告訴我：「有一個人在浴室裡面。」我問：「是什麼人？」她回答：「不知道。」我吃了一驚，趕緊跑去看。沒有人，她想了一會，指著鏡子說她看到的人在這裡。原來她時有時無地忘掉她自己的模樣兒了，她說的那人就是她自己。

我家浴室的洗臉盆上方，整牆都是鏡子，看上去就像一間房，鏡裡的人很容易引起病人的錯覺。澡室內又有許許多多的設備，我們平常慣用了，進進出出不以為意。可是在病人的腦裡，那就太複雜了。牙刷、牙膏、肥皂、毛巾、草紙、面霜，什麼東西該擺在那裡？什麼東西該丟掉？前後順序要怎麼用？都是傷腦筋的事。

*

有一回外出，喜美子不習慣旅社的浴室，不知道電燈開關在那裡，草紙在那裡……什麼都弄不清了，於是就很懊惱，躺下站起，進進出出，鬧得整夜沒有睡。有了這次經驗，從此我們不再外宿，什麼地方都不敢去。

有些朋友旅行回來，告訴我外面如何引人入勝。建議我出去散散心，不要整年待在家裡，悶出病來。有些還召集了一個餐會，把他們沿途所攝的照片拿出來給大家欣賞，說明到什麼什麼地方去玩過。有些沒有去過的人，於是也就盤算什麼時候去，問這問那，有時發出嘖嘖讚嘆的聲音來。主人聽了就更高興了，談說的聲調就更響亮了。

至於去了以後有什麼心得，他們也說不出所以然來。可能旅遊的目的僅是為了賞心悅目吧，去看看就是了，不必要有心得的。

不過我卻認為旅行是要有某些體會的，是要增加個人修養的，不是在別人前面誇耀的。刻下我忙於照顧喜美子，是有任務的人，自然就沒有閑情逸致去旅遊了。

*

喜美子得病的初期，我以正常人的心態來對待她，罵她這個做錯、那個不妥，把她攪得糊里糊塗，茫然無所適從。信心也沒有了，整天失神落魄的，脾氣變得很煩躁。同時也怕做錯事，心情很緊張，顯得很可憐。我就想，她現在是病人，我不能像對待小孩似的教訓她，要她去校正動作。如果我不滿意她的錯誤，我只有自己動手替她改。我的辦法，說起來容易，做起來卻難。我們每人平常習於正常人的想法，經常以自己的習慣來看待別人，沒有機會體諒病人的心理。如果要放開自己的成見，為病人著想，就要下很大的工夫。

近來她洗過了手，水龍頭總是忘了關，滴滴答答地漏著水。我已經向她提起好幾次了，沒有用，說了就忘了。於是每隔一會，我就去檢查，看看有沒有滴水。

那浴室櫥子抽屜裡的內衣、架上的毛巾，早就亂得一團糟，不是我去代為整理，那些衣服，是不會自動地穿到她的身上去的。

她突然大量地用草紙。家裡擺的盒裝的衛生紙卻不動，皮包裡、口袋內、抽屜中，一卷一團地，都塞滿了草紙，有的包了東西，有的沒有。我問她為什麼這麼亂，她說都有用途，不要我管。說心胸廣闊的男子漢，是不會斤斤計較這些雞毛蒜皮的小事的。我想想也對，就不再提及了——喜美子不要我插手，平常就習用這句口頭禪，來擋住我這想做大丈夫的人。現在病了，她還是用這句話來擋住我。

但是亂終是亂。原來用完的草紙，是要丟到垃圾桶裡去的，現在就被到處亂放了。草紙自然是像流水似地用得特別快，我只得到市場去大捆大捆地搬回來備用，顧不到做大丈夫的光榮了。

日本主婦是講究整齊乾淨的，有時講究得過了火。一天我們被一位日本教授請去他家做客，吃飯時我不小心掉了一塊食物在那漂亮的桌布上，我馬上偷偷的撿了起來，不料那位主婦已經看見了，就目不轉睛地盯住那桌布看。看得我的寒毛都豎了起來！不知道她在心痛她的桌布呢？還是以為我太不乾淨。我以後就再也不敢去她家了。目前家裡的亂，是喜美子生病的結果，「亂」也是相對性的形容詞。如果「亂」使喜美子更覺習慣、舒服，那就讓它亂吧，別人的看法我就不管它了。

*

以前喜美子每天晚上要洗澡的。得病後就不按時了，拖來拖去的，躊躕不前。為了促使她洗浴，我得要捏著鼻子，皺眉聳肩，大聲喊臭，她才知道需要洗。還要我幫忙放水、拿毛巾、取肥皂，不然她是不會主動去洗的。

洗澡是很複雜的過程。前後的重複，不同的東西擺在不同的地方，或是不同的用具有相同的用途，她都攪不清了。而且她不要我幫忙，說我是男人，不准待在旁邊看。我走開以後，她還是沒有洗。

於是洗澡成了喜美子最難克服的巨大工程了。一次從一家老病服務公司請了位專為病人洗澡的女士，幾經說服，她才同意洗。

在她不能使用便桶的時候，我想我會請護士來幫忙。喜美子就要一步步地進入職業性的醫務人員手中——我照顧不過來了。

囈語之七

這間屋子怎麼那麼大？那是什麼人？真討厭，她怎麼老是跟著我？看著我？我怎麼可以上馬桶？

這一澡盆水，蕩蕩漾漾的，不知道裡面有什麼？我不習慣，我不敢踩下去。洗澡嗎？我現在沒心情，再說吧？我已經有幾個星期沒洗了？什麼是星期？不可能，不可能那麼長。我自己會洗，以前不都是我自己洗的嗎？我不要人家來幫忙。

我的牙膏呢？這是肥皂，牙膏在那邊？是，是。唉，我的牙齒怎麼沒有了？怎麼我不知道？我的面霜呢？

這是什麼人？哦哦，是幫我洗澡的嗎？她一來就要我洗。哪有這種人，我沒有見過。好，好，只洗頭髮就是了——嗨，式同，這人其實不喜歡幫我洗頭髮，她只是想要錢，沒有心。我不要她幫忙，請她回去吧。

皮包

我在車子裡等得不耐煩了，朋友小孩的結婚餐會六點鐘要開始入席，剩下只有三十分鐘，還要開高速路，咳！喜美子在幹什麼？穿衣打扮也要不了那麼久！

昂昂！我按了幾下汽車喇叭，等了一陣，她還是沒有出來。

隔壁的鄰居都伸出頭來了，投來詢問的眼光，我不能坐在這裡淨按喇叭了。就跳出車外，耐住氣，跑回屋裡大聲吼：「快！快！我們要遲到了！」最近她怎麼搞的，愈來愈慢了？我心裡在納悶。

「我的皮包呢？」她上氣不接下氣地回答著，一邊還在找。

看她急得手忙腳亂，我的氣也沒有了，也幫著找——同時在想，是的，在美國，女士們出門一定要拎個皮包的，那裡面到底塞了些什麼？喜美子不准我翻來看，我就不知道了——可能只是為了流行時髦罷，我在國內時就沒有注意到。

寢室裡，沒有。客廳，也沒有。浴室、飯廳、廚房，都沒有。床底下、椅背後、儲衣室，都找不到。嘿嘿！這下子完了，是不是早上出去忘了帶回來？不像，我進門的時候還用過她包裡的鑰匙。

我從來不在意女士們的皮包。在明大戀愛期間，如果遠遠地看到我，喜美子總是舉著雙手興高采烈地連跑帶跳，衝到我身邊來，那時她就沒拿皮包。後來我似乎買過幾個送給她做禮物，至於為了什麼節日或慶祝什麼的，我就忘記了。

婚後才看到她有許多皮包，各種各樣的，有配和服的，也有配洋裝的。可是她用得最多的還是我送的那些。邊都磨破了，又舊又髒，可是她卻不在意。見人就說她那皮包好，浮著滿意的笑容。

近來每當我們要出門，喜美子老是找不到她的皮包。我問她那皮包有什麼要緊，不帶也算了。她說她的女用必需品都在裡面，非要不可，男人不懂。

我們還在翻箱倒櫃地找。我邊找邊埋怨，喜美子就一直惶恐地跟來跟去，想幫忙也幫不了。半個鐘頭過去了，還是沒有！遲到就遲到吧，我狠著心想，不是我們不守時，只是沒辦法。

六點多了，折騰了半天，肚子都餓急了，還是沒下落，喝杯可樂吧，休息一會。打開冰箱，就喊了起來：「咳！喜美子，這不是你的皮包！」

她大概認為那冰箱是很安全的地方，足以保護那皮包而不會被人拿去的。不過這處所可不對，她以前絕不會如此荒唐，她是不是有問題了？——醫生的回答：「是的。」

＊

她素來喜歡紅色，我特地買了些暗紅色的皮包給她，發病後她還是用，一直不要換。她整天拿著，連早上散步都背著，晚上睡覺時就擺在枕頭邊。她說她的要緊東西都在裡面。代表她所有的一切，放在裡面很安全，拿起來就可以跑。問她裡面裝了什麼東西，她也說不出來。

我不知道那皮包裡到底裝了些什麼，從來沒有想到要去打開看，她以前也害羞地不准我碰。一天我忽然擔心起來，她在包內的那些證件不能再繼續留在那兒了，丟了怎麼辦？

做了許久的說服工作，得到她的同意，才打開那裝得滿滿的皮色，首先看到的是那丟了許多次，也換了許多回的眼鏡盒子。她有好幾副眼鏡，到處亂放，我就讓她只留下這副最近到東京去配的在裡面，其他的我都藏起來備用。

喜美子的個性本來就有些心不在焉，小的時候母親給錢要她去店裡取貨，她拿在手中，一路上東張西望，到店裡付錢，手上的錢卻不見了。此後母親就常派她的妹妹和她一起去買，她的妹妹晴美就切實得多，錢交給她就不會丟。

以前去買菜，我沒時間陪她去，她買什麼東西，我向來不過問。她也有她的支票簿，帳目我是不管的。近來她常出錯，支票就不敢再留在皮包裡了。她對錢的詳細數目，本來就不太清楚，只記得些大概。付錢時就讓售貨員替她算，他們找多少就是多少。日本人一般很誠實，不擔心別人會使壞，所以她的習慣還行得通。不過在美國，她的顧慮就要多一層。

現在那錢包裡的錢也是不見了，不過不再是由於粗心，而是生了病。給她錢，她就到處亂放，不過我還是在包裡擺一點，使她保持自我，沒有無力感，不見也就算了。她沒事就會把皮包裡的錢包拿出來玩，當著人也不在乎，跟她說防人有眼也沒有用，果然後來在麥當勞引來許多麻煩。她起先可以分別二十元和十元，近來就連美金和日幣都分不清了。

✳

我家附近有三五家麥當勞，最近的一家地處交通要道，座位安排得很擠。食客大都是去上班的藍領階級，他們上班前來光顧，沒時間聊天，氣氛就不從容，所以我們不常去。一天要趕時間，我們就去了這家。買了東西坐下來以後，不想喜美子不動手吃，卻從她那永不離身的皮色裡拿出化妝盒來化妝，塗口紅。她這突如其來的動作引得四周的食客向她奇異地注視。尤其是後座的那個黑人，目不轉睛地盡在打量著她的皮包。那黑人並沒有吃東西，只是在看人……看得我毛骨悚然，不好大聲警告，就拚命壓低聲音說有人在看她，叫她不要化妝，趕緊吃東西。喜美子沒有聽懂，以為我在干涉她的自由，沒有理我。那黑人看到我的臉色，油皮嘻嘻地笑了起來。我感到挫折。喜美子不能接受我的暗示，我開始惱怒了。

事實上喜美子已經不太瞭解我說的英語了。她對我說日語的次數也愈來愈多，常責備我怎麼不懂她說的話。我當時的警告對她沒有產生效力。我吃了幾口麵包，她仍在看那小盒子上的鏡子。我感到不安，坐不住了，決定把東西帶回家去吃。

在工作人員不耐煩的眼光下，我憤然地向他們要了一個袋子，把未吃完的食物匆匆裝到袋內。搶起喜美子的手皮包就衝出了大門——喜美子也茫然地跟了出來。

＊

再下面就是一團糟，我想所有女士們的皮包都是一樣的吧，不然那麼小的皮包是裝不了這麼多玩意兒的。包裡的化妝品都沒有蓋子，就有也不蓋上。回想她發病之初，廚房裡所有的瓶子罐子，總是沒蓋好。我甚為不解，費了半天工夫，替她糾正好了，不久又亂了。現在看到包內的情況，方才恍然大悟，原來安排蓋子是很花腦筋的事。

女士們要化妝，正如穿衣一樣，是出門第一大事。喜美子平常出門也得打扮打扮，不過花在上面的時間並不長。可是近來她卻特別注意這套動作，抱著那皮包不放，可是要用什麼樣的化妝品，前後順序如何，她已弄不清楚了——一次臉上塗了牙膏、一次嘴唇上用了洗碗劑！

衛生紙本來是一疊疊的，包在塑膠袋內。可是在喜美子的皮包裡，卻滿滿地被塞得亂七八糟。我每隔一會，就去幫她清理皮包。在那些衛生紙團中，曾包著她的假牙，不止一次地被她扔掉了。

*

喜美子一向有做筆記的習慣，發病後她就不會寫字記筆記了。可是包內仍剩有一本記事簿，裡面記載些老電話號碼，或其它的日文記錄。這些東西我都沒有動，怕搞亂她的思想，不久那本子也不見了。

原來的皮包實在太破太舊，喜美子拿著不肯換。我就帶她去買了個黑的，非常牢固，有根皮帶拴著，可以套在肩上。我又把鑰匙給她找個鐵圈，栓在帶子上，希望永不會掉。喜美子帶著那新皮包，花了好些時間才適應，日夜都不離手。

一天她看到我的鑰匙袋，認為這東西很重要，開門時要用，就順手塞進她那皮包裡去，而後又忘了。當然更不清楚什麼人在什麼時候會用得著它，害得我找了半天不說，還以為是丟了，打電話請鎖匠來配了新鑰匙。過了一整天，才偶然在她的皮包內看到我的鑰匙袋。

這皮包是她的命根。有天我有急事，來不及替她去找，拖她上了車就走。車開後她手裡沒見皮包，就心神不寧，失魂落魄地，不停地問：「皮包在哪裡？」

慢慢地她完全不記得皮包裡裝的東西了，裡面塞滿了一團團的衛生紙。可是出門的時候，她還是要拿著皮包。

人對自己的東西要有支配感，喜美子目前的能力範圍，僅限於這皮包了！

囈語之八

天亮了，我要出門了，我得塗點口紅，塗點粉，穿件出門的衣服，拿個皮包，到哪裡去？不知道，式同說的地方我也不記得，他要走就走，也不等我，我要趕快，我要有個準備，不然來不及。

唉唉，我的口紅呢？出門都要用，不然好像掉了什麼，像沒有穿衣一樣，走不了！我找來找去，式同也幫我找，怎麼不在皮包裡呢？我一向都把它們裝在皮包裡拿著的。我的口紅都是日本製的，用起來比較習慣，就是那些蓋子，麻煩得很，總是在我塗口紅的時候跑掉了。奇怪，以前怎麼不會跑掉呢？

近來我要用衛生紙，總是找不到，要用一點，就要找半天。嘿，那些衛生紙盒都到哪裡去了？藏來藏去的躲著我，真是的！只有廁所裡的那一卷總是在，不會不見的，就用那個吧。用完了衛生紙，沒有地方丟。丟了人家看到會笑的，還是擺在皮包裡吧。皮包裡已經裝滿衛生紙了，塞不下了，就放在桌上吧、架上吧、床上吧，拿起來又方便，式同不會說什麼的。

一天式同向我大叫大鬧，罵我把我的假牙包在衛生紙裡丟掉了！不會的，我怎麼會做這種傻事呢？不過我的牙齒是不見了，我不知是怎麼搞的，我真的掉了牙嗎？我倒不覺得。

我要把衣服穿好，皮包拿著，不然出門來不及。那幾件衣服？穿我熟悉的就行了，皮包只有一個，倒容易認……

我要把衣服穿好，皮包拿著，不然出門來不及。

我要把衣服穿好，皮包拿著，不然出門來不及。我得記住！……

穿衣

喜美子是長女，又出落得玲瓏可愛，小的時候母親用花花綠綠的和服把她打扮起來，然後父親就得意地帶她到處去串門。在大家交口稱讚下，養成她樂天無邪不怕生的性格。她也自此注意衣飾，長大後她就特別喜歡醒顯眼的紅色。

和其他日本職業婦女一樣，喜美子注重穿著，備有許多衣服。我出自省吃儉用的家庭，置辦衣服向來是大事一件，因此不太注意女士們的服飾。婚後看到她有那麼多的衣服換，覺得很稀奇。為了設計服式，她還請了專家，那專家是她的朋友，先生是獸醫，夫婦倆曾來洛杉磯訪問過我們。日本的教育，婦女必須學會縫紉，所以有些便服，比較簡單易做的，是喜美子自己動手的。來洛杉磯後，她曾買過縫衣機，只是興趣不大，所以不太常用，現在已經不知道被丟到哪裡去了。

喜美子對衣服有她獨特的喜好，不喜歡我這個只會穿學生制服的人表示意見。因此我沒替她買過衣服，也不過問她穿什麼。以前每到百貨公司去購物，一走到婦女衣服部，她的眼睛就張大了，看這看那，很快的就被衣架遮住，不知去向。回來後就說美國衣服都是奇大無比，不適合她的小個子，如要買衣服，就得到日本去買，而只有日本才能買到她喜歡的式樣。

日本地小人多，房屋狹小。就是把房屋裡面裝潢起來，花錢之外，還是不容易討好。人們稍有經濟能力的，就以穿著顯示他們的生活喜好和社會地位。喜美子婚後覺得沒有再講究衣飾的需要了，所以就不再怎麼添置新衣服。

我是個不太懂穿著的人，她曾說在婚前每次見到我，我的衣服都透著箱子底的味道。我不好意思承認，說我可沒聞到，怪她胡扯，她辯說她的鼻子很尖，百不失一。然後笑著給我講個故事，彰顯她對男士們所抱的態度。在早稻田上課的時候，教室窗外常看到一位男生，此人生得很英俊，引起她的注意。那男生早上從地板下爬出來，背個書包去上課。起先她不知道那人在地板下面幹什麼，多年後讀到一位名文學家的作品，才曉得那人就是寫這書的作者，當年在校時就住在那地板下面，洗漱時就用學校的公共廁所，她邊說邊稱讚這位作家的灑脫。

＊

衣櫃裡的衣服在喜美子開始生病時被擺得有點亂，穿在身上的顏色也變得不太配。出門前她還問我她穿的衣服是不是適合。我感覺有些奇怪，以為她改變初衷了，想要聽聽我的意見了。沒有料到這就是有病的表現。

漸漸地我發覺她穿在腳上的襪子左右都不一樣。起先是紋理不同，然後是顏色不同，最後把我的襪子也拿去穿，連我自己也找不到我的襪子了。

原來穿衣服是很複雜的過程，要做許多的決定。病人的記憶力不行，記不起那麼多，就按習慣每天穿同一件衣服。晚上睡覺時也不願意脫下來，內衣外衣也都弄不清。只是那件衣服每天穿，容易髒還不說，又會有味道。這時我就強制執行換衣的任務了。

女士們出外，準備工作是很多的。我一向沒有留意。早先每次出門，總是我先到外面去等。有時等不住了，急得發火，只怪喜美子動作慢。現在我要為她做穿衣的工作了，方才知道穿衣的手續其實很麻煩。選衣、化妝，我找出來的又不行，她又要自己挑。這樣那樣，拿不定主意。穿上這個，對鏡看看，不滿意，脫掉，再換那件。我的意見，仍然多半不被採納，所花的時間就不用說了。我對女士們的衣服樣式完全外行，不知道如何替喜美子添置。我買來的，她又不喜歡，沒辦法就去拜託她的日本朋友們，趁她們去百貨公司之便代選。

我之不重衣著，是有意識的選擇。喜美子生病不喜換衣，卻是在避免選擇上的困擾。不管是什麼原因，我還是為自己能省卻替她選衣服的麻煩而高興。

在喜美子所有的衣服裡，給我印象最深的還是結婚時穿的那套和服了。白綢上印著許多花，穿在身上像個大蝴蝶。婚後只用過一兩次，現在不知被放到哪裡去了。可能在大箱子裡被蟲蛀了吧……

一天晚飯，叫她一起來吃。她聽了就往臥房跑，我想她是去了廁所，等了好久還不見來。我知道如果我不在飯桌上，她是吃不下飯的，可是我也不能坐在飯桌上乾等，就跟著去看她到底在幹什麼？原來她拉著一件衣服，當作褲子套在腿上拚命地向上扯！唉呀，我看了心裡發酸。同時想，我得開始物色護士來幫忙了，我一個人照顧不過來了。

掉牙

一天喜美子若無其事地，跑到我的面前，缺著牙齒在笑。「嘿嘿！『忘記女士』又掉了東西了！」我揶揄地說。噯！我想：「怎麼回事？牙掉了還不知道？」我問她：「把牙齒擺到哪裡去了？」她若有所思，茫然不知所謂，我等於沒問。

她這付假牙，是最近才裝的。

她忘記東西是常事。我早就替她取了外號，一個叫「忘記女士」，另一個叫「半人」。她聽了笑了笑，知道我在挖苦她，仍不以為意。

喜美子自幼就把牙齒吃壞了。在日本時裝了些固定的金牙，又不整齊，一張嘴就露了出來。那些牙補得並不高明，來美後又換成了假牙，東痛西痛，補這補那的，我也記不清有多少次了。

我得替她找，不然永遠找不到。於是我口裡抱怨著，她抱歉著，翻天覆地地找，還到外面垃圾桶裡去翻……一點影子也沒有。

我們終於去請牙醫替她補做了一個新的。那牙醫知道緣由以後，搖著頭，嘴裡嘰哩咕嚕地一直在哼：「貴，貴」我便硬著頭皮說「沒辦法，沒辦法」，那眉清目秀的韓國女護士站在旁邊斜著眼，嘟著嘴，搖著頭，拖著聲音搭腔說「貴……得很！」

有了新牙，試了又試，到醫生哪裡跑了好幾趟，方才裝好了。不到一個月，那新做的牙又不見了！我覺得不可思議，問她，她照舊瞪大了眼睛，一點印象也沒有。嗯，近來她常常在吃完東西以後，把它拿下來洗，順手就包在餐巾裡，到處亂放，說不定在廢紙簍裡吧？——找了也沒有。

我們只得又回去見那牙醫，他很同情我們的遭遇，決定只要我們付工本費。我問為了防不見，是不是可以另做一個備用？反正是用同一個模子，可以省一道工序，也就省點錢。他說新牙不是這樣做的，每套都要重新做一遍，做兩個就要付雙倍的錢。商量的結果，我們替喜美子第二次裝的牙是塑膠質的。那護士還特地尋了個鮮綠色的盒子給我們裝假牙。

那牙齒仍是經常找不到。

自此之後，我更加小心注意她的牙齒了。外出時也留意她的眼鏡、提包、要換的衣服，還有牙……

閱讀

喜美子從小喜歡看書，家裡各類的書堆滿了幾書架，都是日文的。睡覺前必定要翻翻，所以床頭也擺滿了書，常常邊看邊瞌睡，由此養成她開著燈睡的習慣。

在她房內有個大書桌，上面擺著電話，堆著書報、雜誌之類。有一陣子桌上堆積了許多一卷卷沒有打開的《讀賣新聞》，我覺得奇怪。問她也得不到清楚的答覆。第二年要續訂了，我問她要不要再訂，她說要。我猶豫了一下，雖然已在懷疑她的閱讀能力能否勝任，但為了使她高興，就再續訂了一年。

她的朋友寄來的聖誕卡，包括她妹妹的日文信，我平時是不看的，也不過問。慢慢地見她把信亂擺在桌上，沒有打開。我問怎麼回事，她說沒時間，慢慢再說。過了好一陣，還是沒有動。我感到她是有問題了，也不敢多問。

好多年沒有得到介紹人宇佐美寬先生的消息了，近來他還好嗎？很掛念。要喜美子找朋友去打聽，她從早稻田同學那裡，得到宇佐美先生的新地址，那是得病前的事了。一天突然收到他夫人廣子的信，用日文寫的，我請喜美子翻譯，她不說看不懂，只是要我等一等，一拖就是幾個月。

一次她被邀參加義賣會，抱回一大捆雜誌來，放在客廳裡。當時我就感到奇怪，她買這些雜誌回來幹什麼？果然那些雜誌被擱在地上，一擺就是幾個月，她卻都沒有去翻動。其實她自知不能看，可是在大眾面前說自己有毛病，面子上過不去，就把雜誌搬回來了。就這樣她所有的朋友都不知道她的看書能力已經有了變化。

不能閱讀有許多層次，退化的程度只有病人知道。事後回想，她不能通過駕照考試，就是一個明顯的預警信號。一般來說，看文字所需要的記憶能量比圖片大，因此病人在不能看書的同時，看照片還是可以的。怪不得那時朋友來我家，喜美子就再三地只請他們看她旅行時拍的風景照片了。

家裡的書籍、筆記、報紙，盡被亂塞亂擺起來了——喜美子這時已經失去分辨刊物種類的能力。在很長一段時期內，她整天談她在哈爾濱時的美滿生活，敘述中國東北的風光。說那裡平原遼闊，一望無際，美不勝收，日本沒有。又經常把在哈爾濱就學時的照片拿出來給我看，每天臨睡前還抱著不放手。見人就扯著一起看，要他們共享她的樂趣。這同學錄成了她的寶貝，要是不在身邊，找不到，那她就會高度不安，甚至還會流淚。

她一向喜歡旅行，有經濟能力以後，除常回日本外，就鬧著要去別的地方。我是不喜歡動的人，也因為忙，她有時拖不動我，就自己參加旅行團去了。旅行時所照的照片，病中她一直翻來看，回到她的幻想中去，給了她許多意外的安慰。

後來她經常拿了張照片來問我，要我告訴她裡面的人物和地點。問了又問，總是記不住，久了，她對那些照片也失去了興趣。

不能看就不能寫。本來她每年總是要回覆朋友的賀年卡的，有一年突然不回了。問她又不說原因——其實她已經不能書寫了。

剩下的只是一片模糊的、沒有文字的、空無的世界了！

電視

以前每天早上的日語新聞，喜美子是不會輕易放過的。她做過播音員，又認識在洛杉磯的那些地方電視廣播員。她聽新聞的興趣自然就很高，卻不怎麼看電視劇。

她後來逐漸不看電視了，有時播放英文時事，我喊她來一起看，她也沒興趣。只能看看跳舞、溜冰等動態節目。

我每天傍晚看新聞，偶而也看些表演節目。一天看完電視，到臥室內就寢，她問在客廳裡的客人走了沒有？我說我們今天沒有客，只有我們兩人在這兒。她想了一會，甚惑不解，還是繼續問——原來在客廳裡擺著那電視機，喜美子把那新聞播放員當做我們的客人了！

見我看新聞看得津津有味，喜美子不懂，她就很懊惱。不是走來走去打岔，就是去打電話給她還記得的好朋友。當時正值人家忙著準備晚餐，沒時間聊天，敷衍她一下就掛上了。喜美子就覺得被冷落，很不好過，又回來騷擾我，我就不能專心看新聞了。

於是我們就不看電視了。

鐘錶

喜美子有很多手錶，我不曾仔細注意它。當年日本可生產很好的錶，岳父曾不止一次送我手錶用。去歐洲旅遊的時候，我們各人都買了一個錶，也買了一個給母親。母親嫌不好，就轉送給妹妹了。在我們的記憶裡，母親似乎沒有保留過任何喜美子送的禮物。

平常喜美子的錶的時間常不準確，不是太快就是太慢，奇怪得很。在我的印象裡，她算是準時的。生了病以後，她用的手錶，不知調整，早已停了，或是壞了。不過她仍照舊戴著，日夜都不脫手。就像皮包一樣，成了隨身必不可少的物件。至於錶的好壞，準不準時，她就不知道了。我把她喜歡戴的錶，替她戴在手腕上，其他的都藏在一邊，免得她弄丟了。

喜美子的時間觀念早就沒有了，九點或十點對她來說已經沒有意義。牆上的鐘，她也不會看。外出時，基於習慣，她還是問時間。可是對數目字和時間之間的關係，她就弄不清楚。

人體內有一個潛意識的鐘。一般人坐飛機的時差，就是這個鐘起的作用。喜美子還保有這個鐘，她現在就用這個鐘來計時。如果告訴她有人會在某一個特定時間來看她，到時候不要我催，她就會到門口去等。我晚上起來做點事，她也跟著爬起來。如果有些夜裡我不起來，她就會著急。會在房裡走來走去，來回打轉，把我鬧醒。看看錶，正是我平常起來做事的時候，很準確，令我驚奇不已。

她對日子的認知力也逐漸消失。日曆早已不用，掛在牆上僅作裝飾品而已。

10 病中參悟

看著喜美子的病況在慢慢地往下溜，慢慢地放棄以前她所喜歡的一切。隨著她那有形無形的變化，我心裡生出異樣的感覺來。同時也漸漸地清楚了，原來我以前所追求的，自以為是的目標，當著喜美子的變化，卻都頂不住，變得沒有意義了。

朋友們看到我們每況愈下，覺得無話可說，就不來電話了。有些卻在背後嗤笑，送來冷風，說我運氣不好，自作自受。我感到窒息，感到挫折，感到不平。我想我之所以被遺落，不是別人的對錯，而是我的生活價值觀出了問題。社會，其實是一面鏡子，我在裡面看到真正的自己。喜美子生了病，把我拖住了，我的社會性質已經改變了，而我卻不自知，就把病前和病中的社會反應搞亂了。

事實上我的感受不是出了問題，而是進步了。喜美子的病，給了我一個鍛鍊的機會，而這機會是其他人沒有的。

一次我去配眼鏡，坐在椅子上等著。來了一對夫婦，領著一個弱智的兒子。這小孩已經很大了，還不會說話，只是黏著媽媽撒嬌。這夫婦神情並不愉快，顯得很憔悴。可是對這小孩的愛護，卻使我震驚，就想，天下只有父母親才有這樣的愛。以前就是遇到這種場面，我的反應也不會如此激動——我的確變了。

又一天在電梯裡，看到一位害怕金森氏症（Parkinson's disease）的女士，全身一直在抖。口水一直在流，已經骨瘦如柴了，被旁邊站著的先生扶著慢慢地走出電梯門。我讓他們先出去，在他們顛顛地邁步的時候，我心裡卻感到出奇的平靜。就想，假如他們如此地走一天，我也會願意等的。我對那先生的感覺，就像見到親人一樣的強烈。他心裡在想什麼，我似乎完全知道。我有了知己的人了！是的，我為了照拂喜美子，變得很敏感，這是旁人不知道的。

喜美子的一舉手、一投足，還是那麼親切，那麼溫暖，那麼好玩。就是生了病，她給我的感覺，也都沒有變——我於是慶幸當初的決定了，我是和「喜美子」結婚的。其他附帶的東西，經過那麼多年，不是陳舊了，就是改變了。至今也全被忘掉了。

我要好好地再看看天花板，靜下來多想想，檢討一下我的生活。我要以另一種價值觀活下去。要有新的意義、新的愉快、新的幸福，準備重新做人了。

我的體會是些什麼呢？

怕死

人都是要死的。可是大家都怕死，不敢相信他自己會死，因此從來不考慮死的問題。孔夫子也是怕死，躲避著根本不談它。只對學生們說一句不著邊際的話：「未知生，焉知死？」然後就再也不提了。

倒是有些宗教教義，有研究這些問題。那裡面都記載著凡是人要信了神以後，才得有解脫，方有好死。不然是不行的。我不信神，又不會裝假湊熱鬧，宗教於是和我無緣了。

父親生時，一次在上課期間昏倒在講臺。送醫急救，回來說見到周公、孔子。當時我就半信半疑，人死了以後還得去向他說的那些書本上的聖賢報到？像我這種人，就是見到了他們，可能是會挨罵的。因為我背不出他們寫的書，沒有遵從他們的教導。來美後我曾到醫院開刀，被麻醉弄昏了，卻什麼都沒有見到，醒了之後才看到掛在壁上的鐘。於是我就不相信父親的話了。人死了，就是什麼都沒有了，這是我親身的經驗，是無可置疑的。

我家附近就是美國國家軍人公墓，我早晨、晚上常到那裡去散步，什麼奇怪的東西都沒有見到，連鬼火都沒有。朋友說我們的住家因此陰氣太重，風水不佳，我想我在這裡住了那麼久，從來沒有事，就不信他說的那一套。

我是不信鬼神的，不可能得到祂們的拯救，這點我可搞得很清楚。

*

喜美子的老人癡呆症是到目前還沒有藥醫的疾病，醫生是這麼說，我也是這麼相信著。不是嗎？連雷根總統得了都沒有辦法！這又不是皮膚病、牙痛病，醫不好不會有生命危險。這是很嚴重的腦病，醫不好就會死！

唉呀！我的天！和我談戀愛，和我結婚，伴我過了快四十年，每天在一起的人要走了！

我從來沒有想到死，突然感到這可怕的妖魔要到我家來訪問我們了。要把喜美子帶走了，說不定什麼時候也會輪到我！我想盡辦法也無法消除心理的恐懼，擋住它的來臨。可是我也不能什麼都不做，整天光等著、嘆氣怨命。我要有個準備，不然措手不及，像我父親臨終時一樣，就很痛苦了。

父親去世時，我就在病床邊站著。他死得很突然，心裡還有許多事沒有交代。他從未想到死。在他那個年代，死是犯忌的，絕對不能談，想也不能想。因此完全沒有心理準備，走得很不平靜。母親就不同了，她是早有預計的，壽衣壽鞋都準備好的，九十二歲去世時，非常安詳，使我很佩服她的定力。

和父親臨終時一樣，我也還有許多事要做，沒有想到死。至少我得要有頭有尾地照顧喜美子，因為她靠我生存，還有些別的事……無論如何，我要有個準備，為她，也為我自己，為將來……

古人早就說過：「置之死地而後生。」外國人也說：「懂得怎麼死，才知道怎麼生。」要接受死的威脅，才能有死的準備。對生命的意義，才有深刻的瞭解，方有妥善的安排。

＊

有了這個認識之後，我的思想起了變化。就想，人生下來，什麼都沒有，只會吃奶拉屎。幫助他的人卻不計一切，起早貪黑，無償地把他需要的東西弄來給他，世上也只有愛他的人才能這麼做。

現在喜美子要回到原來的地方去了。她慢慢地連吃飯拉屎都不會了，什麼人會不計一切地幫助她呢？是我嗎？想著想著，我這才知道，我碌碌營營了一輩子，大多在原地打轉，其實並沒有做出什麼來。看著喜美子把她以前認為可貴的東西一步步、一件件地放棄了，我就一點點地清楚起來。原來最基本的東西除了為生活之外，其它的都不重要，都是可以放棄的——在黑夜裡關了燈，我的感覺就顯得特別鮮明。

她現在無時無刻地跟著我，在我面前吃飯、睡覺。有我在她身旁，她才感到溫暖、安全，其他的什麼都不想。

她慢慢地走了。她的變化，使我憶起她年輕時的天真來——我突然感到生命的可貴了。

我要設法好好地活著，要使她快樂、感到幸福，也要使我自己感到滿足、充實。

＊

朋友們知道喜美子害了醫不好的病，出於同情，見到我就問：「吃了什麼藥沒有？」在他們問話的後面，隱含著一個善良的願望。就是希望病人好起來，回復到正常人一樣。可是他們又知道喜美子的病是醫不好的，為什麼還會問這種不關痛癢的話呢？或許只是問候吧？

醫生們也是如此，他們知道這病是治不好的。可是每次去見他們，總是會出藥單，說吃了會好一些。有些藥歪打正著了，病人好是好一些，但是要付代價，一是份量愈用愈多，二是副作用增強，引發別的病。

家人們也是如此，他們也知道這病是治不好的。不過給了藥，似乎就卸了責任，感覺輕鬆些，可以不管病人了。

因為自己怕死，就不相信病人會死，想都不敢去想。給了藥以後，就像駝鳥一樣，把頭栽在沙裡就以為沒事了，以為病人就此會好了。這樣因循下去，病人的問題有意地被遮蓋起來，甚至連病狀也不敢對人說。不去瞭解病人的痛苦，不去關懷病人的需要，病人感到愈來愈孤單，似乎被世人遺棄了，連親人都靠不住。世上最淒涼的事，還有比這更糟的嗎？他們怎麼會快樂，並且得到安慰呢？

錢

人在幼小的時候沒有錢，可是父母們卻不計一切地設法撫養他們，他們就長大了。

喜美子的病，使她的心理也在朝小孩的方向退。當僱來照顧喜美子的幫手離開以後，她總是患得患失、神情不安地重複一句話：「她們都不關心我，說走就走了，只是要錢！」她捨不得人離開，就怪起人來了。什麼人才能一天到晚陪著她，愛護她呢？除了我之外，就沒有別人了——用錢僱人也不行。於是她就盡跟著我，依靠我。甚至在看護來了以後，她還是跑來跑去，不時地來看看我。如果我在家，她就安心地跟著看護走；如果我出門，見不到我，她就會失魂落魄的，不能生存了。

小孩長大是無條件地接受一切，喜美子卻是有條件地放棄一切。目前她只要穿習慣的一兩件衣服、一兩雙鞋子、用一兩個熟習的碗碟……替她換她還不肯。以前為喜歡而買的一件件衣服、一個個娃娃、一堆堆碟子，她都不理了。丟在櫃子裡亂放著，沒去理會。

這些用錢買來的東西都被推開了，什麼東西呢？就是眼前看得見的東西。而買得到的東西卻又是永無止境的，愈買愈多，愈買愈不夠。人也愈來愈貪，在賺錢花錢的圈子裡打轉，不知不覺地就跟著錢跑了一輩子……想著，想著，心裡就平靜了下來。我不怨天，不尤人，不惋惜，也不無聊了。我不再想拼命地去打工，因為我已經很忙了。我不再拼命地賺錢，因為我覺得它已沒有以前那麼重要了。

我不能再追求「物」了，因為它是浩如煙海、不著邊際、永無止境的。我要以「人」為服務對象，因為這是最實在的，而這個人目前就是喜美子，因為她如此地需要我；我感受到我的重要，看到我生活的目的，我不是僱來的。

懼老

以前去中國餐館，總會遇見一兩個熟人。彼此點點頭，打打招呼，令我感到頗不寂寞。近來少去了，去了也見不到熟人，看到的盡是些年輕人，全都不認識。想是以前的朋友都老了，活動減少了，不出來應酬了。一天和朋友在餐館吃飯，好久不見了，我們所談的也都不外是有關敘舊和生活起居的話。說一句停半天，靜悄悄的，一點也不起勁。鄰桌十數位充滿青春活力的年輕人卻正在興高采烈地談笑。我問朋友：「他們在說些什麼？」朋友回答說：「無聊的事。」我就會心地點點頭。另一位朋友卻說：「他們可能也認為我們這幾人在談無謂的事吧。」我想想也是，不然不會如此沒勁，於是也會心地點點頭。無可諱言，在我們兩桌之間，是有著代溝了。

那些年輕人風華正茂，對什麼都有濃厚的興趣。大聲地敘說各人得意的事。而我們這幾個年紀大的都是過來人，知道他們在談什麼，因此並不覺得稀罕。勾不起當年的興趣來，認為不值得大驚小怪。他們所談的就被朋友歸納為無聊的事了。同時我們這些老頭講的東西引不起年輕人的興趣也是事實，什麼年紀說什麼話，不是人之常情嗎？為什麼大家看到小孩覺著可愛，而對老人就不覺可愛了呢？為什麼所有的廣告都昭示年輕人的身體美，而沒有標示老年人的成熟美呢？這是美國社會風氣的問題，和東方的不同。中國人的敬老尊賢，美國人是沒有的。

我常聽人說，唉，假使他年輕一些，他就會如何如何地幹得比現在更滿意了！自怨自艾，形於顏色。我就不以為然，自認最值得慶幸的時光，就是現在。我有那麼多的人生經驗，全是年輕人所沒有的。我的白髮、我臉上的皺紋，每條都展示著我曾經歷的風霜。喜美子的病，正在我的頭上加白髮，也在我臉上添皺紋，會使我蹉跎時日。可是我絕不因此自怨自艾，我要從中吸取經驗，使我更成熟、更能接受事實。我沒有時間再做不能實現的空想了，不能再重複過去那些永無止境的追求了，也不能只是坐在這裡嘆老了。

我不會為了給別人看而染髮，我不在乎以我老而被奚落。我不會為增加歲月而悲哀——我最寶貴的東西，其實就是我的年紀，和我對生活的體驗。

新的生活

喜美子生病以來，只覺生命永遠沒有想像中的那麼長，平安的日子也是過不了多久的。而我也不再是當年夢想著留學的少年了，不再是移民以後想要建立事業的中年人了。我陪著她，身不由己，早先紊亂的思維漸漸清晰起來。我要盡我有生之年，珍惜現在，做點自己認為值得做的事。

我要選擇新朋友，為此先要懂得付出。我要在耕耘中找樂趣，不再於收穫裡講成績了。

我還是要有夢想，不然我不能存在。只是這夢不再是年輕時的夢，它是要能實現的，因為剩下的時間已不多了。

「萬物靜觀皆自得」，我要放慢腳步，仔細體會著我的四周。我要多聽聽黎明前啾啾的鳥叫，多看看早春含苞的玫瑰，露滴的葉尖，和變幻萬端的天色。我也要多體會一下小孩天真的跑跳，少女含羞的臉色，中年人堅毅的步伐，和垂垂老人的落寞了……

每天早晨起來，我慶幸著我的新生。

11 尾聲

報警驚魂

一天半夜，喜美子搖醒我，說是全身無力，起不來。我正在好睡，沒好氣地回應她：「嗯，嗯」睡意迷糊地不理她，想繼續我的好夢。

過了一陣，又被她推醒了，說她沒有力氣去廁所。什麼？三更半夜，什麼事有那麼急？以前美國老太太羅拉就警告過我，這種病到某個程度就會大小便失禁，須二十四小時有人輪班替換來看護她。我登時警覺起來，扶著她去上馬桶，那知道她就在我膀子間順勢滑了下來，軟癱成一堆，坐也坐不起來！

噯呀！不得了！我從來沒見過她有這麼糟！一定是急病臨身，她父母親的心臟都不行，說不定這是由遺傳得來的心臟病吧？快！快！我得找人來急救，慢了就完了！我全身在發抖，心都跳到嘴裡來了！

我開始撥急救電話九一一，這是我第一次打這個電話。看看錶，正值清晨兩點。

我亂抓了件衣服披上，倒拖著鞋到前門去看，開了門燈，沒有人，又跑回來看看，喜美子還在躺著，聽到外面有車子開過去，趕緊出去張望，不是，又跑回來。忙進忙出，急得滿頭大汗，時間又似乎和我過不去，過得特別慢，那麼長，可是人還沒有來！不快不行、不快不行！兩點十五分，救護員才到！我鬆了一口氣。嘿！是快！我不禁開始佩服他們了。

那救護員手裡拿著測心儀，動作嫻熟地替喜美子做檢查，沒有事。我安下了心。他們問我要不要送喜美子去急診室？我料想沒有問題，回答說不需要，明天再說，就把救護員送走了。

回過頭來，喜美子已經站起來了！怎麼搞的？這是什麼怪病？第二天去看醫生，醫生判斷說人老了，肌肉有時不聽指揮，偶爾有這種現象發生——不過他也不能確定喜美子得的準是這種病。

不管是什麼病，我虛脫了，恍惚曾去鬼門關上轉了一圈回來。

你待我太好了，我不要死！

一天喜美子躺在床上，雙眼炯炯地望著我。良久良久，突然脫口說出一句神志清醒的話來，「你待我太好了，我不要死！」

我吃了一驚，撫著她的臉，握緊她的手，嘴唇微抖地，哽咽著喃喃地說：「不會，不會，有我在這裡，不必擔心。」

在我的眼裡，她仍是那學生時代樂天的、蹦蹦跳跳的、舉著雙手喊著，向我奔來的日本女孩。

我千言萬語，欲哭無淚，捲著身，靠著她，一起睡著了……

我夢到抗日的後方，在那裡度過無憂無慮的童年；我夢到成年求學的臺灣，在那裡頂著永無止境的考試；我夢到留學徬徨的明州大學，在那裡遇到相依為命的喜美子……從今以後，還會夢到什麼呢？

你是誰啊？

清早喜美子一覺醒來，用手觸碰著我，把我吵醒了，她惘然迷茫地說：「你是誰啊？」一陣涼氣從四肢直麻到全身去了，我登時凍住了！怎麼她竟不認識我了？不認識這長年累月朝朝暮暮一直陪著她，擔心她，照顧她的人了！

我麻木了！我感到冷，我感到我的身子在溶化，在迸散，化為烏有了！一輩子的夢想、執著、奮鬥、眼淚、歡笑……也通通沒有了！

我說我是式同，她答說我和她父親在隔壁房裡。「你不是式同。」唉！……壁上的鐘聲滴答著，良久良久，我說不出一句話來……

我開始糊塗了，「唉呀！她不認識我了！」……我似乎掉到無人的曠野裡，大叫起來了！我的心開始淌淚了！

慢慢地、慢慢地，我清醒起來。在我前面的，是喜美子啊！她不認識我，是因為有病啊！她就是那學生時代樂天的、跳跳蹦蹦的、舉著雙手喊著，向我奔來的日本女孩子啊！我可沒忘記。

我，我沒有病，我得好好地做人，好好地活著，好好地看護她……

正是：「春蠶到死絲方盡，蠟炬成灰淚始乾。」

餘音

念故鄉，念故鄉，故鄉真可愛！
故鄉人，今如何，常念念不忘！
我願意，歸故鄉，再尋舊生活！
重享從前樂！重享從前樂！

天甚清，風甚寒，鄉愁陣陣來！
在他鄉，一孤客，寂寞又淒涼！
眾親友，聚一堂，重享從前樂！
重享從前樂！……

放學了，孩子的歌聲，一起一伏地，蕩漾在農村的山谷裡，吹向田野，飄過山頭，消失在雲空裡……

在抗日的大後方，我們穿著打補丁的小棉襖，離開茅草蓋的教室，每天排隊唱著這首歌回家。歌詞的意思雖是懷鄉，但我們太小，沒有懷鄉的感受。只覺音節優美，百唱不厭——那時我們不知道歌譜就是歌頌美國大峽谷的《新世界交響曲》。

現在老了，在外國待了大半生，我伴著有病的喜美子，回味著這首歌，不禁感懷愴然！

又不禁拿出我們到大峽谷去拍的合照來看。受過反日教育的中國人，和日本人在一起，在作曲者所歌頌的的國度裡，站在大峽谷上合照——命運的安排，真是不可思議。

後語

這是一個大時代裡的一對小夫妻的故事。

這是個不能留學而留學、不願移民而移民、抗日而和日本人結婚、自認是中國人而不是中國人、要愛國而沒有國可愛的人，掙扎著度過了一生的故事。

這故事由老人癡呆症的來臨而結束。

它和每對夫妻一樣，其間充滿了喜怒哀樂、悲歡離合。

記錄下這段沉痛的心路歷程，奉獻給有心人作參考。

林式同完稿於　二〇〇〇年六十五歲生日，

並於二〇〇〇年十月二十日最後修改

下編

——— 林式芳 著

12 續章

續記

我是林式芳，林式同的妹妹。哥哥在二〇〇〇年十月寫完這本書，正在尋找出版社之時，卻忽然生病，發現是肝硬化，二〇〇一年七月就過世了。自此嫂嫂喜美子孤單一人，由我照顧，直到二〇一六年她九十二歲才去世。我覺得我應該把這十五年的一切寫下來，把老人癡呆症的病情發展與照顧經驗，做一個完整的描述，讓式同和喜美子的故事稍微有一個完整的結果。

我父親畢業於北大，他畢生從事法學的工作。我母親是繼室。前室育有三男一女。大哥留在家鄉照顧祖產。大姐隨著姐夫去了他的家鄉浙江紹興（他們沒有來臺灣，和我們失去聯繫多年，改革開放之後才聯絡上）二哥、三哥都到了臺灣。母親生的老大式同排起來是老五，老二式均是老六（他有兩個兒子）。還有我式芳是第七，最小。二哥、三哥留在臺灣，我們三人則因留學來了美國。式同、式均住在加州洛杉磯，我則住在美國首都華盛頓附近的馬里蘭州。

我自小習慣稱呼二哥、三哥都沒有問題，但式同哥我卻直呼他的姓名：林式同，寫信時我就稱呼他同哥。現在想想覺得很奇怪，怎麼沒有人糾正我對他的稱呼？式均我則稱呼他小哥哥。因為小時候我們在四川生活，所以我們三個小孩之間全是用四川話交談。父親跟我們說國語，母親則用帶有上海口音但她自認為是的國語來和我們溝通。以後書中為了避免困擾讀者，就用式同稱呼吧。

我心目中的式同，好像一直離我好遠，一點都不親。我和小哥哥一直跟在母親身邊生活，但他卻沒有。抗戰勝利後，我們住在南京的家裡。我記得母親說他可憐，每天天沒亮就得起床，要走好遠的路去上學。我想他那時去讀初中。後來他跟著父親來臺灣生活。等母親帶我和小哥哥去臺灣和父親會合時，式同又離開我們去臺南上高中。所以他一直沒有跟在母親身邊生活。他自小個性發展得奇特，老是以老大自居，父親過世時，我十七歲。式同跟我說：「自此之後，我就是一家之主。」可是他到了美國之後，自顧不暇。這個「主」在我的身上就沒有發生什麼作用。我們全家人都認為他是怪物。我和他之間年齡上差六歲，可是實際感情上卻相差十分遙遠，儘管我是非常想巴結他的。幾十年以後我跟他說：「小時候過年我就借給你很多錢，因為你想要買書。現在算算利息應該有很多錢了。」小時候我的壓歲錢比誰都多，那時為了巴結哥哥們，我可是很大方的，可是他不承認。我要債無門，只好一笑了之。

過世

二〇〇一年六月十三日。「鈴！鈴！」

啊！是式同來電話。看看醫生說他是什麼病？

我這哥哥從來不給我打電話。連我得過乳癌，經歷了化療，他都沒有給我打過電話，問我「好不好？」雖然喜美子一直告訴我：「你的哥哥很在意你，很關心你的。」我心裡知道喜美子說的話是真的，也瞭解式同就是這麼怪，一個不擅長表達自己感情的人。但是我心裡還是希望他對我關心得實際一點，讓我能感受到他真的很在乎我。

那年五月底，我去加州參加我們的姪兒，小哥哥式均的大兒子 Donald 的婚禮時，我見到式同生病的樣子。臉色灰暗、肚子凸出。他那時只參加了下午的婚禮，連晚上的豐盛晚宴他都沒精神參加。式同告訴我他去看過醫生，但是醫生要在六月中才能確診他的病。我還奇怪，他看的是什麼樣的醫生？為什麼要那麼久才診斷出他的病？

現在他來電話了，「醫生怎麼說？」我對著電話緊張地問他。

「醫生說是肝硬化，我只有三年的壽命。我得好好的計劃計劃了。」他繼續說：「你來我這兒一趟好嗎？七月五日醫生要給我做一個測試，需要全身麻醉，你來，可以開車帶我回家。去問問馬君素，你可不可以來這裡住兩三個月，幫我整理東西？」（馬君素是我的先生）式同後來告訴我，當初姪兒婚禮後，我要過去幫他忙，他讓我們第三天才去他家看他。因為第二天他要去照顧喜美子。我們花了大半天的功夫，只做了廚房和餐廳的整理工作。見到了他這十年為了照顧喜美子，造成生活上的慘象。餐廳裡掃出死鳥來。原來餐廳角落裡的一扇小窗開了，鳥飛進來就飛不出去了。我們在忙亂中間，他還需要躺下休息。我當時真的太不警覺，沒有體會到他病得這麼厲害了。沒有對他做該做到的關懷。後來他帶我們去他常去的餐廳吃飯，他要了芒果炒雞片，他說好吃。真的不錯。我現在也常常炒這個菜。他說就是因為這一次和我們少有的互動，讓他感到溫暖，所以他才會打電話向我求助。

式同在二十多年前因為膀胱結石開過一次刀，他當時就知道自己是 B 型肝炎的帶原者。他不知道自己什麼時候得到這個病，只是猜測他是幼年時在四川生活，抗戰時期環境太差。或是他在臺灣南部讀高中的時候，因為宿舍環境太差，也可能那時得病的。而這個病平時沒有症狀，但為了保護自己，病人是需要經常做追蹤檢查的。他因為照顧喜美子，無法隨意支配時間，所以多年來都沒有好好的看醫生、做檢查。現在卻因此而發病，想起來，真是為他可惜。

他獨自照顧得了老人癡呆症的喜美子。我經常電話問候，知道他的辛苦。因為他老是告訴我說照顧這種病人不容易，他說一個人要在他家住二十四小時，才能體會到他說的辛苦在哪裡。那是一種身心都憔悴的苦。我早就告訴他我現在退休，而且也不管教會裡面的雜事了。我可以過去，就算是做飯、清掃，也可以幫到他一些忙。但是他老是說：「這是我自己的事，當初我自己做的決定（指他和喜美子結婚），現在我要盡我的責任，一路自己走到底！」他是認為不需要我這麼一點點小幫忙。殊不知我這點小忙，在他那麼辛苦的日子裡是可以有些用的。

現在他需要我了，當然我是義不容辭地要趕去幫忙的。

買了飛機票，電話告知式同我七月三日過去，並且不要他來接我。因為聽起來他實在是太累了。

到了那天我獨自從洛杉磯機場搭乘計程車到了式同的家。下車時有一位中國太太從另一輛停在路邊的車上下來，迎面向我走來。她說她是楊太太，是式同的朋友，又說：「你哥哥昨晚肚子痛，自己叫救護車去了 UCLA 醫院。我現在就帶你去他那裡。」

沒想到式同已經病到了這個程度。楊太太看到式同認得我這個妹妹，她才安了心。等式同交代我一些事，把門匙給了我之後，她就把我帶回式同的家。

式同的這個家，我只來過兩三次。以前我每次來探望住在洛杉磯城中心的母親時，都是式同帶著喜美子出來看我們，沒必要到他家去的。母親過世五年了，除了在電話上和式同說一些話之外，我一直都沒有見過他和喜美子兩個人的面。現在我一個人走進他的大房子，心裡真的有點害怕。

當初我們逃難時，父親認為去臺灣前途渺茫，只靠在臺灣大學教書的一份薪資不足以養活全家。所以他自己帶了三哥以及式同去了臺灣，讓我母親帶著我和小哥哥式均，去了老家浙江樂清。因為家鄉有房屋田產，如果有萬一，母親和我們這兩個小的孩子還有辦法可以活下去。

中共進駐大陸後，父親參與了在臺灣的政府工作。母親為了要逃避追查，不能住在自己家的房子裡，到處去借住別人的家。日子過得很艱苦。尤其是思念父親。我記得那時我會哭著找父親（我是唯一在小時候有機會被父親抱的孩子）母親總是說你要哭應該在上海與父親分開前哭，不要現在哭，沒用了。我還記得她那時努力學做繡花枕頭套，還是成雙的，托人帶給在臺灣的父親。平時晚上沒事她就唸《聊齋誌異》裡面的故事給我聽。我雖然害怕得要背靠著她，坐在她雙腿之間，但還是吵著要她唸那些書生和漂亮女鬼的故事給我聽。害我到現在一輩子都怕鬼！

現在我獨自一個人，走進式同前後全是落地玻璃窗的房子裡面。我感到孤獨、害怕，也有些悲傷。

好在喜美子把房子的窗簾做得很嚴密，全部拉緊後，給我一些安全感。到了晚上，我把電燈全部打開，但每個房間的角落都還在壓迫著我，使我害怕。我最後就在空曠的客廳中間的沙發上睡覺，不敢亂跑。

之後的五天我每天早晚都去探望式同，做他的跑腿。上銀行、上菜市場買水果、打電話聯絡工人。他那時已經開始打算搬去他的另一個小房子居住，把這個大房子賣掉。他需要週轉出一些現金來備用，所以游泳池得修，房子得清理乾淨才好賣。

見面後第三天，我進他病房後，他說：「下午社工人員來過，問我一些問題。我告訴他，我已經沒有愛可以給別人了，因為我的愛全部給了我的太太。」他為此事很得意，連清潔的工人進來，他也要大聲地告訴他們。我還奇怪「愛」怎麼會給得完呢？當時他正在辛苦地爬上床。我就說他：「你別學張愛玲那麼怪！」他卻回說：「就是要怪，愈怪愈好！」我們家人都知道式同和名作家張愛玲認識。後來她要式同執行她的遺願，但他們認識十年才見過一次半的面。（請讀附錄：〈有緣得識張愛玲〉，張愛玲過世後式同用了半年多寫出來的作品）式同是事後才認識張愛玲的特殊，所以他對張愛玲的青睞特別感謝。而我認識膚淺，沒法看到他們看到的東西。所以我時常把他們放在一起，說他們「怪」！

他又對我說：「醫生說我這次病得很嚴重。」我說：「怎麼會？醫生不是說你有三年的時間嗎？快點好起來吧！」說這話，就證實我的無知。

式同是那年三月才將喜美子送去養老院的。因為他堅信送進養老院的病人平均壽命只有兩年，他捨不得送喜美子去。現在他才說：「我如果不把喜美子送走的話，倒下去的就是兩個人。」被情勢所逼迫，他也只好這麼做了。他說：「我送喜美子出去的第二天，我就倒下了。」

他開始時雖然知道自己的身體不好、體力差，但還是為喜美子著想，送她去一家開車要一小時多的養老院，只是因為那裡住有喜美子的好朋友。後來才發現，得了老人癡呆症的人根本無法與別人相互溝通，是好朋友也沒用。後來才再轉送到一家在他家北邊只需開車二十分鐘的養老院。他天天去陪喜美子，每過兩天就帶她回家來看看，希望喜美子留著對家的記憶。

式同家裡真是髒亂得可以。兩個月前幫他整理的時候，還沒有感受到這麼髒亂。喜美子的衣服全都擺在沙發上。地上的積灰都成球了。廚房東西亂放。他這十年在家連洗碗機好好的，可以用都不知道。他的飲水機水缸裡面，四周都長了黑黴，他也不知道。雖然倒進去的水是新買的，但還是裝在這個水缸裡來用啊？一直繼續喝用，難怪他要生病了。

我那時還很天真地以為式同病好了就可以出院了。雖然我在網上查到肝硬化會導致頭腦不清醒，我還真不懂這是什麼意思。

我去後第五天，七月八日，一大早他就跟我說：「現在我生病了，我需要改寫我的遺囑。」喔！他還寫了遺書！他跟著交代：「拜託楊先生、楊太太照顧喜美子。他會說日語，能和她溝通，可以溫暖喜美子的心。我那棟公寓房子也拜託楊先生管理，租金收入可以支付喜美子一切費用。楊先生自己退休後就在管理公寓產業，拜託他多管理一棟樓應該不成問題。等喜美子走了之後，公寓樓房就送給他們夫婦吧。」

他當時不知道看護喜美子的費用會增加得這麼快、這麼多。這是後話。

式同最早購置了一棟小房子居住，其後再購置這間前後玻璃窗的大房子，把小房子出租。另外還有一座八個單位出租的公寓。這些收入足夠他兩人過簡單的生活所需了。

我跟他說：「你要修改遺囑，今天是星期天。明早我再替你打電話給律師。」

那天他的健康情形，從早上到下午，真是天差地別。早上還可以吃下一些我帶去的稀飯，到下午連他最喜歡吃的水蜜桃都不能吞嚥了。那早上來過巡房的醫生傍晚來時，看到他都嚇了一跳，「林先生，你是怎麼了？」他馬上下令送式同住進加護病房。

第二天一大清早，醫院就打電話跟我說，式同需要人工呼吸器來增加他的氧氣供應。我趕緊過去看他時，那麼大的管子插在他的嘴裡。我的哥哥真是辛苦啊！因為麻醉，他還沒有蘇醒。那時我們都沒有手機的方便，我有事必需先回式同家打電話，我就先離開了。

快到九點時，醫生又來電話，說式同出了緊急狀況，心臟曾經停止過。經過急救，暫時恢復無事。我趕快回去醫院，見式同鼻嘴上都有出過血的痕跡，可見當時情況真的很危急。醫生說他的危險已經過去了。他只是昏睡在那裡。

過了兩天，是星期三。他的情況稍微好轉，可張眼、點頭，略為示意了，但談不到清醒。這時醫生說若能找到捐贈的肝臟，式同可以接受換肝手術，因為他的身體可以承受得住。這真是天大的好消息。以後每天病況都有變化。給了我們可以換肝的希望三天後，醫生認為他太虛弱，不能換了。之後又開始洗腎。後來又有病菌感染，需要用大量的抗生素。醫生認為情況還算穩定，但式同的反應是非常的掙扎、不安。一天比一天虛弱。

到了七月十九日，醫生說式同感染了沒有抗生素可以對付的病菌。建議我同意關閉幫助他心跳的機器，讓他自然離去。這就是說哥哥已經無藥可救，回天乏術了。十年前小哥哥突然得急病故世，母親則在五年前離世，現在我在這個世上唯一流著相同血液的親人，也將離我而去。我真是徹底的孤獨了。式同離開時，只有我和姪兒 Donald 在床邊和他送別。

式同在他的遺囑中要求將他的骨灰和喜美子死後的骨灰混合投入大海。當時喜美子仍健在，我只好先將他火化，把他的骨灰暫時下葬在洛杉磯的玫瑰墓園中。等待將來喜美子的骨灰和他會合，再做處理。他下葬的位置和母親、小哥哥的墓址只有幾十呎。一箭之遙，也並不算孤單。

信託

式同很會保存和整理他的檔案。他書桌上紅色的夾子就只有一個，裡面就是我要找的檔案。一份是他自己的遺囑，他有簽名。一份是喜美子像他一樣的遺囑，但沒有簽名。還有一份是律師替他寫的信託書，他和喜美子都簽了名，而且經過公證（Notarization），是正式的合法檔案。這些文件簽名的時間是一九九六年十月十二日。

簡要的說，此信託書是由式同和喜美子、兩位朋友楊先生和張先生，及式同和喜美子常用的住友銀行（Sumitomo Bank）組成一個信託（Trust）。五個成員同為信託人（Trustees）。式同和喜美子是受益人。此時式同已經去世，一切銀行財務瞬時全部凍結。這個信託需要儘快成立才能處理式同的一切後事。我得儘快找到信託中除了式同和喜美子之外的其他三個成員，要求他們前來參與決策。

楊先生和楊太太他們和式同平時常有來往，病中也來探望，還不斷地用電話詢問我式同病情的進展，非常關心，所以找到他們一點困難都沒有。但是他們說式同平時常帶喜美子去找楊先生，用日文聊天，交往的確不少。可是式同從來沒有提過要楊先生做信託人，現在忽然聽到，十分詫異。但他眼看當時的情景，喜美子急需有人幫助，所以就答應做信託人。

張先生卻是幾經周轉，問了朋友和朋友的朋友才找到他。原來式同和他在事業上相識，而且式同在執行張愛玲海葬時，請他參與照相錄影。在海葬完回家的路上，式同曾跟他說：「我將來的事，也請你多幫忙幫忙！」雖然自此之後五年之間他們都沒有什麼來往，害我要多方詢問才找到他。但他鑒於當初式同的親口託付，而且當時情況急切，他也立刻答應做信託人。所以喜美子、楊先生和張先生，加上銀行的代表就成立了式同和喜美子的信託。喜美子神志不清，所有的事情都由其他三人主持決定。當下馬上就要決定以後由誰來照顧喜美子。

式同將他的一大一小兩棟房子，還有一棟公寓樓都納入了這個信託。目的是照顧他和喜美子老年的生活起居。兩人過世後如果有剩餘款項，就捐給加州大學洛杉磯分校（UCLA），指定幫助學建築的東方學生。（我想式同一定是有感於他早年求學的辛苦）。

依照式同過世前的口頭交代，他是希望委請楊先生來照顧喜美子的。於是我告訴楊先生和楊太太：「式同在七月八號還清醒時親口告訴我，他想拜託您負責照顧喜美子。」但這個建議馬上被楊太太否決了。她認為做信託人可以，照顧喜美子的責任太重大了。她說楊先生因為車禍腦部才剛動過手術，不堪勞累。我想既然如此，喜美子就不能委託他們了。

喜美子的妹妹晴美住在日本，我告知了她所發生的一切。她的女兒幸子在八月初遠從紐西蘭來到洛杉磯，跟我住了一個多星期。我帶她去看喜美子，一起帶喜美子去看牙醫、去 UCLA 醫院的急診室就醫，當然也帶她去看了式同的墓地。由於她懂日文，我請她整理喜美子的衣物、書信、檔案和照片等物。她將有關的、有紀念性的東西都打了郵包，寄給了喜美子的妹妹和弟妹。對我來講，減輕了許多麻煩，放下了一件心頭大事。至於照顧喜美子，晴美說她自己患有嚴重的糖尿病，每天還得注射胰島素，所以她是無法照顧喜美子的了。

剩下就只有我是喜美子在美國唯一有關係的親人，我看照顧喜美子就非我莫屬。我就自動答應擔起這個責任了。

那時我可沒想到這個責任如此重大、這麼長久。

式同為喜美子真竭盡了心力。想的做的都是為了喜美子。由始以來，他都以為他會照顧喜美子直到最後。因為他比喜美子年輕十歲，而且喜美子已經生病了。他深信如此，而且時常跟我這樣說。他在去世前五年寫下遺囑，設立了信託來照顧喜美子，可以說是早就想好，做了萬全的打算。

一度他還為了喜美子要想出去做事賺錢。因為在美國老人癡呆症是沒有保險的，一切有關費用全都要自費。他怕自己的錢不夠照顧喜美子的需要，所以想找工作賺錢。他努力練習電腦繪圖，以便可以重操舊業。誰知面談都失敗。他覺得人家嫌他六十一歲太老了。他跟我說：「太失望了，情緒太壞了，我在床上整整躺了一個禮拜。」這是他面對情感低落時的一貫處理方法。

式同在七月八號那天想要修改遺囑是經過深思熟慮的。他自己說：「現在我生病了，情況不同了，我需要交代如何照顧喜美子。」但肝病使他衰退得太快，他的體能走下坡，快到在幾小時內就不能言語，連醫生都想不到。造成一切措手不及，無法為他心中所愛的喜美子安排好一切。

和喜美子建立友誼

我和我先生馬君素在德州大學求學時認識結婚，一九七一年畢業後開始工作，我們在洛杉磯住過四年。起先我們住的公寓離式同和喜美子的公寓很近，有事互相幫忙，來往頻繁。後來我去上班，就搬得比較遠。再後來他們買了小房子，但我們仍去以前去的教堂，就在他們小房子附近，所以每個星期日，我們做完禮拜就去敲他們的門，喜美子就起來做中飯給我們吃。

我們至少一星期見一次面。我的大兒子安主出生後，我們還是照常去敲門。安主一兩歲時很頑皮，到處亂爬亂翻。喜美子是日本人，個子矮小。所以她的客廳布置特別低矮。我們每次去時，她就迫不及待地將桌上的玻璃飾品向高處搬。那時我們之間溫暖的親情，至今都活生生地浮現在我的腦海中。也就是在這段時期中建立了我對喜美子的感情。日後每當朋友們詢問我為什麼要照顧喜美子，尤其是式同本來並沒有要求我來照顧喜美子，而是我執意去做，惹上一身麻煩時，我就說我是在報答喜美子當年為我做的那些午餐。

式同從來就看不起我這個小妹，而且輕視得很明顯，譬如開車這一件事。一九九一年小哥哥式均忽然病逝，一九九二年起母親獨自住在洛杉磯老人公寓裡，非常寂寞。我當時一有假期就過去探望她。式同和喜美子兩人擁有三部汽車，我每次去洛杉磯時就想借用一部汽車，可以在看顧母親的時候有許多方便，但他一直不肯。可是我表哥、我先生去洛杉磯時，他卻無條件地借出他的車子。可見我這個小妹在他的眼中是多麼的無能。所以每次去看望母親時，起先式同還很客氣，機場來去都是他來接送。幾次以後，他就叫我自己想辦法。我不願再看他難看的臉色，就決定以後自己租車，方便陪母親看醫生、買菜、逛街。在洛杉磯擁擠的公路上，鍛鍊得來去自如。母親最後的日子也是我過去照顧的。

式同為人主觀，做事直來直往，不拘小節，有時幾乎不近人情。一次為了辦理公民證書的需要，我們帶母親出去照相。母親那時已經將近九十歲了，外面有一些細雨，式同開了車門，手扶著車門就站在那裡，看著母親辛苦地下車，也不去攙扶一下。就等著我繞過來攙扶母親下車才能向前走。母親病時，我照顧母親的貼身細節，式同看在眼裡就直說他做不到。所以雖然式同書中說他如何全心全意地照顧喜美子，我也相信他的真心誠意，但實際生活上的細緻照料，我看是很有問題的。因為他根本不是一個細膩的人。

我每次去洛杉磯，式同就帶喜美子出來和我跟母親見面。喜美子滿面笑容，毫無病態，但是式同卻老說她生病了。母親總是跟式同說：「別老跟別人說她生病，不好聽。」我只是奇怪，喜美子怎麼每次都穿同一件衣服？

現在他自己生病了，不得已才來找我幫忙，一反常態。他都跟關心他的朋友說有事可以找我。我可以開車，且熟悉洛杉磯，真使我啼笑皆非。哈哈，我可是努力地證實了我是個有用的人。

和喜美子再次見面

在七月二十六日忙完式同的喪禮後，我就去養老院看喜美子。那是一家菲律賓人設立的私人養老院。女老闆很能幹，很客氣。

第一眼見到喜美子，喜美子正在餐廳吃中飯。瘦瘦小小的（只有八十一磅的小個子），滿臉都是很深的皺紋。因為五年沒和她見過面，她已完全不認得我了。她當時很喜歡說話，說的全是日文。我很鄭重地告訴她，式同已生病去世了，我不能預測她如何反應，但是我深信瞞住她是不對的。我很驚訝喜美子沒有什麼反應，完全不理解我在說什麼。她還顧左右而說她的午飯好吃，要請廚師出來誇獎他一番。

我在想老人癡呆症到了如此的地步，真是可怕。我完全感受到式同在前面書中提到喜美子不認識他時，問說：「你是誰呀？」他心如被撕裂，是多麼的痛啊！

飯後我扶她起來，她自己到處走動，腳步還很穩健。但她似乎是毫無目的地隨便亂轉，已經不認得她自己的房間在哪裡了。以後每次去看她的時候，都要到處找她。看著她那寂寞的背影，真是心痛啊！我走過去摸著她的手，跟她打招呼，她總是報以歡心的笑容。我陪著她到處轉悠，房子裡面、花園外面、每個角落都走個遍。喜美子喜歡音樂，有很強的節奏感。跟她走路時，唱日本歌、打拍子，她就非常高興。我還為此向她的朋友學了哼唱好幾首日本歌。

我向女老闆詢問、也學習了很多。我從來不知道如何照顧這樣的病人，所以得睜大眼睛學習。女老闆告訴我老人癡呆症分四期。喜美子已經是第三期走向第四期。這種病人的記憶力往回退縮，喜美子可能已退到她十歲的時候了。慢慢地她會需要坐輪椅，到後來連吞食都會忘記。她估計喜美子的壽命大約還有兩年。她知道我是從東部來的，就跟我說她保證可以好好照顧喜美子。因為式同就是看好她們才讓喜美子住在她們那裡的。我作為照顧喜美子的人，只需不定期地過去看看就行了。勸我不必移動喜美子。

可是老人癡呆症的病人不是我們可以容易瞭解的。像有所謂的黃昏症狀（Sundown Syndrome），就是說到了傍晚時刻病人會特別彷徨不安，難怪前面書中，式同形容了喜美子許多奇怪的行為，原來都是黃昏症狀發病的情形。還有喜美子很記得當年在東北學會的溜冰。看到牆上有一幅小女孩站在雪地小水池前面的風景圖畫，她就擺出溜冰姿勢的樣子。每次經過那裡她就會那麼做。

喜美子的日文修養非常高尚。她的朋友都告訴我說，她的修辭處處都顯示她是受過專業薰陶，水準不同於一般人。她也受過嚴謹的禮儀訓練，待人禮貌周到。喝水都用雙手托著，小口小口地慢慢喝。吃東西也是如此，比別人慢很多。日本女人高尚的說話方式與行禮姿態，她都保有。喜美子喜歡挨著旁人坐下說話，雖然她禮貌十足，可是她說的是日文，美國人聽不懂。經常有人會露出鄙視的眼光然後無禮地走開。我每次看到這個情景都為喜美子不平，也感到心酸。

當下我認為喜美子最需要的是會說日語的人的陪伴，我就到處打聽尋找。洛杉磯是日本人居住最多的城市，但找人還真不容易。只要有人願意，我都請她去陪伴喜美子。最後找到的人，其中有一個是日本教會的師母。怎麼找到她的？說來奇妙。養老院的老闆娘記得以前有個日本太太常去養老院看護她的婆婆，人很和善。所以找到她的電話號碼給我。我打電話過去，她說她自己不行，但是可以幫我找人。她就介紹她的教會師母。那個教會的牧師是美國人，師母是日本人，他們有三個幼小的男孩。師母答應去探訪喜美子，賺些外快貼補家用。她的加入對我照顧喜美子的工作幫助很大。

一個多星期之後，養老院的看護向我抱怨，說喜美子到處亂竄，用別人的廁所。把手上的大便擦在別人的毛巾、牆上，到處都是。原來喜美子有便祕的毛病，時間久了她會用手去挖，生病前她自己會清理乾淨，如今卻弄得髒亂不堪。那時正好喜美子的姪女幸子由紐西蘭來探訪還在，我們兩人就趕快帶她去UCLA醫院的急診室。但是當時我們兩個不算直屬親人，都沒有權力簽署喜美子的入院證書。最後我們還是讓喜美子自己簽名，才可入院。醫生替她灌腸，用了雙份的藥水，還是不能自然排泄。喜美子無法理解是怎麼一回事，不肯安靜地躺在床上，隨便起床，肚裡的髒水滴得滿地都是。最後還是靠醫生去挖出來，替她解決了困擾。可憐的喜美子，因為式同入院去世已經一個多月，沒人看望她了。她有問題，也沒有人過問。由此我才知道老人癡呆症人，是不能夠完全依靠養老院照顧的。自己的親人要時常看護，隨時知道她的需要細節才行。

我當時就決定讓喜美子搬到馬里蘭來，我可以就近照顧。萬事之首，我先要成為喜美子的法定監護人，才能有權處理她的一切事務。我就在電話本上找到一位辦公室離喜美子家很近的律師，由他代表我申請對喜美子的監護權。

雖然式同看不上我這個小妹，但我到底在美國生活了幾十年，也養大三個孩子，所以照顧人我是知道該怎麼做的。我以前是在美國國家衛生總部（National Institute of Health, NIH）的實驗室裡做事，所以我就打電話給我的朋友問她：「你那兒可有日本來的博士後研究員嗎？我要請她們來陪伴我嫂嫂喜美子。」「有啊，有一個就坐在我旁邊。」這個就是相田紀子Norico。她是第一個來探訪喜美子的人，雖然她後來因為結婚、生子，照顧喜美子斷斷續續，但是她真正的非常關心喜美子。式同說喜美子是個福將，那可一點都不假。雖然她不幸生病了，但是來探訪她的人都對她非常好。而且喜美子個性溫順善良，彬彬有禮，大家都喜歡她。就是她的情緒不好的時候，也不會大吵大鬧，減少了許多我為她安排看護人員的困難。

申請監護人的手續中，需要一個多月，才輪到我去見法官。那時有兩三個人輪流不時地去探訪喜美子。我想她在養老院的生活應該是沒有問題，而且那時飛機票很便宜，我就決定回馬里蘭的家過兩個星期，在法院開庭的日子前回來。那知美國發生了九一一的恐襲事件，法庭又延期一個月。我就在家多待了一段時期，這段時間我走訪了我家附近的許多家養老院。當然先決條件是他們要肯收留有老人癡呆症的病人才行。我家附近屬於中上級的住宅區，所以其他遠處、便宜的養老院我都不加考慮。最後決定這一家，是因為他們的主治醫生是一位很有名的德國後裔內科醫生。她平時開業的診所都是滿額，我自己想成為她的病人都沒辦法擠進去。她去這家養老院完全是她額外的服務，喜美子在那裡會得到她很好的照顧，使我放心。那養老院就在公路邊上，離我家二十分鐘車程，也算方便。當時我以為是一家十分完美的養老院，就跟院裡的人訂約，計劃回去加州辦完一切手續後，就帶喜美子過來進院住下。

成為喜美子的監護人

式同和喜美子都沒有授權給我做為監護人，雖然我自願要照顧喜美子，但還得由律師替我向加州法院申請，由法院來判決我可不可以做喜美子的監護人。裁定我成為她的法定監護人之後，我才有權處理她的一切事務。我必需先在加州獲得監護權，才能合法將喜美子帶出加州。如果我確定喜美子離開加州之後不再回去，我又必須向法院報告，停止加州的監護權。

我帶著喜美子回到馬里蘭之後，就得另外向馬里蘭州的法院申請對喜美子的監護權。馬里蘭法院依據喜美子以往的病歷以及馬里蘭的醫生的診斷，確認喜美子確是腦部退化，沒有能力照顧自身和財產，所以必須要有監護人看顧，而我是合格的親屬，有正當的家庭、收入……的確有能力照顧她，才會判定我做監護人。

成為監護人後，我有權選擇被保護人喜美子的住所，譬如住那家養老院。我還有權決定她醫療上的一切需要，但我必須每年向法院提出一份監護人週年報告，細述喜美子的健康進展情形，法院再來決定喜美子是否繼續由我做監護人。此外我也要每年做一份財務報表，報告喜美子財產上的變動。這個每年要做帳的工作，對我來說，真是一件艱難的工作。因為收入支出的紀錄，要登記得分文不差。

馬里蘭州法院有關監護的事，都交由它的信託局（Trust Office）來管理。這個信託局，是法院專門為了保護未成年的兒童和沒有自主能力的成人而特別設置的。信託局制定了許多法則來保護這些無法處理自己事務的人。我真是和他們結上不解之緣，老去那辦公室前站崗，事無大小都需得到他們批准才可以執行。

向馬里蘭出發

式同從轉系唸建築，就沒有忘記他當初從事藝術的初衷，一直想實現他的藝術創作理念。他最後的幾年除了照料喜美子之外，花很多時間沉醉在燒製玻璃的創作。他將設計好的圖畫，或是風景花卉的照片燒烤在厚重的玻璃上。製作的過程，需要用電腦輔助，經過不同層次地烘燒，才能將圖片完美地展現在玻璃上。最後才將這些玻璃畫片，製作成可以擺設的藝術成品。

幾年下來，他終於賣出了一件作品，高興得要命，告訴我他拿賣來的一百多塊錢與喜美子去好好地吃了一頓。後來他瞭解他這個夢想不能成就為一個事業。因為他的出品成本太高，無法去和市面上已有的、各式各樣的工廠量產的玻璃飾品競爭。

他過世後有些朋友都來索取他的創作做為紀念。像一位於太太就來要那個有木蓮花圖片的作品，因為她知道式同使用去她家花園的木蓮花照片，做成一個可以放在桌上的飾品。她拿去時鄭重地說是要留為永久紀念。姪媳婦 Joann 也要了兩個作品做紀念。我也送給信託人楊先生和張先生每人各一件成品作為留念。

最後我將他的兩個窯爐和其他製作設備器材，連原材料通通送給了教他燒作的老師。我自己保留了一些剩下的成品，和一些沒有完成的半成品。這些都是他實驗性、創作性的手澤，後來他的身體不好，就無力完成這些作品了。

式同收集了許多武俠小說，我送給了一位他指定的朋友，這是他在最後時刻的口頭交代事項之一。喜美子所有的日文書，他也說交給一位懂日文的朋友，由他去蕪存菁，再送給洛杉磯的日本圖書館。我讓姪子 Donald 來看他要什麼東西，他要了他們的餐桌。在我勉強下，他才拿走式同的電腦，因為他說那個電腦實在太老舊了。

式同擁有古今都有的中文書籍，我全部給了表姪——我姑媽家二表哥的兒子，由他慢慢整理。

除了玻璃創作之外，我也留下牆上的幾幅掛畫，喜美子的大書桌，還有式同的書桌，再來是許多式同收集有關藝術的書，還有《南畫大成》與《書道全集》。這兩部書集是父親的收藏，《南畫大成》是式同從小臨摹的中國古今畫冊，他一直視為至寶，到哪裡都帶著。《書道全集》是中國自古以來的書法字帖，本來是小哥哥式均保存的。式均過世後，式同接收來保存以為紀念。現在他們兩人都走了，這兩部父親的遺物就由我來保存留念。我請了搬運公司把這些重重的書籍以及傢俱都搬回我馬里蘭的家裡。

喜美子沒有過度裝飾、收集的意念，所以他沒有值錢的首飾珠寶，其他有用的、有價值的衣物、檔案、照片都被姪女幸子寄去日本了。喜美子發病已十年，其間無法替自己添加新衣物。舊的衣服、鞋子都已經不適用了。我將她在養老院裡能穿的上衣長褲、皮包眼鏡，都打包準備帶走。式同素來生活簡樸，剩下的少數衣物也都老舊不堪，沒有保留的價值。

最後剩下一些雜物，就交給信託來接收處理吧。

搬遷

拿到加州對喜美子的法定監護權已是二〇〇一年的十一月初，我決定儘早帶喜美子到馬里蘭。但在路上，尤其在飛機上，我必須要有人幫忙才行。我本來想請姪媳婦 Joann 來陪我，因為她是護士，可以專業照料。但她不會說日文，幫助不大。後來她也說時間不對，不能同行，只好打消此念。我正在頭痛時，那位陪伴喜美子的日本教會師母說她可以陪我們走一趟，我真是太高興了。原來她的牧師丈夫說你們要帶喜美子走，路上怎麼辦？你們有計劃嗎？他真是個好牧師，懂得關懷愛護人。為了這一趟照顧喜美子的行程，牧師和師母是做了很大的犧牲的。因為他們三個男孩子很小，師母要離開三天，是很不容易安排出來的。喜美子真是個福將，困難時總有貴人相助。

到了那天，馬君素買的是短期的來回機票，所以一大早帶著大家的行李先去趕飛機走了。我叫了計程車先去養老院接喜美子和師母，再去機場。一切都還算順暢地上了飛機。師母陪著喜美子同坐，我一個人坐在她們後面的好幾排。因為師母買的是來回機票，而喜美子和我是單程票。我們買的是便宜票，無法將座位劃在一起。

一路上師母非常辛苦，因為喜美子無法適應周遭環境的變化和侷限的空間，非常不安，師母用盡一切辦法來安撫她。飛行途中，我抬頭突然看到喜美子在走道上晃蕩，原來她的身體輕盈，她能站到座位上，再從師母的背後跳到走道上。真是不可思議。我趕快站起來陪她走一下，安撫她，再和師母一同扶她坐好。

好不容易熬過五小時的飛行，我們到了馬里蘭。當我看到來接機的好朋友們時，真是如釋重負。那時天色已暗，我們一群人將喜美子送到了她的新家——洛城養老院（Rockville Nursing Home）。在看護人員幫忙下，安頓好了喜美子。直到看她安然睡下，我才帶師母回我家休息。

Rockville Nursing Home

第二天是星期天，一早我先帶師母去拜訪本地的日本教會，拜託他們的會員，希望能有人來幫忙探訪喜美子。這裡的教會師母 Kaoru 馬上一口答應。以後十幾年，她一直來幫忙照顧喜美子，直到最後。

拜訪完本地的日本教會，我們接著就去看喜美子。她不知所措地到處走動，浮躁不安。我當下發現一件大事，就是喜美子沒戴她的假牙。我到處尋找，詢問看護的人，都沒有下落。最後我猜，大概她夜裡把假牙取下丟進馬桶裡沖掉了。她那個房間不大，廁所裡面的馬桶面向門外，離她的床很近。喜美子晚上起來走動時，順手把不舒服的假牙丟進馬桶是件極其自然的事。可惜我一時疏忽，讓可憐的喜美子以後的十幾年，就一直用參差不齊的牙床吃飯。因為她無法表達與回應，即便是我找來牙醫來看她，也沒辦法替她配一副新假牙。這時我才知道，為什麼式同在前面長篇大論地寫喜美子的假牙。真是一件無可彌補的遺憾。

第三天我們將師母送上飛機，回去洛杉磯。

適應

我現在要先說明，我照顧喜美子，是有專家保駕護航的。我碩士畢業後的職業生涯並不順利，婚後我們短暫的住在洛杉磯，之後搬到馬里蘭。在這裡，老二老三相繼出生，我有十年沒出去工作。到老三快六歲時，我才重新出去謀職。此後的十四年，我都一直在政府單位 NIH 的實驗室裡工作，前後轉換過兩個實驗室。後來我看到別人換了工作都加薪，所以我也心血來潮跟著換到第三個實驗室，可是這個新老闆對我實在苛刻，不合理的壓力使我痛苦不堪。經過朋友的介紹，我就去看一位心理醫生 Dr. Postman。她認定我已不能從事現有的實驗室工作，就介紹給我一位專門辦理政府工作人員殘障離職的律師。經由她們兩個人的協助，我才能以殘障身份在一九九八年提前退休。

Dr. Postman 對我們的幫助實在很大。當時我一個人在洛杉磯面對式同生病死亡，我需要做重大的抉擇時，我都打電話與她商討，得到心理上的支持，才能做出最後的選擇。後來知道我要照顧有老人癡呆症的喜美子時，她更盡心地給我專業上的知識，當我每次去見她面談時，我都要先向她報告喜美子的近況。她一方面給我照顧老人癡呆症的專業指導，一方面開導我，使我獲益良多。

Dr. Postman 說老人癡呆症人很難適應環境的變化。對喜美子來說，從洛杉磯到馬里蘭，如此重大的變動，最少需要三四個月，甚至更長的時間，才能適應、安定下來。所以那時喜美子真的很可憐，走來走去，不知所措，口中老說他們人全部都走了，沒有人留下來。開始幾天，我實在放心不下，就一天三次去看望她。早上、下午我都去看，確定她有吃飽，看護人員沒有疏忽。到了晚上我再去看，確定她睡了我才走。這種病人有體力、有意志，隨心所欲地到處走動，照顧起來真的比照顧一般臥床的病人要吃力很多很多。

Dr. Postman 還教我，你要完全尊重她的個人尊嚴。去看望她，離去的時候要告訴她什麼時候再去看她，不可以一走了之。對她說話語氣也要像對正常人說話一樣，這個方法我用在喜美子身上真的很管用，她很高興。那時候她還很活潑，有回應能力，說話也多。雖然日本朋友都說她說的話沒有章法邏輯，不知她在說什麼。我反正聽不懂，只要喜美子高興，我就滿意了。

養老院早早的在十二月初就開了一個聖誕節的慶祝會，我替她買了黑絲絨長褲，配上一件紅色繡了珠花的毛衣。別人帶她跳華爾滋，她都跟著翩翩起舞，臉上滿是笑容，非常快樂，這也算是喜美子來馬里蘭後度過的第一個聖誕節吧。

一般養老院對有老人癡呆症的病人都有特別的安全設計規範，譬如說電梯裡有特別的設備，病人無法自由地上下樓。門口都裝有警鈴的設備，預防他們突然跑出院門外去。老人癡呆症的病房都是一人一間房，附有自己的洗手間，因為他們糊塗到無法與人相處，必須單獨居住，看護人員也方便管理。

洛城養老院不限於只接待老人癡呆症病患。喜美子住在三樓，那個樓下漂亮明亮的大廳是要有人帶她下樓來才行。管理人員也在適應如何照顧喜美子。開始他們會帶喜美子下樓來餐廳用餐，但是一不注意喜美子就會到處亂走。還走出過大門。很快的，他們就決定不讓她下樓用餐了。

喜美子時常走進別人的房間，她還喜歡、也是好心地跟人談話。但其他病人煩躁痛苦、自顧不暇，經常有人不領情喜美子的好意，反而非常無禮地對她大聲叫，要趕她走，嚇得喜美子不知所措。

兩星期後，主任護士跟我說，要我付錢請一個人專門在下午四點到六點單獨看顧喜美子，因為那時候看護人員人手不足，護士一方面準備送晚餐，一方面給病人餵藥。以前護士送藥走進每間病房時，裝藥的車子就留在門外走道上。一直沒有發生過問題，現在喜美子走來走去，好奇地東摸西摸，使送藥的護士擔心門口的藥車被她弄亂，不能安心工作。

當我聽到這個要求時，我的反應是愕然，怎麼會這樣？我們在加州照顧喜美子只需付每月兩千五百元的費用。而現在我們每月付四千八百元了，他們尚且無法妥當地照顧喜美子，還要我們付額外的費用。這也委實說不過去了。

那時是二〇〇一年，便宜的連鎖酒店每日房價五十元，一個月才一千五百元。現在我們付到四千八百元了，還要增加，實在不合理。

我後來才學到，養老院有兩種。一種是 Assisted Living，是一種安養院，住院病人還有照顧自己基本需求的能力，沒有住院的醫生。另一種是養老院 Nursing Home，這裡的病人已經沒有照顧自己的能力，需要全時間的護理，有住院醫生與看護，所以費用比較高。

喜美子住在洛城養老院的三樓就是標準的 Nursing Home，裡面居住的病人幾乎完全不能自由行動，全都要靠看護人員推他坐輪椅才能離開他自己的房間。而喜美子是一個沒有清晰意志、但有活動能力的病人，把她放在這些不能行動的人中間，反而造成她在騷擾別人。由於房間密集，喜美子一走出自己的房間就容易走進了別人的房間，造成彼此困擾，是以我深深地覺得這家洛城養老院很可能不適合喜美子的需要。於是就開始尋找其他的養老院。

很快的，我在波多馬克（Potomac），一個高級的住宅區裡找到一家安養院 Arden Courts Alzheimer's Assisted Living。這是一家小小的、專門供老人癡呆症病人居住的安養院，只有不到兩百個病房。房子是平房分成 H 形，分成三大區，每一區有自己的餐廳、會客室、洗衣間等等，各自獨立運作。每一區有走道，都可以相通。走道盡頭有門可以和外面院子連通，喜美子可以隨便開門走到院子裡，有足夠的活動空間而又不一定會走入別人的房間。我覺得這裡既是專門照顧老人癡呆症的病院，又有自由活動的空間，對喜美子極為適宜，就決定馬上將她搬過來。

Arden Courts

我起初不是很深透瞭解老人癡呆症患者的需求，也不知道養老院的類別，錯選了洛城養老院做喜美子的第一個住所，為喜美子平添許多困擾，實在是我的無知造成的過錯。現在雖然搬了新家 Arden Courts，可是喜美子的表現更是迷茫不安，需要很多時間來適應環境和安定下來。

我幾乎每天都去陪伴她，看到她無助的樣子，實在心疼，可是我更感到無助，我不止一次流著淚對她說：「我真的不知道你到底需要什麼，才能使你安心。式同也不在了，沒有人教我該怎麼做才好啊？」

喜美子需要有會說日語的人來跟她說話，刺激她的記憶。除了那個在 NIH 工作的博士後研究員相田紀子 Norico，和師母 Kaoru 已經開始不定期的探訪喜美子之外，我一直在努力尋找會說日語的人來陪伴她，可是真不好找。這時喜美子的福將好運適時的出現了，Arden Courts 有一位工作人員西岡德江

Tokue是日本人。她不是全職的工作人員，每週只來工作三天。她答應在做完她分內的工作下班後，過來陪伴喜美子一小時。對我來說，這個幫助太大了。德江雖然不一定在喜美子住的那一個區裡工作，但來來去去總會與喜美子碰面，可以問候、講幾句話的。而且她知道怎麼照顧有老人癡呆症的病人，真是太好了。

此時相田紀子也去日本雜貨店張貼廣告，說喜美子是一個孤苦伶仃的日本老人，需要有人陪伴照顧。因廣告來應聘的人不多；相反地，由她透過口頭相傳的方法，找到的人反而更多更可靠。我同時也盡量拜託我自己的朋友去看望喜美子，所以陪伴的人群慢慢的多了起來。開始時我安排每天最少能有一個人來探望喜美子，陪她說話、唱歌、散步。最好是在吃飯的時間來看她，因為喜美子吃飯太慢，有些看護沒等喜美子吃完就將餐盤收走。雖然我看到時一定大聲責問，但也沒用，因為他們是輪流在不同病房區值班的。況且他們也確實不用心，不去記住某個病人的特殊需要，很難得有個用心的看護會最先給喜美子送上食物，最後才來收拾杯盤。如此喜美子就可以多一些時間吃飯。

那時喜美子口中老唸著她「父親」，我猜她是把父親與式同的概念弄混了，希望叫的父親就是她想念中的式同。這個「父親」她就一直唸到她最後的時刻。她還記得以前的學弟，曾經做過日本首相的海部俊樹。嘴裡老唸說：「Kaifu San」。這個名字一直在她口中唸說了三四年，才逐漸淡忘，不再提起了。

隨著日子的消逝，喜美子慢慢地安定了下來。仍然走來走去，卻沒有那麼慌亂了。喜美子喜歡走動，我們大家都知道陪她走路最好，像德江Tokue就喜歡帶她出門走走。走路時，常就以三條街外一家五星級老餐廳做為目標。喜美子行動輕快，很快的就可以走個來回。

為了要使喜美子有更大的活動空間，生活不會單調，也讓探訪人陪伴喜美子時可以選擇不同的活動，我替她買了一個掛在牆上的平板電視，如此她的房間空間可以大一些。我還給她配上錄影機，讓她看影片、聽音樂。她經常聞歌起舞，樂此不疲。那時是二〇〇二年，平板電視剛出來，很貴，是普通電視機將近十倍的價錢。很多人都質疑我為什麼要買那麼貴的電視機給一個病人，可是那個電視機確實給喜美子帶來許多愉快的時光。那時她真的很活潑，反應靈活，還保存有相當多的記憶。她在日本的妹妹晴美替她寄來了許多日本電視節目，還有老電影的錄影帶，以及許多日本民謠、兒歌的錄音帶。來陪伴喜美子的人說，那時如果引導她，她還能唱出一百首以上的民謠兒歌。但用電視看電影，雖然都是看過的老電影，卻已喚不起她的記憶，也就沒有什麼興趣了。

她那時對別人的回應非常敏銳。有一次我陪她走進走出，回到屋裡時，我跟她說：「I am tired.（我好累啊。）」她卻用英文回答我說：「I am not tired.（我不累。）」可見還有回應的能力。喜美子對人的觀察力是一向敏銳，有一次我有一個朋友去看她，喜美子一看到她就把兩手放在她自己的眼睛兩旁，向上扇動，一邊大笑。而我這個朋友確實是有一雙別於常人的大眼睛。

當年我們每星期做完禮拜就去敲喜美子的門，她自然和我的先生馬君素很熟。她叫他 Ma San，對他很有好感。每次馬君素去參加養老院的活動時，我都跟喜美子說：「Ma San 來了。」她聽到了都會眼睛一亮，很高興看到他。我想她也許是記得「Ma San」，但我相信她還是比較高興看到男生的。馬君素記得那次在洛杉磯養老院裡和喜美子見面時，我們一起帶她去日本公園遊玩後，再送她回到養老院裡。喜美子卻手拉著馬君素走到大門口，指著門外要他帶她走。他猜喜美子是要馬君素像式同一樣，帶她回去她那個大房子的家。馬君素到現在都相信喜美子那時是全心全意地信任他，讓他深深感動不已。

我對老人癡呆症人的觀察是，他們的記憶與理解是片段的。每個片段都很清晰，片段與片段之間卻連接不起來。如果將人的記憶力比做是一段粗繩，將它切成一片一片的，而癡呆症人就是無法把這些片段串聯起來。可是每片記憶都還是活生生地在腦海裡。

更清楚地講，我們正常人對時間的概念是很清楚的。時間好像一個主軸，我們可以自由的在這個時間軸上遊走。我們可以很清楚地喚醒一些回憶，很清楚這是何時的回憶，也很輕易地把自己放進回憶裡，更很輕易地把自己從回憶拉回到目前。可是老人癡呆症的病人卻喪失了時間軸，每個時段的回憶是存在的，可是遊走後卻不知道自己在哪裡，經常就停留在某段回憶裡。

Arden Courts 的病人形形色色，各有不同，真是家家有本難念的經。我們這些有法律授權看顧病人的人就組織起來，推舉一個召集人，每個月開一次會，相互討論、交換心得。我們更將需要改進的地方轉達給院方，希望他們能改善。我戲稱我們是「家長」，這個家長會的組織，每次月會我一定參加。

有一位病人非常年輕，我猜她才剛過五十歲。非常非常漂亮。好可惜啊！她的丈夫也非常帥氣，每天都來看她。長時間陪她，真是可憐。這位先生就擔任我們家長會的會長。

住在喜美子隔兩間的病人也是個日本人。她的病情比喜美子好一點，但她不願意多說話，沒有家人可以依靠。我聽說在我家附近另外一個日本教會的牧師就是她的監護人，這位牧師大約一兩個月才來看她一次。兩年多以後見不著她了，聽說那個牧師把她搬到別的地方去了。

有人說東方人重親情，美國人卻很淡薄，這事一點也不假。喜美子對門房間裡住了一位過八十歲的老太太 Ruth，她先生 Bill 也很老了，家就住在附近。每天都在午餐的時間過來看望太太。這個時間我也常去陪伴喜美子，所以我們時常見面，有些交談。漸漸地我知道老先生其實在法律上對老太太沒有監護權。住在外州的女兒才是他們兩老的監護人，而老太太的一切需要，都是外州的女兒僱用一個專人來管理。那個女士大約兩個星期來一次，每次來前後一轉，清點所需物品，不足的以後加補，不到半小時就走了。我不知道老太太的女兒付給她多少管理費。這種只盡責任不付感情，是美國最常見的做法。

我沒有把喜美子留在加州也是怕發生這種事情，我不在喜美子身邊，而另外請人看顧她，我實在放心不下。大約三年後，那位老太太臥床不起，生病離世了。以後見不著老先生，不知他後來怎麼樣了。老人院的病人就是如此，看起來好好的病人，很可能轉眼就不見了。變化太大，人生無常，在這裡看起來特別快。

日常生活

院裡只僱用了一個女廚師，食物非常的差。基本營養是足夠的，但他們極少供應新鮮的水果蔬菜，多半採用冰凍和罐頭食品。我們家長會反映了無數次也不見改善。大約他們是不願意多僱用人手，增加費用。我看他們供餐總有沙拉，可是喜美子沒假牙咬不動，我就自己準備些新鮮水果給她吃。我將不同的水果放軟了，洗淨切好，放在小塑膠盒裡，送去放在他們的冰箱裡，護理人或是探訪人就可以隨時拿出來給喜美子食用。我大約每兩三天換送一次新鮮水果，這種供應新鮮水果的方法我堅持了十多年。直到後來喜美子不太能咬嚼時，我就改將不同水果打成厚厚的水果汁，喜美子可以用湯匙來吃。

每次吃到有東方口味的菜，尤其是日本菜。喜美子總是說：「啊！我記得這個口味，以前吃過。」因此我經常帶她出去吃飯，請探訪人陪同，我開車時有人照顧她。帶喜美子外出用餐時，她總是顯得特別高興，我看她們用日語有說有笑，對答順暢，我也高興。但探訪人總是說她不知喜美子在說什麼，我卻以為只要能看到喜美子高高興興地享用一餐飯，尤其是日本口味的飯，總是好的。

我還經常在家裡煮飯，請各位探訪人來我家享用。喜美子就由當天的探訪人將她接來我家，一起吃飯聊天。這樣探訪人之間可以互相認識、互相溝通、彼此勉勵。探訪人都很喜歡這個活動。雖然我聽不懂日文，但是她們總是說一些照顧喜美子應該注意的事項，我很喜歡大家有這樣愉快的聚會。我想讓探訪人高興，她們就會對喜美子更好一些。

喜美子生日時，我就去餐館請大家吃飯。這時我還邀請各位探訪人全家，借此聚會謝謝家人們的大力支持，讓探訪人能夠好好繼續地照顧喜美子。

過年過節時，我也買些小禮物送給各位探訪人。因為她們一直以來能持續不懈的探訪照顧喜美子，是要有非常大的愛心和耐心的。探訪老人癡呆症的病人不是一件容易的事，病人沒有回應的能力，非常枯燥無味。

搬進 Arden Courts 不久就是春天，那時喜美子還能欣賞美麗的東西，看見花朵會主動說好看，所以我很喜歡帶喜美子去花園看花，尤其是三、四月櫻花季節，我總帶她去看櫻花。雖然華盛頓 DC（Washington, D.C.）裡面著名的櫻花公園，去的人太多，城裡面也不好停車，我無法帶她去，但我們家附近有一個老社區，也可以看櫻花盛開。那是一個很特別老的住宅區，四、五條街的房子全是個別設計的，是個很高級的住宅區。那裡的櫻花樹已經有些年代了，花樹成蔭，櫻花盛開時非常好看，看花的人也是非常多。我都是找人少的時候，由喜美子的探訪人陪同，一起去看櫻花。三年以後，喜美子對漂亮的東西反應冷淡了，我才停止帶她出去看花。

不久之後喜美子就需要全天穿尿片了。開始時她精力充沛，不喜歡別人替她脫衣服，所以對洗澡、換尿片都頑強地反抗。養老院的規定是每兩小時檢查一次尿片，但是看護人員時常不盡責任，常常任由尿片完全濕透了也沒人管，所以我們探訪人也都學會替她更換尿片。有一次我強迫她，替她換好尿片，她還會說「阿里阿多」，謝謝我，可見她知道換好後有多舒服。洗澡也是一樣，開始時她拼命掙扎，洗好後就很舒服、開心。養老院裡洗澡是一週兩次，因為她會抵抗掙扎，看護常常偷懶，沒有好好的替她洗。頭髮老是油油的結成一束束的，所以我去看到後，老是找看護嚷嚷，要她們洗乾淨點，但她們還是時常搪塞，敷衍了事。有時就噴一些白色的粉料，用頭髮梳子刷一刷，看起來就很蓬鬆了。她們說這是乾洗（Dry Cleaning），為老人特地準備的。真是會想點子偷懶。

我在喜美子的房間準備了筆記本，要求每一個探訪人每次看顧喜美子後，記下當天所做的、所發生的事項，譬如喜美子吃了什麼、吃了多少。這樣下一個來探訪她的人就知道該怎麼做，如果中午吃的少，晚上就要讓她多吃一點。很快的，大家也都習慣做筆記，對照顧喜美子幫助很大。不知不覺我收集了十幾本這樣的筆記本，詳細的紀錄了喜美子的生活起居。後來才改在電腦上記錄，並用 email 互相傳送，是個更有效率的好方法。

喜美子的血糖、血脂都高，一直都靠吃藥控制。Arden Courts 沒有駐院的醫生，我很快地與探訪人一同帶她去看了一位女內科醫生。雖然她不是 Arden Courts 內的住院醫生，但很多病人都去看她，以她為主治醫生。另外，因為喜美子有便祕的毛病，我特地找了一位日裔的腸胃科醫生。好不容易預約了時間，見著了他，可是因為喜美子不知道是怎麼回事，跟醫生完全不能溝通，所以醫生也不知道如何診斷。後來他花了二十分鐘抱怨，說他是有專業訓練的腸胃科醫生，怎麼來看一個大便不通又講不出原因的人。我跟他解釋說喜美子有老人癡呆症，我們找他，只是希望他能用日文和喜美子溝通，找出解決方法。這個醫生很有名，可是我總奇怪他怎麼這麼沒有愛心。

時間過得很快，到二〇〇四年，喜美子在 Arden Courts 已經住了三年。她的一切反應都逐漸遲緩了。雖然還是喜歡走路說話，只是沒有以前那麼輕盈、順利了。當我需要帶她外出看醫生時，因為她不能聽話合作，即使有探訪人陪同，但帶她外出看診卻變成是件大事。這時我開始想，喜美子應該住一家有駐院醫師看護的養老院了。

我以前在尋找養老院時，我家附近的幾乎每一家我都有研究探訪過，但是有一家蠻大的養老中心我沒有去。這個中心在一個高爾夫球場邊上，佔地很大。我的三個孩子都在那附近唸初中、高中，所以我很熟悉那裡的環境。我一直以為那是個給基督教路德會專用的，養老退休的地方，不收外人，所以我就沒有考慮，也沒有去探訪過。現在我有需要了，有位朋友跟我說：「他們確實收外人的，我的婆婆最後就送去住在那裡。」真是太好了。我馬上去看，非常滿意，就決定將喜美子搬去那裡住。

我決定喜美子需要搬家後，第一件事就是要向法院申請批准，於是我先帶喜美子去看醫生，由醫生開出證明，說喜美子需要進一步的醫藥照顧，再請律師寫申請書，送去法院請他們批准喜美子需要搬去一家有常駐醫生的養老院。這次手續辦的很快，十一月初送入法院，到月底許可就下來了。許可上還註明此次搬家的費用以及此後所增加的費用，通通由式同和喜美子的信託來支付。

喜美子的信託從開始和我就有共識，因為喜美子沒有簽名的遺囑，她所有生活上所需要的支出，經過法院核准後，我向信託申請，由他們將費用支付到喜美子在馬里蘭的帳戶中。過去都是如此運作的。

National Lutheran Home

路德養老院佔地很大，其中有一間很大的樓房，是由三棟三層樓房組成的，真正是專供病人養老用的。裡面約有三百個病房，依照病人的不同需要，分了許多等級。神智清晰、可以自由行動的人住在一樓，需要多一些照顧的人就住二樓，喜美子是屬於需要比較多看護管理的，所以她要入住二樓或是三樓的病房。

大樓一進門在右邊就有一個教堂（Chapel），每個星期天都有正式的禮拜。在教堂邊上設有牧師辦公室，進門正中間有個大的櫃檯，每個人進來都要在那裡簽到，寫明要去探訪病人的房間號碼、到達的時間。探訪完後，還要填寫離開的時間，才可以離去。繼續向裡面走，右邊有一個大廳，可以用來做很多大型活動。再裡面就是大樓的中心，有三個電梯連通上下樓層。兩個客梯和一個貨梯，電梯和樓梯口都有密碼管制進出，所以病人無法自由行動。整棟大樓以這些電梯為中心，分三個方向外分散出去三個翼（Wing）。每一個翼是一個單位，用馬里蘭（Maryland）、維吉尼亞（Virginia）和波多馬克（Potomac）來命名，房間再依樓層編號。喜美子第一次搬進的房間是 MD 246，就是 Maryland Wing 二樓第四十六號病房。Maryland 二樓有自己的護理中心，裡面規定要有一位有執照的護士以及四、五位助理值班，由她們照顧 Maryland 二樓裡大約四十八位病人。還有一位專門管理送藥的助理，大約資歷比普通助理要高一些。所有的護理人員都採用十二小時的輪班制，大樓管理中心設在 Potomac 三樓，那邊沒有病房，只有辦公室。

共有六個像 Maryland 二樓這樣的護理中心分布在大樓裡，可以接納約三百個病人。（為了尊重個人尊嚴，養老院用居民 Resident 來稱呼住客，而不稱病人，我用病人只是為了方便）大樓的其他空間全都是為了照顧病人的設施 Supporting Facilities。除了辦公室、會議室之外，每層樓都有家人來訪的會客室，還有個別樓層的餐廳，不用餐時做為活動空間。地下室有廚房、總餐廳、洗衣房、圖書室、三四個聚會廳，做小型會議使用，或是探病的家屬可以借用這裡聚會。一樓有許多辦公室，其中間隔還設置了理髮廳、活動管理中心、禮品店，讓病人可以去買零食的便利商店……等等，大大小小，應有盡有。

喜美子在二〇〇四年十二月二日住進了這座大樓。因為搬遷，她情緒激動，需要很長時間來慢慢適應。我每天中午、傍晚都安排探訪人去看她，但大家都還是可明顯地看出她不高興，很長一段時間沒見到她特有的歡愉笑容。我老看到探訪人記下的筆記說：「She is in bad mood today.（她今天情緒不好。）」。

於此我必須說說喜美子在這個養老院裡的活動空間。二樓從 Maryland 護士中心走到 Virginia 護士中心有一道很長、很寬、直通的走廊。走廊的一旁，向陽的窗沿上放置許多盆栽，非常美麗。在走廊的中間有門，出去有一個小小的屋頂花園。（大樓的地下室有一間活動管理中心，裡面有個花房，有能力的病人可以參與培養各種盆栽。他們經常換置全樓的盆栽，保持花草的新鮮美麗）喜美子那時還很喜歡看花，邊走邊看，度過了許多開心愉快的時光。後來喜美子搬到三樓，帶她走屋頂花園的機會就少了。另外一邊去 Potomac 的走廊也很寬敞，走到樓層中心時，需要右轉彎過去。旁邊也放置了許多盆栽花草，但沒有去 Virginia 這邊方便明亮，連喜美子都不怎麼喜歡去走那條長廊。在各個護士中心圍繞著的四十八個病房也有許多走廊，這同一層樓裡的一大圈都是喜美子可以自己隨意走動的地方。

另外樓上樓下各層的通道和外面圍繞著大樓的花園小路，這些更大的空間，喜美子就必須有探訪人陪伴才可以去走動。喜美子初來乍到時，體能還很好，繞著大樓走一圈，只需要二十分鐘，邊走邊唱歌，很是高興。喜美子就在這個相當寬敞的空間中生活了十一年。

安定

開始的兩週，我每天都去看喜美子，因為要和助理護士溝通，要她們注意喜美子看醫生、吃藥、清潔衛生、看尿片有沒有換、洗澡有沒有洗乾淨等等的一切需要。我感到所有的養老院都有照顧上的問題，主要是清潔衛生工作由助理們負責，而她們沒有護士的專業訓練，工資很低，自然服務品質不好。馬君素時常勸我對助理們的要求要適可而止，否則她們可能會對喜美子更不好，可是我總覺得讓喜美子乾淨舒適才是最重要的。我的要求雖高，卻對她們特別有禮貌，經常表示感激不盡。其實我自己請來的探訪人也參差不齊，有的看到尿片髒了就自動替喜美子換，有的就去叫看護來換。而按照記錄本上的記載，這種等看護來換，經常一等就是半小時，或許更久。讓我看了十分無奈，但只要他們能陪著喜美子說日本話，唱歌說笑，這個主要目的達到了，其他一切我就不能夠奢求了。

喜美子在二樓住了三個禮拜後，院方通知我要將喜美子搬到三樓。結果並不壞，我們在二〇〇五年一月七日，搬到了 MD310。這是個向南有窗子的房間，窗外景色開闊，明亮了許多。離電梯又近，大家都很喜歡這個新房間。這裡喜美子住了五六年。我也喜歡這間房間，經常買花去布置。我喜歡用蘭花，因為可以持久。唯一遺憾的是因為院方不准在牆上釘釘子，所以無法掛上那個寶貝的平板電視，只好在院方的儲藏室裡找了一個舊的電視放在她房裡。由於四周的視野寬闊，活動空間增加，所以缺少了電視對喜美子影響不大。我還買了一個隨身的 CD player 讓探訪人帶領喜美子四處散步時，可以播放日本歌曲給她聽。在房間裡桌上我也放了一座 CD player，讓探訪人可以播放日本音樂。

那時喜美子仍舊喜歡走動。她會漫無目的地到處遊走，也會隨時坐下休息。有時還會到另外的中心，同那裡的病人坐在一起，甚至在那裡打瞌睡。我們每次去探望時，都要到處去找她。每次問看護中心，助理們都說不知道，實在令人生氣，因為她們是應該知道她人在哪裡的。偶爾遇到好心的助理，會打電話去別的中心尋找她，知道喜美子在哪裡，我們才好去找。不然的話，我們就得到處走去找她，有時會用上十多分鐘才找得到。因為有時候她會走進別人的病房裡面，探訪人從外面走廊走過時，我們就不容易看到喜美子就在裡面。

喜美子的福氣真好，在馬里蘭中心三樓有一位護士主任是中國人——Mon，是我見過少有的好護士，她對喜美子非常有耐心，所以喜美子就喜歡黏著她。有時我們去時，就看著 Mon 在護士中心一邊做自己的工作，她就讓喜美子坐在她身旁自說自笑，非常開心。可惜好景不長，只有五個月，Mon 就被派到 Maryland 的一樓工作，不久她就離開了這個養老院。由於時間太短，我無法和 Mon 建立更深的關係，所以不知道她去哪裡工作了，實在可惜。但她幫助喜美子度過了最初因為搬家而造成的驚慌忙亂時期，真是功不可沒。我衷心地感激她。

因為喜美子無法說出她的痛苦，探訪人必須很注意她的動作表情，猜測她的需要。就如便祕的這個問題一直困擾著她，當她坐立不安，用手拍打她的背和肚子時，這時我們就要通知護士，由她們找醫生來看喜美子，給她吃通便藥。藥量剛好的話就沒有問題，但如果給吃得太多就會造成腹瀉，清洗就成了個麻煩的大事。可是喜美子很堅強，每次都能過關，恢復健康。喜美子平時一直有吃兩種幫助排便的藥，但她便祕情況嚴重，用錯劑量的事還是經常會發生，簡直防不勝防。

喜美子搬入後的三個多月，由於情緒不穩定，她開始不喜歡吃飯，體重開始下降，掉落到八十磅以下。我和探訪人一起努力，我煮了不同口味的湯和稀飯帶去給她吃；探訪人也從自己家裡帶一些日本口味的食物，希望改進她的胃口；醫生也多加營養奶給她喝，這個情形持續了二三個月，直到她胃口恢復，體重開始慢慢增加，我們才鬆了一口氣。當病人沒有胃口時，醫生會給一種藥，病人吃了就會不正常地拼命吃東西，看起來有點可怕。喜美子後來也發生過這種沒胃口的時候，我都跟醫生說，請他不要給這種藥。喜美子每次都能自己努力的挺過去，恢復體重。

在這個養老院中，每個病人都有專屬的社工人員（Social Worker）管理。家人如果有事要和養老院方聯繫，最先就要和這個社工人員報告。她每三個月要開一次會議——Care plan review meeting，邀請每個病人家屬參加，每次只有十分鐘的時間。我每次都會去參加，在這個會議中，管理喜美子的主任護士會報告喜美子在這三個月中的一般情形；管理膳食的人會報告喜美子體重和飲食的變化；管理活動的人也要報告喜美子的進展，能參加什麼活動等等。之後是院方人員溝通下三個月照顧上應該的注意事項。我去的目的一是要知道喜美子的近況，二是要提醒他們過去三個月沒有做好或是沒有做到的事，以及以後要特別加強哪些事項，確保喜美子能得到最好的照顧。

如果養老院方面有特別重要的事項宣布，就會召開家庭大會（Family forum），臺上講話的全是管理人員的領導級。家庭大會依需要召開，如果和喜美子沒有切身關係的問題，我就不會每次參加。當然，有關養老院的大事時，我一定參加，譬如說院方有重修大樓的計劃，進而關係到喜美子需要搬遷房間的時候，我就一定會到。

大樓裡不時舉辦不同的活動，有時也有野餐會，這時探訪人就會帶喜美子到樓下四處走動，她會特別開心，因為她喜歡人多、熱鬧的場合。養老院每年春季和秋季都會舉辦慶典（Festival），凡是能自由活動的老人以及老人的家屬都樂於參與這個活動。Festival 都選在週六舉行，有很多活動，有畫展、手工被面展等等，也有義賣活動，老人們自己做蛋糕、糖果義賣。花房裡工作的人也拿出各種不同的花卉來賣。還有白象義賣會（White Elephant Sale），就是賣舊貨。病人及病人家屬的舊書、舊首飾、舊家具用品、舊玻璃瓷器……林林總總，種類繁多。分別放在不同的房間展示，例如舊的書籍雜誌，就擺滿了一個大房間。我最喜歡就是去生活用品的那一大間裡去撿寶。買到一把像新的一樣的裁縫剪刀，找到一袋子的毛線，或是兩塊零頭布，令我開心好久。看著喜美子高興，日子過得順利開心。

這個大慶典 Festival 所有的收入全都歸入養老院的家長會，這個家長組織完善，強而有力。要非常能幹的家人才能當選做會長主持，尤其是必須要有籌款的能力，有錢才好辦事。像喜美子每個聖誕節都會收到一份禮物，每個生日還有二十五元的禮券，都是家長會贈送的。逢年過節家屬贈送看護人員禮物是人之常情，可是養老院不建議家屬各自贈送，以免造成厚薄不均。這時就由家長會統籌贈送每個看護人員一份禮物，例如火雞等實用物品，賓主盡歡。

以往喜美子過生日，為了慶祝她的生日，我都去餐館請客吃飯。勞師動眾，帶喜美子出門，非常不方便。自從住進路德養老院後，因為我們可以免費使用他們樓下的會議室，我只需要事前跟養老院訂好日期和時間，再訂購外賣中國餐飲，和買一個特別的大蛋糕。然後邀請朋友、探訪人和他們的家人、路德會的看護人員。我每次都可以請好多人來替喜美子慶生，又豐盛又方便。這真是養老院給予病人意想不到的福利。

換房間

喜美子在路德養老院住過好幾個不同的房間。我們在MD310住了好多年，後來被迫搬到MD210，原來養老院要將馬里蘭三樓改裝成復健中心。這個樓下的房間因為窗外有教堂的屋頂擋住視線，所以沒有三樓舒適。院方的決定，我們沒有辦法不搬。後來又搬到走廊的另一端，靠近護理中心的房間，這房間比較小，還有自己的沖澡間，可是水龍頭是壞的，看護人員必須帶領喜美子去用大洗澡房，所以這房裡的特別設備沒用，只能堆一些雜物。我和探訪人都非常不喜歡這個房間，還好我們很快又被迫搬去在Potomac樓裡的PC286。這是在另外的看護中心，每搬一次，就得重新適應不同的看護人員，我和探訪人都非常不喜歡這些房間。

原來有財團參與進來，徹底地、有計劃地改變養老院。他們要縮減像喜美子這樣的長期居住病人，要擴建全新的復健中心。這樣病人進出轉換的速度比較快，可以增加他們的收入。另外還計劃要蓋大樓，做買賣養老公寓的打算，樓下有停車場，樓裡還有商場、餐廳等等的新型設備。路德養老院要做全面的翻修建造。

所以他們要喜美子搬房間，以便他們整修原有的樓區。最後馬里蘭這個樓區修好時，我努力跟分派房間的管理人員溝通，希望喜美子能夠分到一間新修好的房間，可以安定地長住下去。可是她還是被分配到一間沒有景觀的房間，窗子外面看到的是另一邊樓房外的牆壁。我再繼續努力，同時我也做了許多觀察，我要求一間朝南的房間，窗戶外面沒有別的樓房遮擋，可以看到寬闊的天空。最後皇天不負苦心人，主持分房的人告訴我有三間房間可以選擇，結果讓喜美子住進了一間最完美的房間。房子空間很大，廁所裡面也有一個和房間裡一樣大的窗，非常明亮。兩扇窗戶都面向南方，能看到外面的天空和樹梢，使得大家心情開朗。喜美子就一直安定地住在這間屋子裡，沒有再搬動過。

老去

漸漸地，喜美子的精力不如以前了，說話聲音小了，大笑聲也沒有了。

外出就醫

二〇一一年十月開始，我們發現喜美子的排便中有血跡，量不是很多，但是顏色鮮紅。找了住院醫生來看，也替她檢驗了血液，確定她體內沒有多量的失血，但是血便的問題一直持續。醫生護士全都知道這個問題，但不知道原因出在哪裡。到了十二月初，醫生認為應該請腸胃專科醫生替喜美子做檢查。

養老院對於要出去就醫的病人處理方法是：先電話約定日期與時間，屆時由院方派一看護人員陪同，坐車去專業醫師的診所。我那時因為去了德州的兒子家過聖誕假日，無法陪同喜美子出診，只得經由電話和院中的醫護人員保持聯繫。以下是喜美子外出就診所經歷的辛苦過程：

一、先是訂好的日期搞錯了，到時間又要改日期。一般專業醫生的門診都非常忙碌，這一改期就又拖延了三個星期。

二、去看診時，我請了探訪人江口貴子同去，她可以用日語向喜美子解說，減少她的驚慌不安。醫生看診時，陪去的看護人員居然坐在房間外面，僅僅讓貴子陪同喜美子看診。這個看護人員的理由，是她不清楚喜美子的病情，沒辦法和醫生溝通。

看診檢查的結果，醫生就說喜美子需要做腸鏡檢查。我想醫生和喜美子的護理主任是溝通好了的，所以將這腸鏡手術就定在次日。養老院的護理主任向我保證會替喜美子做好清腸準備，一切都沒有問題。

三、第二天，腸胃專科醫生的手術室護士，還打電話給在德州的我，要我去找路德養老院，確定那裡的護理人員有為喜美子做好手術前的清腸工作。她還特別說，如果沒有準備好，我們可以改天做。可是喜美子的護士卻跟我說她們做好了清腸準備，手術可以如期進行，但是到了當天下午四時我收到貴子的電話向我報告：整個手術失敗了，喜美子肚腸內滿滿的糞便，醫生無法用內視鏡檢查。

江口貴子還報告說養老院派了同一個看護人陪同，上了車等車子發動後，她才打電話查詢要去哪裡。原來做手術的地方不是醫生的診所，而是另外的腸胃手術室。將喜美子和貴子送到後，看護人員和司機就離開了。任由貴子陪著喜美子接受全身麻醉，做腸鏡的檢查。等做完檢查可以離開時，也只有司機來接，送回養老院。貴子還說：「這次看醫生做檢查，發現了出診時看護人員不負責任的情形，從正面的角度來看，是現在知道喜美子可以接受麻醉藥。」
專科醫生要求兩週後，再做一次腸鏡。在做手術之前，喜美子需要吃四天的液體飲食。手術的清晨，還要替她灌腸，才去做腸鏡檢查。

四、第二次手術當天，喜美子仍由貴子陪同去手術室。這次只有司機先生自己一人開車，不見養老院派的看護人員。到了手術室後，司機就離開了。這次手術，喜美子表現非常的不安，頻頻嘗試著從輪椅上站起來（要她坐輪椅是為了進出方便）。在等候室的一個半小時內，貴子費了非常大的耐心，努力照顧、安撫喜美子。過了午後，她們才進入了手術準備室。喜美子個子雖小，但她掙扎的力量卻很大，需要四個人才能將針頭插入她的血管，讓喜美子順利地接受了麻醉藥。江口貴子說她到外面等候室時，卻看到養老院派的看護人員坐在那裡。貴子實在是有一些不高興，她說：「有那麼長的等待時間來做好喜美子手術的事前準備，這個應該跟在喜美子身邊的看護人員在哪裡？」

手術二十分鐘就做好了。專科醫生告訴貴子說，清腸工作仍然沒有徹底做得完全，但他可以儘量看到喜美子的直腸尾端有一些潰瘍。他沒有做切片檢查，喜美子現有的便祕問題會對潰瘍很不好，他會將結果報告送給養老院。

回到養老院後，大約是太餓了，喜美子吃了好大一份午餐。養老院的醫生進來，給我和貴子看當天做出來的腸鏡照片。他也感覺奇怪，喜美子的腸胃為什麼經過這麼長時間的液體飲食和藥物清腸，卻無法完全清理乾淨？他說他以後會注意調整喜美子通便藥的劑量，控制喜美子的便祕問題，盡量減少因便祕而影響到喜美子的直腸潰瘍傷口。

喜美子經歷了兩次麻醉，但是大便流血的問題，還是不能釐清，以便做治療。經過這次的經歷後，住院醫師和我同時決定以後不論有什麼病痛，都不再做任何試驗檢查。在以後的時日裡，喜美子的流血問題，時有時無。因為沒有大量出血而影響血液裡的指數，所以只好任由它去了。

我仔細地描述了喜美子在這許多年內，唯一的一次外出就診做檢查的經歷。又一次證明當自己的親人住養老院，有事故發生時，是須要親自去處理的。但是即使如此小心，仍會有無奈之處，照顧得不夠周全。

一直以來，我對養老院照顧喜美子日常生活的細節上也有諸端不滿意之處。有許多問題經常發生，例如房裡溫度設置的這個問題，有時居然會設定在華氏五十幾度。那喜美子在裡面睡覺一個晚上，簡直不能想像她有多冷。雖然我去質問看護人員，但因為經常換班，她們大都會把責任推在別人身上，說不知道為何會如此。（我就說她們都是在打太極，推來推去，不負責任）我們沒法確定喜美子的房間溫度會不會過冷或過熱，所以我們去探訪喜美子時，每次都要好像防賊一樣小心地檢看，就怕她們出錯，對喜美子不好。

還有每天餐盤裡的食物得經常要注意，會時常送錯，或是缺少種類。我還要求她們給喜美子每餐要有兩種蔬菜，這些要求需要廚房工作人員的配合，但他們經常做不到。我去指責的次數太多，即便是堅持也無用，只好靠我們去探訪的時候儘量注意。缺少菜類，就要求補上。

另外，開始時我還力求院方隨時保持喜美子的清潔衛生，確保尿片每兩小時檢查，髒了就得換掉。

洗澡時要注意頭髮的清潔，手指甲也要保持整潔，因為喜美子會隨時觸摸到髒東西，隨時洗手是必須的。還有隨時要提醒她們將喜美子的名字放在名單上，好讓定期來修剪腳趾甲的醫生，清理喜美子有灰指甲的雙腳。同樣的事情提醒她們多少次，也不能保證她們會做到。像剪手指甲、修剪頭髮、換尿片，我們後來都看到時就自己去做了，免得叫她們不來，空生氣。

有一次我和喜美子的主任護士聊天，我說：「我最近老是忘記東西、事情，看來我要來做喜美子的同房人（Roommate）了。」（養老院的規定，第二個住院的親人，住院費比較便宜）但是這個叫 Wendy 的主任護士說：「我才不要你來做我的病人呢。」我告訴她說：「等我住進來時，我可能就沒有精力來囉嗦你了。」由此可見，我要求太多，在護理人員的眼裡是一個多麼討厭的人。

我雖然在家庭會議時，每次不斷地叮囑醫護人員她們，說現在喜美子慢慢身體衰退了，要特別小心照顧。不能像以前一樣，任由喜美子走來走去，現在可是要特別注意了。可是說歸說，但她們錯還是錯，我對她們的照顧結果總是不能十分滿意，加上這次需要外出做腸鏡檢查的痛苦經驗，我就想替喜美子另外找一間更好的養老院。

本來我家附近另外有一家猶太人活動中心辦的養老院，名聲很好，但我也以為他們不收外人，所以我沒有想過她們。這次仔細研究，原來她們把老人癡呆症患是設置在另一個大樓裡的一樓裡。我看了那裡的樓房布局，覺得還可以，所以我就約了時間去探訪。接待我的主任護士和我在喜美子剛搬去 Arden Courts 時，有很短的接觸，那時因為喜美子剛搬來馬里蘭就轉去 Arden Courts 住，有許多適應上的問題，需要這個主任護士幫忙解決。但她是個擅長模糊問題的高手，總是沒有辦法得到她確切的回答。喜美子需要的照顧和存在的問題都讓我們自己摸索解決，得不到她確實的幫助。兩個多月以後，她就另有高就，離開了 Arden Courts。因此我對她的印象太壞了。當時我去參觀，見到她時，和她客氣地周旋了一下，匆匆看過那裡的一切環境後，要離開之前，我看到三四個看護人員聚在一起說話。讓我深深的感覺到，將喜美子送來這裡的話，實際照顧她的這些人和在路德養老院裡的看護人員沒有兩樣，而且我們每個月還要多付出兩千元。這是二〇一四年，喜美子每月養老院的月費已經超過一萬元了。經過這次探尋後，我決定不再有替喜美子轉換養老院的念頭。

二〇一三年十二月九日，法院來信要我去面談，我就請我們的會計師兼律師陪我同去。我起先還以為是因這一年報帳表裡的支出，比往年多了許多。喜美子的信託在這一年將她有的公寓房子出賣了，所有應該交付的所得稅稅金，（聯邦政府、加州政府、馬里蘭政府都要報稅）全是由我管理的喜美子在馬里蘭的帳戶中預先支付了。可是見面時，法官卻是問我：「我很奇怪，喜美子不是住在養老院有人看顧嗎？為什麼這許多年還需要另外支付探訪人的費用，還要送禮物請吃飯？」我回答他：「喜美子是日本人，她因為生病，已經完全忘記英文，而需要用日文和人溝通。她能存活至今，全靠這些說日本話的探訪人在精神上、身體上的幫助，對她們有回報是應該的。」律師後來說我回答得很好，法官也同意了這些支出。

尾聲

日子一天天、一年年地過去，二〇一一年可以說是喜美子病情變化比較多的一年。年初時，發現喜美子不太能吃整塊的食物了，開始我們替她把肉食加湯碾碎，到四月時，就由廚房供給打碎的食物。起先她還完全可以自己吃食，慢慢地，她好像對吃飯沒有興趣，吃吃停停，吃一頓飯要站起來好幾次。有時候好像是她因為有便祕不舒服，有時只是因為她無意之間的舉動。好心的探訪人，會帶她去轉一圈，回來再繼續吃飯，所以要花許多時間陪她吃飯。此時她自己吃百分之七十，探訪人幫忙餵百分之三十，胃口還算不錯。到了八月就改吃所謂 Pureed（泥狀）的食物，這時就需要探訪人餵食了。喜美子還很調皮，有時就是緊閉著嘴唇，不肯張口吃飯。有時等二十分鐘後，她又開始自己吃得很開心。探訪人都要有耐心、愛心照顧她，讓她慢慢吃。

此時的喜美子還很會走路，探訪人渡邊壽子就喜歡帶她繞著大樓的外面小道上走，偶爾她還可以走兩圈，比我都會走路，但她平時坐下的時間比較多了。探訪人去看她時，還是需要到處去找她，找到她時，她多半是在那裡坐著打瞌睡。

到了二〇一五年初時，喜美子不太能走長長的走道了，探訪人就用輪椅推她到處走動，有時在外面花園裡停下，讓她站起來，稍微走動一下。在屋裡二樓，停下最多的地方就是看大魚缸，裡面養了許多不同類的魚。一直以來喜美子都很喜歡看，現在她卻時常坐在輪椅上打瞌睡，對周遭環境興趣不大了。

最後時日

我經常告訴每一個人，式同和喜美子之間有一個相互的暱名稱呼。喜美子說式同是「大頑固」，而式同稱呼喜美子是「武士喜美子（Samurai Kimiko）」。而事實證明，式同叫喜美子這個稱呼真是叫得十分確切。在最後即將離開世界的時日裡，喜美子充分的表現了武士道精神，非常勇敢地走下去。

二〇一五年七月裡，喜美子可以被抱扶著坐上輪椅及上廁所的一些活動，吃喝都一切如常。十九日是個星期日，探訪人佩璐晚上打電話跟我說，她照顧喜美子上廁所時，喜美子突然身體軟滑下去。她無法抱她起來，招來了看護人員和主任護士，將她扶上床後，查心跳、驗血壓，折騰了許久。害得佩璐在房外等著，緊張得不知所措。她怕主任護士們責怪她照顧喜美子時，有什麼不當的舉動，以致喜美子失常，所以趕快給我打電話報告。我馬上打電話去詢問時，護士們只說，喜美子情況穩定，當晚只能等待與觀察。第二天開始，喜美子就是像睡著了似的，呼叫不醒，不吃不喝，但是她的生理現象如常，還是需要按時換尿片及清理她的大小便。這樣過了兩天，我要求醫生給她用點滴，以補充身體需要的水分。星期四時，醫生開始給她用抗生素，因為喜美子尿道開始發炎。到了星期六，七月二十五日早上，醫生給我打電話說：「喜美子大概不行了，因為她的身體對加給的點滴水分和抗生素都沒有反應。」她的意思是要我做決定是不是要繼續用點滴。我當時就要求繼續給點滴，因為喜美子在紐西蘭住的姪女要在七月二十九日來看她，希望喜美子能堅持拖到那個時候。主任護士 Joy 事後告訴我說：「我週六下班回家前，還去跟喜美子說再見，因為我第二天星期天不上班，怕星期一來時見不著她了。」

哪知星期天七月二十六日清晨，喜美子醒過來了，一切如常，看護人員說餵她吃下了一半分量的早餐。這一切實在是個大奇蹟。

當然這一週不吃不喝，對喜美子的打擊還是很大。身體變得很虛弱，左手和左腿都無力，左手臂腫大。這時間大家都用最小心的態度照顧，開始時的餵食都用吃幾個小匙來計算。一個多星期後，她就可以吃餐盤中一半的食物了。她也開始會說「Otoosan（父親）」。

喜美子在八月七日就恢復到可以坐在輪椅上了。醫護組的人給她的輪椅上加一個中間有隆起的海綿墊，因為她坐在輪椅上，喜歡把雙腿做S形緊緊地勾結，這樣對她會出血的臀部潰瘍非常不好，所以希望將她的雙腿分開坐下，可以幫助她紅腫的屁股有恢復的機會。至此以後，我們探訪人都要請看護人員讓喜美子坐上輪椅，因為我們怕傷到了她那虛弱的身體。坐上輪椅，我們就可以推她出房門，樓上樓下到處走動一下。

喜美子身體的右邊顯然比左邊健康有力。右手先活動起來，像以前一樣，時常用毛巾捂住嘴巴，不肯接受餵食。後來右腿也開始踢動，左手的腫脹也消退許多。

就這樣，喜美子慢慢地進入了二〇一五年的年底，探訪人維娜將喜美子的房間布置得花團錦簇，門上有耶誕節的花圈，桌上有耶誕節的花飾，天花板上吊了一個個裝飾聖誕樹的花球。屋角上也倒掛了一頂我們中國的花式油傘，因為維娜相信，雖然喜美子不能表達，但她是知道節日快到了。她喜歡看花花綠綠、美麗的東西，式同在前面章節中就提過……喜美子喜歡每年過耶誕節都將她的住家四周布置起來，讓喜美子和式同兩人過一個熱鬧美麗的節日。

喜美子的身體雖然有一些好轉，但總體上來說，她還是慢慢在退化。右腳後跟上面開始長紅斑，漸漸有些潰爛。塗抹了皮膚藥膏也不見好，醫生說這是因為喜美子一直以來血糖高（式同在前面章節也提過），有糖尿病的症狀，所以傷口不易癒合。

二〇一六年一月十八日，探訪人維娜在紀錄上說，雖然喜美子喜歡用毛巾捂著嘴巴，但她還是餵她吃了二分之一的食物。坐上輪椅推她出去看魚，到樓下去看別人打球。喜美子只是低頭睡著，但每當音樂節奏更換的時候，喜美子每次都會張開眼醒來。一月二十八日時，佩璐說喜美子吞食得慢，但是也可以餵下餐盤中二分之一的食物，叫她時就會有反應，張開眼睛。這時她的右腳跟和腳趾上都蓋上了紗布，左腿上也開始出現紅斑。

二月三日，主任護士跟我說：「要不要讓喜美子接受安寧照顧（Hospice Care）？」這是說讓Hospice Care組的成員在最後的時日來照顧喜美子。經過我多方打聽詢問後，我決定不換組員來照顧她。因為現有的護理人員答應，仍舊會盡一切方法讓喜美子安詳舒適。喜美子躺在床上，也確實看起來非常的平和安逸，加上我們自己的探訪人員每天中午、晚上都會去幫忙好好照顧喜美子。我想不必要換另一組的新手來照顧，讓喜美子經歷不必要的適應過程。

二月八日，喜美子已經不太能吞嚥食物了，所以護士叫我們儘量不要再餵喜美子吃食物，只給營養奶和水分。我寫信給所有的探訪人，謝謝她們多年來的照顧。現在喜美子的時日不多了，讓她們自己做決定願不願意繼續探訪喜美子。（我擔心她們不願意看到死亡降臨的樣子）每個人都表示不會停止看顧喜美子，像江口貴子說得好：「十多年了，喜美子像我的親人一樣，我不能讓她孤獨一個人走的。」

二月十日，護士告訴我說：「醫生說喜美子在今晚或是明早就要走了。」於是我就請探訪人師母Kaoru深夜去替喜美子做禱告。二月十一日清晨，我去看喜美子時，將近兩個小時她都一直張著眼清醒的，還可以吞下幾口水。

二月十二日維娜陪她到晚上八點，師母Kaoru在二月十三日中午去看她，只能用海綿蘸水，濕潤喜美子的唇舌。師母離開的時候是午後一點四十分。

二〇一六年二月十三日下午三點三十分時，喜美子終於勇敢地走完了她這一生。我在下午四時去的時候，只見白被單罩蓋著喜美子的臉。我已經再也不能見著她了。

結束了

喜美子走了。永遠地離開了我們。

二〇一六年二月十九日，我們在殯儀館的廳堂，請日本教會牧師 Mr. Saigo 主持了喪禮。我和最後見到喜美子的探訪人們，加上來替我們照相的我的大兒子安主。（想起當年他在喜美子的客廳中的大桌上爬上爬下，害得喜美子緊張萬分的情景，我心中有無限的感慨。）大家一起在喜美子面前和她說再見，儀式簡單莊重。喪禮後，喜美子就由殯儀館送去火化。一週後，我去取回喜美子的骨灰罈。想著一個好好的人老去，死去，就剩下一個罈子，心裡確實不好受。喜美子的骨灰就一直暫時存放在我家裡。

另一個喪禮

二〇一九年四月一日，遵照銀行信託人的囑咐，我和加州來的嫂嫂（唐玲，小哥哥式均的妻子），共同將喜美子的骨灰罈，送到由他們指定的律師事務所，再由他們將喜美子送去加州的喪葬場——Rose Hill，並將喪葬日定在七月十九日。

我決定不去 LA 參加觀禮儀式，就請嫂嫂唐玲主持。她帶了大兒子 Donald、二兒子 Felix 和他全家：太太 Sam、女兒 Emma，還有兒子 Mac 參加。我們的表姪媳肖惠也到了。最難能可貴的是，式同和喜美子的信託人張先生和楊太太也趕到參加。（楊先生因為身體虛弱在一年多前病逝了，我特地要謝謝他這多年來的辛勞幫助。）肖惠做了她以前和式同溝通上的見證。Emma 也彈唱了她的音樂。喜美子就在這些親友們的祝福中長眠地下，躺在式同的旁邊，永遠地在一起了。

真正的尾聲

現在是二〇二〇年的年底，外面世界被新冠肺炎疫情籠罩，我們所有的生活行動都受到限制。初時消息傳來，我居家所屬的郡縣，第一個確診新冠肺炎的病患，就出在喜美子住過的路德養老院裡，我非常慶幸喜美子早走了。不然我還要照顧她，怎麼辦？想著都可怕。因為養老院裡的所有病人都被隔離，外面的任何人是不准進去探訪的。喜美子一個人怎麼辦？

假如有一天我和式同再見面，我要告訴他，我有好好地照顧喜美子。我一定要向他邀功：「不要那麼小氣，好好地誇獎我一下吧！」

附錄　有緣得識張愛玲[1]

林式同

寫在前面

張愛玲女士去世後，老友莊信正曾給我建議，要我把我所知道的張愛玲——特別是她在洛杉磯最後幾年的生活狀況，敘述出來，說是有許多她的讀者會有興趣看。

我想自己從來沒有寫過文章，不知道如何下手，同時正忙著準備明年的玻璃美展，抽不出時間來，對莊信正的建議，就沒有慎重地去考慮。

之後有些朋友來電詢問，我也看了些媒體的報導，逐漸我覺得做為張愛玲的遺囑執行人，有必要把整個過程據實報告出來，由此可以澄清我的任務，也表明我的立場。

在我嘗試寫作的時候，初稿曾寄莊信正過目，也曾得到他的鼓勵，又承孫曾堯、王積青夫婦，學生朱謎試讀，有他們的建議，才有現在這篇報告的可讀性。在此特地謝謝他們。

1 本文初發表於皇冠雜誌五〇四期（一九九六年二月）；後收入蔡鳳儀編：《華麗與蒼涼：張愛玲紀念文集》（臺北：皇冠文化，一九九六年），第九～八十八頁。

同床之雅——結交莊信正

一九六〇年九月，我從臺灣搭乘民航 CAT 留學生班機動身，螺旋槳的推進機，上上下下的跳島飛行，經過漫長的顛簸搖晃，到達西雅圖（Seattle）時，我已是昏昏沉沉，不辨東西了。

甫出機場大門，眼花繚亂，高速來往的汽車，五彩繽紛的顏色，這是當年在臺灣夢想不到的景色。

初秋美洲大陸的空氣，顯得異常清新乾燥，令我回憶起幼時在南京的情景，然而在旅途趕路的我，卻沒有心情領略這些，只是急急地想在這人地生疏的地方，儘快地能搭上灰狗巴士，趕到在 Minneapolis 的學校上課去。

在灰狗巴士站托運行李時，發覺班車要到第二天清晨才能出發，怎麼辦呢？非得找地方過夜才行，可不能在機場的會客室裡睡覺！更何況那會客室僅是那打扮得像卓別林留小鬍子的領事先生，為了暫時安頓我們這些沒有找關係拜託他的學生，請機場當局給我們落腳的地方。而他自己卻早已帶領那些有關係的子弟們，揚長而去了。

我當時又累又餓，而口袋裡的少數美金，是當年父母以他們做公務員勤苦所積的錢，在臺灣的地下錢莊經黑市兌換而來的，它在我心上的份量非常沉重，可不能亂花！

有位同機學生找到了一家便宜旅館，不帶浴室的單人房一塊錢一晚，大家一哄而上，每人都想省錢，反正明天一早就要動身了，兩個人擠一張單人床，將就過一夜吧。

和我同床的是一位山東口音很重的人，從來沒有見過，不曉得從哪裡突然冒了出來，手裡緊緊地握著一個藍布包，板著臉沒有一絲笑容，因為長時飛行，沒有機會洗澡，身上淡淡的飄出一股味來。他匆匆告訴我一個名字，我當時心不在焉地也沒聽清楚。

那時我滿身帶的都是臺灣習慣，好幾天沒洗澡了，只覺滿身發癢，非得要沖洗一下不可！於是慌慌張張地向浴室跑去。

進浴室的當兒，我照舊把鞋子脫了，放在門外走廊邊，然後關門就浴。

等洗完了澡，一步跨出門來，奇怪！鞋子呢？

起先以為那位仁兄在這種忙亂場合還會跟我開玩笑，後來漸漸地覺出不對，我僅有的，朋友為我出國而送的全新皮鞋已不翼而飛了！我另外帶的一雙力士鞋在行李包裡已被灰狗巴士早些時送去了Minneapolis，可不是，我要面臨光腳走路的命運了！

不行！在到美國這黃金國度的頭天晚上，居然有人偷我鞋子？真不可思議，我得要旅館老闆賠鞋子！在一片道歉聲中，日裔旅館老闆拿出一堆他穿過的舊鞋子給我試，全都太大不能用。買新的要八塊，太貴了，想想來日要錢的時候多得很，再向家裡要？不可能，家裡的儲蓄都在我的口袋裡了……正好預官七期的顧錫元同學身邊有一雙多的，試試小了一點，將就一下罷，到 Minneapolis 後再還他。

經過這陣折騰，回到房中，那位山東朋友已經抱著那藍布包呼呼入睡了。

擠在一張不習慣的軟鋼絲床上，全身不知如何安插，就如此地過了一夜。

第二天天不亮，大家就開始忙著各自上路，我也早就把那位同床的山東朋友給忘掉了。

直到一九七〇年，在洛杉磯的一個朋友婚禮上，我見到了一位似曾相識的人，我們互相端詳的好一陣，想不起在哪兒見過，想著想著，突然恍然大悟，原來他就是那位在我初到美國頭天晚上有同床之雅的山東朋友！

他的名字叫「莊信正」，這回我可再也不會忘掉了！

之後我們經常來往，交談，他家裡常常坐了一大堆人，多半是文藝界的，地上桌上架上擺滿了書。一到他那裡就覺得無拘無束，吹起牛來特別痛快，我慢慢地體會到他是位重感情的人，而我們的性格和志趣也頗為相近，如此逐漸地結下了不渝的友誼。

介紹一位朋友——張愛玲

自一九七四年莊信正去了紐約後，我們不時有聯絡，一九八三年的一天，他突然來了電話，說是在洛杉磯有個朋友要搬家，托我幫幫忙，此人是位女士，沒有什麼親人，在生活上如有需要也要我就近照應，我當時馬上就答應了。唔，是的，朋友要我辦事，說什麼都得幹，不然說我不夠朋友，那還得了，不要做人了？

他說這位朋友的名字叫張愛玲，是個作家，可是我卻從來沒聽說過，更不知道她是幹什麼的。之後莊信正又寄來了一些有關張愛玲的剪報和雜誌，我才對她有了一個初步的印象。

從有記憶開始，我就被父親打屁股背四書，小說是不准看的。直到小學四年級時，我才半懂不懂偷偷地開始看第一部小說——《西遊記》。之後我就明裡暗裡一直被那些神奇古怪，飛仙劍俠所吸引、陶醉。在初一時為了迷戀武俠小說，曾經逃過學，留過級，這些事父親事先是不知道的，他那是忙於事業，一天到晚不在家。

年歲漸長後，父親也酌量的放寬看小說的尺度，但是涉及男女關係的《紅樓夢》，則一直被他列為禁書，到初三時他還把我偷著看的《紅樓夢》沒收去丟在他辦公室的字紙簍裡。我雖然在這樣的教育環境裡長大，說老實話直到今天我真的還是沒有看懂《紅樓夢》，這可不能再怪我的父親，因為他已去世快四十年了。

武俠小說對我一生發生極其深刻的影響，那就是鋤強扶弱重然諾講義氣的價值觀。為了要修煉武功，我打了近四十年的太極拳。我對在深山幽谷裡勤修苦練的劍仙們始終抱有高度的崇敬和憧憬。

我可以看諸子百家，資治通鑑，可以欣賞唐詩和宋詞，但對近代的小說，就沒有花太多的時間去瀏覽，這可說是受了太多的「文以載道」的薰陶吧。

吃了一張汽車罰單

莊信正在我幫忙張愛玲的同時，曾大致地敘述了一些她的性格，我卻沒把這放在心上，認為搬家這種事情直截了當，沒有什麼複雜性，和性格扯不上邊！

過了一陣莊信正又寄來了一個黃色信封，要我親自送去給張愛玲，借此問問她需要什麼，見見面，彼此認識一下。

一天我用莊信正給我的電話號碼和張愛玲取得聯繫，約定在傍晚八點左右把信送去，那時她住在Hollywood的Kingsley街上的一幢公寓裡，離我家有四十多分鐘的車程。

那是一個秋涼的晚上，天在六點多就很快地黑了下來，飯後我套了一件夾克上車。平常上班回家後晚上很少外出，這天確是例外，車子開在路上要把前燈打開，經過Beverly Hills時後面突然被一輛警車釘了上來。糟糕！我大概要吃罰單了，但想不出我的車開得有什麼不對。

原來車子前面的燈少了一盞，變成了獨眼龍，這毛病在別的城市不一定會被抓，唯有在防盜嚴密的Beverly Hills則逃不了此劫，如今拿了這張罰單，又得要破財，真倒楣！

上了三樓，從電梯出來後，向左拐就是一道長廊，黃黃暗暗的燈光，兩邊都是房間，一樣的門，張愛玲住的三零五號是在右面。

敲了門後，裡面窸窸窣窣的好一陣，一位女士用緩慢輕柔帶點抱歉意味的聲音說：「我衣服還沒換好，請你把信擺在門口就回去吧，謝謝！」

我心中覺得滿不是味，開了好一陣的車，又吃了一張罰單，連面都沒有見到，唔，那莊信正也真是的……張愛玲這人確是有點特別。

第一次見面

一九八四年八月，我突然收到張愛玲的一封信，其中只說她從一九七四年到一九八四年，前後共十年時間，住在 1825 N. Kingsley Drive, Apt. # 305, Hollywood，這就是上次我去見她而沒有見到的地方，一九八四年夏六月她搬到 2025 Argyle Ave, Apt. # 26, Hollywood，兩個月後，又搬到她現在下榻的這家汽車旅館 Plazars Motor Hotel，地址是 777 Vine St, Hollywood。

信中什麼都沒提只寫了一句「萬一需要的話」，當時我捉摸不出是什麼意思，她特地寫信告訴我搬家的歷史幹什麼？是不是有什麼事要我作見證？直到今天，當我在此追溯她搬家的歷史時，這封信才算真正地派上了用場。

後來她托我替她找地方住，待我把住房申請表寄給她以後，次年（一九八五年）二月間，她從位在 209 S. Figueroa St, Los Angeles的Best Inn Hotel 寄來一封短信，說她不能提供「申請房子的收入證件」，又「連日心境太壞，不想打電話」，叫我不必麻煩為她找房子了。

但是她又改變了主意，兩個多月之後，張愛玲主動打電話說要見見我。我就在她住的一家汽車旅館的辦公室內，頭一次見到了她。

到這時候，我對上次要見而沒有見到的那位女士，已產生了強烈的好奇心，很想會會這位只聞樓梯響不見人下來的奇人異士。

在一個星期天的早上，陽光還被晨霧淡淡地籠罩著。我照自己的習慣在預定的會面時間前早到了幾分鐘，旅社的大門坐北朝南地對著近城中心的 Olympic（近似得考）大街，我先到辦公室裡以英語告訴那位東方面孔的經理說我要見 Eileen Reyher（張愛玲的英文名字），然後在一把面向客房的椅子上坐下等著。

十點整從旅社的走廊上快步走來了一位瘦瘦高高、瀟瀟灑灑的女士，頭上包著一幅灰色頭巾，身上罩著一件近乎灰色的寬大的燈籠衣，就這樣無聲無息地飄了過來。

打了招呼之後，她馬上在那張能避過旅社經理視線的椅子上坐了下來。當她開始端詳我的時候，「唔，你真是一位隱士！」我先說了這麼一句。她笑著沒有回答，接著談了一些問候生活起居的話。

我注意到她一直在避免旅社經理的視線，「這經理是中國人吧？」我問她，她還是笑著沒有回答。整個見面過程沒有超過五分鐘，她的氣定神閑、頭腦清晰以及反應敏銳給我留下深刻的印象。同時我也覺得她在觀察我。

她送我走出辦公室，在門口向我揮手致別，我走了幾步再回頭看時，她還是含著笑站在那兒，透著飄然出世的氣氛。這時我才發覺她腳上套了一雙浴室用的拖鞋。

搬來搬去——流浪的日子

自從一九八五年見過面後，張愛玲自己一直馬不停蹄地在搬家，她住的多半是分佈在洛杉磯市內的各個汽車旅館。

自一般大眾達到已車代步的生活條件後，汽車旅館就應運而生了，它收費比正式旅社低，地點也較分散。因為造價便宜，市場需求大，數量就很多，除基本設備外，唯一供人方便的就是那寬廣的停車場。張愛玲不開車，她住在汽車旅館，我想是基於兩方面的考慮：一是費用少，二是可以多搬地方——她平均一星期就換一個旅館。

在很長一段時間內，我們沒有太多的聯絡，她曾從不同的旅館，寄給我幾封信，也送了兩本作品給我看，一本是我看不懂的《紅樓夢魘》，另一本是《怨女》，我也沒有看完。我們也曾互相通過幾次電話，多半是我告訴她有關我的行蹤，如有需要，請她不要客氣，儘管來找我。譬如在一九八七年，我去了一趟歐洲，我也告訴她了。

張愛玲給我的信，按她的習慣，只寫月日。地址和年代，只有在信封上才能找得到。而我平常收到信後總是不留信封的，因此有許多她住過的旅館，那位址我就不記得了，很是可惜。下面所列的是幾家還留了些印象的。

Best Western Park Hotel: 434 Potrero Grande, Monterey Park

Monterey Park Inn: 420 N. Atlantic Blvd., Monterey Park

Bell Vista: 1065 N. San Fernando Blvd., Burbank

Howard Johnson’s Beverly Garland Resort Lodge: 4222 Vineland Ave., North Hollywood

Best Western Colorado Inn: 2156 E. Colorado Blvd., Pasadena

一九八八年二月十日，張愛玲從 Redwood Inn Motel, Rm.# 103, 9111 Sepulveda Blvd., Sepulveda 寫封

信來說又要我幫她找地方住，信中留了個電話號碼。她又說：「這兩三年來都住在 Valley（洛杉磯以北的山谷區，天氣比較熱，房租也較低），以前住遍市區與近郊。」又特地說明她害的皮膚病早已痊癒，言下之意是可以住公寓了。

過了十天，二月二十日，她從另一個地方，Nutel Motel, Rm. # 210, 1906 W. 3rd St., Los Angeles 寫信來催我趕快替她找房子。

可是到了三月十九日，我正在幫她留意房子的時候，她來信說房子她已找到了，地址是「245 S. Reno St., Apt. # 9, Los Angeles」，又附了一個電話號碼。她說她已簽了半年的合同，叫我不必再去為她找房子的事擔心。這封信中她已開始提到她的健康情形。

起先我覺得張愛玲這人真怪，為什麼一天到晚要搬家？而且搬的都是些汽車旅館。她說她在躲蚤子，我說我不信，有蚤子，噴噴殺蟲劑就完了，不至於要搬家去躲。她強調說那些蚤子產於南美，生命力奇強，非搬家避難不可。我聽了還是不信，蚤子就是蚤子，那有什麼北美南美之分？

我猜想她是一位從事寫作的人，像海明威一樣，為了找題材，得親自體驗各種生活。說不定她要寫汽車旅館的生活，因此東奔西跑的搬。

接觸多了，我才體會出她是一個從容不迫，凡事順其自然的人，她的行動多出於直覺，不怎麼計畫。她這樣搬是從她的性格裡自然衍生出來的喜好。汽車旅館一般都設在鬧市，她在熙熙攘攘的人群中穿來穿去，沒有人認得出她是誰，沒有人會去麻煩她，沒有家累，沒有牽掛，她要搬就搬，要走就走，身無長物，逍遙自在，痛快的很。她這種孤獨的形象，超脫的性格，拿得起放得下的氣魄，一直在吸引著我，是的，這種人我得多見識見識！

我自年事漸長後，越來越覺得在芸芸眾生中，要堅持信念為自己的生活而生活是非常不容易的，我對像張愛玲這樣有卓志孤行的人，產生由衷的敬佩，願意為她做一些能做的事情。因此每次在她有事找我的時候，我總是抱著熱心負責的態度，這點我想她也早已體會到了。

自一九八四年八月到這時（一九八八年三月），前後約三年半的時間，張愛玲一直過著遷徙流離的汽車旅館生活，可能因為是搬家太頻繁了，生活不安，飲食無節，從信中可以看出她的身體已大不如前了，不能再繼續那獨來獨往的流浪生涯，而想找一個地方安頓下來。何況她已經六十八歲了，在心理上也希望能找人談談，並幫一點忙。

在那段流浪的日子裡，她把隨身帶的東西都丟光了，連各種重要證件也都沒有保住！這情況後來帶給她很大的不便，也促成我一個幫忙她的機會。

做了張愛玲的房東——安定下來

我自來美以後，一直都在建築的領域裡學習、工作和發展。一九七五年以來，我在洛杉磯設計並施工造了許多房子。當張愛玲住的 Reno St. 合同期滿時，正巧我在 Lake St. 造的具八十一單位的公寓，於一九八八年底完工要出租，裡面有單人房，什麼都是全新的，很合張愛玲的心意，她看了之後，馬上就搬進去了。在搬家之前，她特地關照我不要把她的行蹤告訴別人，而我也聽說有人曾去破壞她盡力維護的寧靜生活，我當時義不容辭地滿口答應要照她的意思辦事。

我請 Lake St. 公寓經理石先生在她遷入之後，注意幾件事：一是不要她出具「申請房子的收入證件」，二是不要告訴任何人有關她搬進來的事，另外萬一她有什麼需要或急事，也請儘快通知我。

就這樣我做了張愛玲的房東。這公寓的地址是：433 S. Lake St., Apt. #322, Los Angeles。從此之後，我沒有把她的住處，告訴過任何人。

我再三問搬家要不要人幫忙，張愛玲總是說不必，找計程車就可以了。起初以為她不歡迎別人去觸動她的東西，後來才知道她丟東西的程度，遠超乎我想像之外！她如此能看得破，做得徹底，除了有超脫的人生觀外，還得要有相當堅定的意志和決心才行。

摔壞了肩骨——日益弱化的健康

一九八九年初的一天，公寓經理石先生說張愛玲的手臂給摔壞了，用布包起來像個球！我大吃一驚，馬上打電話去問怎麼回事，她在電話裡仍和往常一樣用緩慢平和而沉著的口吻回答說：「坐公車不小心摔了一跤，」又說：「沒有什麼，多躺躺，再用水沖沖就好了，不必擔心。」

同年七月中旬，她來信告訴我她的肩骨已經好了，不用開刀。信裡也提到打算買醫療保險的事，要我代她物色適當的保險公司。

骨頭摔破是很痛苦的，她就這麼一個人靜靜地挺了過來，如果換一個人，一定會鬧得雞飛狗跳、全家不寧。唔，張愛玲這人，是好樣兒的！我心裡如此地稱讚著。

張愛玲這時說她的眼睛、牙齒、皮膚都有毛病，得要看醫生，不過這些事，她照舊不要我幫忙。

石先生也曾告訴我說她變瘦了，氣色也不好，我又打電話去問她要些什麼，當下她又婉拒了，不過對我的善意，她倒是很感激的。

她在三樓住的那房間，離電梯太遠，每次進出，她都用靠街的樓梯，這時她在信中表示提東西爬那樓梯已經不太方便了。

為了不打攪她，我除了在多年前吃罰單那天敲過她的房門外，以後從未上過門。雖然我為了公寓的事常去找石先生，但也很少見到她。有一次看到她的背影，渾身洋溢著中國文人特有的清秀氣……這次我注意到她在戴假髮，而那雙浴室拖鞋還是留在她的腳上！

她平常和不認識和不親近的人交談，

式同先生：
前兩天看醫生第四次照X光，都
終於宣告好了。做体操等，都
是医生叫做。這九個月一直擱下
沒去看眼睛、牙齒、皮膚，都
不是什麼急事，但是遲早得
去。電話要等医生辦公室頭
先一天打來提醒我去才接听。
我覺得像我這樣沒保險的人的
人，医療費還是現付合算，但是
現在此地医院住、不收沒保險的
病人，所以預備保个短期住院 Blue Shield。
大概比較簡單，就不用麻煩您了。老人
名字草字不認識，請代問候。
信封上寫了我從前的信箱地址，寄往北不
一般人看見。
張愛玲 七月廿三
又及

一九八九年七月，張愛玲致林式同信札

都是用英語，石先生是北平人，大概是公事上來往要保持距離的緣故吧。對他她也用英語。可是我卻一直沒有聽她說過英語，連英文詞彙都不帶一點。雖然她在上海待過，但她的口音卻是近乎北方人的。

再搬家——最後一次

張愛玲每次要我幫忙找地方住的時候，條件大同小異，我把它們列在下面，由這些要求可以揣測到她的生活環境的大致情況。

一、單人房（小的最好）
二、有浴室
三、有冰箱（沒有也行）
四、沒爐灶
五、沒傢俱（有也行）
六、房子相當新，沒蟲
七、除了海邊（避蟲蟻）之外，市區、郊區也行

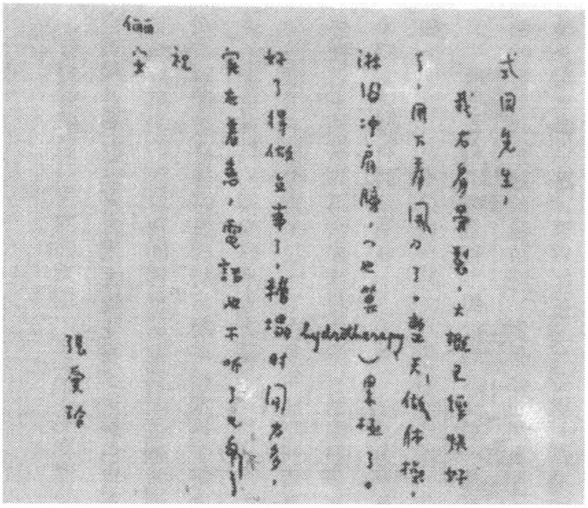
式同先生，
我右肩骨裂，大概[illegible]好了，[illegible]。整天[illegible]，[illegible]沖肩膀，（[illegible] hydrotherapy）累極了。
好了[illegible]事了，[illegible]時間太多，實在[illegible]，電話[illegible]
祝
[illegible]安
張愛玲

一九八九年七月，張愛玲致林式同信札

八、附近要有公車
九、不怕吵（有噪音、車聲、飛機聲最好）

張愛玲告訴我說她搬家是為了避蚤子，她說她那裡的蚤子產於南美，生命力奇強，什麼地方都鑽！還在冰箱裡的保溫層中藏著，因此她把頭髮理了，衣服也丟了，東西也甩了，還到處躲，只有住沒傢俱的新房子才忍受得了。

我想她是一個極其敏感的人，而且心裡充滿幻想，不善也不喜去處理生活中的麻煩瑣事，當初是不是因為汽車旅館簡便，沒有廚房，不會聯想到冰箱？而每天又有人進房打掃，比較乾淨，如此蚤子就待不住了？如今要搬回公寓住，當然是越新越好，蚤子來不及跑進去。

如果把皮膚敏感和蚤子不加聯繫，怕蟲倒是張愛玲的天性，只是怕到如此程度確實罕見。

張愛玲極其不喜家務，為了省事，住房越小越好。她不怎麼燒飯，有沒有爐灶，也無所謂。

她又有一個習慣，要在四周有聲音的環境裡住，什麼汽車聲、飛機聲、機器聲都可以，不僅如此，她說她在房間裡，沒事還把電視打開，而且聲量調得很高，「把電話鈴聲都蓋住了，」（她沒有收音機，也沒有錄影機）不過她在講電話的時候，我從沒有聽到背後有電視機的聲音。

一九九一年，因地點關係，我在 Lake St. 的那棟公寓住進了許多中美移民，素質較差，三年新的房子，已經被弄的很髒了，有人養了貓，引來許多蟑螂蟲蟻。於是在那年四月，張愛玲來信要搬家。她願意付九百塊左右的房租，當時我住在加州大學附近，居民知識程度高些，環境好多了，於是建議在我家附近找房子。

非不得已她是不會麻煩我的，找公寓也不例外。我先在離家不遠的公寓區兜了幾轉，抄了些地址給她，然後她坐計程車自己去勘察，滿意了才決定。

七月初她由我介紹找到了位於 10911 Rochester Ave., # 206, Los Angeles 的公寓，和伊朗房東簽了約後，她就搬了進去。那時我萬萬沒有想到這是她最後一次搬家，回想起來，不勝唏噓！

像往常一樣她拒絕了我的建議去幫她搬家，她也沒有找別人。這家公寓她在世時我還沒去過！

搬了家後兩個星期，那伊朗房東打電話來告訴我說張愛玲忘了鑰匙，有好幾次把自己鎖在門外，要房東幫忙開門，又抱怨浴室設備不好，找房東修理，事情多得很，問我張愛玲是怎麼回事，是不是有問題？我回答說以前我當她房東的時候一點問題也沒有，按時交房租，安靜得很，請放心。

張愛玲力氣並不大，提不了太重的東西，雖然她搬的地方很多，如果同屬一區，就相距不遠，而且都近公共汽車路線。後來我循她的老位址去照相，用不了太多的時間，就都照完了。

她跑銀行、買東西、上郵局，都是在沿公共汽車的路上，以前住 Hollywood 時，就沿 Sunset 大道而行，住 Westwood 時就多半按 Wilshire 大道而行了。

如果寄東西或電傳信件，包括照相（就是那張帶金日成去世新聞的），她都在離家附近走路可達的店裡辦妥的，要看醫生買藥，比較遠，不得已，她就雇計程車。

她搬了這麼多地方，為了通信，卻只用了兩個信箱號碼，就是 P.O. Box # 36467 和 # 36D89，她每月才去取一次信，時間也不固定，大大的信箱，塞得滿滿的，有時候堆得太多了，又去得少，招來郵政當局的批評。

另外一個信箱，位在 1626 N. Wilcox, # 645, Hollywood，是個私人辦的信箱店，張愛玲在汽車旅館跳著住的時候，她就用這家信箱店，旁邊緊鄰著一家旅社。這信箱的位址，給我一個錯覺，以為她有一陣子還在公寓裡住呢。

在 Rochester Ave. 公寓內的信箱上，張愛玲用了一個越南名字 Phong，她說同公寓的中國房客太多，怕被發現，引來無聊的麻煩。她向伊朗房東解釋換名字的理由很妙：「因為有許多親戚想找我借錢，謠言說我發了財。而 Phong 又是我祖母的名字，在中國很普遍，不會引起注意。」

第二次見面

和伊朗房東簽約的當兒，是我開車陪張愛玲一起去的。

下午兩點，她要我到 Lake St. 的公寓去接她，我本想在抵達後到辦公室打電話通知她，不料她早已在大門口等著，我車子還沒全停，她已快步迎了上來。數年不見，她蒼老了許多。不過行動還很便捷。在車上我們交換了對洛杉磯的一般印象，我也問候了她的健康情況，她說她有些小毛病可以自己解決，最大的苦惱是牙齒，不管怎麼醫，總是不見好。言談中我注意到她的牙齒真的有點走樣了。連嘴唇都受了影響。

她提到三毛，說她怎麼自殺了，言下甚不以為然。我沒表示什麼意見，因為我沒看過三毛的作品。多年來我們通了多次的電話，她又常來信，因此她對我的態度，非常自然，也說些家常話，她需要幫忙的地方，我就理所當然地承受下來。上面提到她在搬來搬去的時候，把一切證明檔都丟光了，現在要租房簽約，沒有財務證件是不行的，這回我不再是房東，這證明不能免掉，自然得用我的經濟擔保，來代她租房子。

那公寓經理，是伊朗房東的女兒，名叫 A Nazy Efraim，長得很漂亮，張愛玲問我她的眉毛好不好看，我忸怩地沒作正面的答覆。那天張愛玲仍舊戴假髮，黑裡帶白的，穿的是近黃色的衣服，不怎麼顯眼，唯一引人注目的，就是那雙浴室拖鞋，還是拖著沒丟。

前面提到張愛玲對我說話都是用中文，我從沒有聽她說過英語，唯有這次和那房東女兒簽約時她得說英語，她的用詞造句和我常用的很不一樣，豐富而多姿，令我自歎弗如。真是天外有天，人上有人！

辦理身分證

一九九一年五月，張愛玲為了多種原因要再申請她丟掉的美國公民身份證，她原來的身份證在旅館被偷掉了，她在申請表上寫著：

「Missing from luggage at Hotel Howard, 1738 Whitly St. after weekly cleaning, next day the maid unlocked my door for no reason & withdrew at once, seeing I was not out, evidently looking for more.」

七月搬家前她在申請單上填我的地址作為她的永久通信處，我對此當然沒有任何異議，自此以後，在她的心目中，我這裡就算是可靠的聯絡站了。之後她如向政府申請什麼，所需來往信件，也有些是經我轉交的。

辦好了公民身份證以後，她繼續辦理聯邦醫藥保險、老人福利卡、圖書館借書證等等。

回想過去，張愛玲在汽車旅館搬家流浪的時日裡，她就感到在附近要有一個固定的聯絡人的需要，她在一九八四年還沒有見到我之前給我的短信裡說：「萬一需要的話」，就含有這個意思。

Los Angeles 的暴動和地震——閒話家常

張愛玲以前住的那些汽車旅館，包括我造的 Lake St. 公寓，區域、環境都不好，夾住著許多黑人及墨西哥人，治安常有問題，而她又經常要搭公共汽車，對一個單身女子來說，更不安全，這點顧慮，她一直不在乎，可是一九九二年洛杉磯發生的暴動，就蔓延到她以前住的區域附近，她因此特地打電話來謝謝我，說她現在住的地方很好，沒有被波及，說我還選擇得對，算是我的功勞。

每次通電話，我們常常順便聊聊天，她思路清晰，反應敏捷，舉一反三，和她談天，有如行雲流水，非常順暢自然。

她說我討了日本太太，一定「羅曼蒂克得要命！」對我住的玻璃房子，躺在床上，還可以看星星月亮太陽，大加讚賞。

有次打電話沒有接通，收到她的信後才知道生了病，我和太太買了一張慰問卡

位於 10911 Rochester Ave., Los Angeles 的公寓。張愛玲在此度過她的最後四年，直至一九九五年去世

寄去，沒有回音，過了好一陣她才來信謝謝，措詞很動人，當時我想，張愛玲是真懂感情的人，她不輕易表示，可是記得住。可惜我把那封信給丟了，想起來很後悔。

有一次她無意地提到她喜歡吃雞餅（chicken pie），省事又好吃。隔些時我又提起這件事，她聽了一怔，我解釋著說她的話我都記得，她說她的記憶力也很好！後來我才曉得大概什麼文章敘述過這個，她對我所說的消息來源有懷疑，因此感到意外。

她很喜歡睡覺，「沒事總躺著」，由此我說自己也常常睡懶覺，並且述及睡覺時飄飄欲仙的妙處，她聽了連聲稱是。

在和我的言談中，她很少提到她的過去，偶然談到時也沒帶留戀的意思。有一次我要去上海，曾打電話告訴她，她似乎沉入回憶中地說了一句：「恍如隔世！」之後她就沒有再提上海了。

她從沒有向我提過她的作品，如果不是張愛玲這名字和文學有關聯外，在她的談吐裡我覺不出她是專門寫文章的人，她有修養的氣質和平易近人的態度，令我感到她是一位誠懇、和藹、明智的朋友。

論及中國文化，張愛玲有她獨特的看法，說中國文化受西藏影響很大，當時我曾表示我不清楚，在我受的傳統教育裡，還沒聽過有此一說。

我又提到舊小說裡的才子都是娘娘腔，一點沒有男人味，不知道為什麼，能被大眾接受。她同意我的批評，而且引用了歐洲一位文學家的批評話來做注解。

她常常看電視消遣，有次她問我有沒有看Simpson案的審判，我說沒有，她說那是社會上的電視連續劇，是偵探故事，很有趣，她一直在看。

她怕蚤子，我說完全是心理作用，她開始不同意，我又說我的皮膚也經常發癢，原因是皮下脂肪太少，抗菌力不夠，加上洛杉磯的氣候，少雨而近沙漠，很乾燥，什麼樣的過敏症都有，她有些心動了，於是要我把我的皮膚科醫生介紹給她，結果她也去找過這位醫生。

她常常提到她的牙齒給她許多痛苦，我說我的牙齒也有毛病，但沒有像她說的那麼痛苦，原因是我捨得拔，毛病不能在我的嘴裡留下來。她聽了自言自語地道：「身外之物還丟得不夠徹底！」

一九九四年大地震之後，我馬上打電話給她，沒有接通，又寫了封信去，然後才接了電話，說地震對她影響不大，只掉了廚房裡的燈罩。她經常不接電話，我有時打去，沒人接，急了，先寫封信去，再通電話。如果她要找我，則比較容易，打來就是了。如果她寫信來，知道我會打電話去，她就在電話邊等，白天半夜都可以打得通。她打電話給我的時間多半在晚上。

寄來了遺書

在辦理各種證件的期間，一九九二年二月十七日，張愛玲寄來了一封信，信中附著一份遺書，一看之下我心裡覺得這人真怪，好好的給我遺書幹什麼！也不講些忌諱。當時我從來沒見過遺書的樣子，因為我自己都還沒立過遺書。

遺書中提到 Stephen C. & Mae Soong（宋淇），我並不認識，信中也沒有說明他們夫婦的聯絡處，僅說如果我不肯當執行人，可以讓她另請他人。我覺得這件事有點子虛烏有，張愛玲不是好好的麼？我母親比她大得多，一點事也沒有，算了，這不能把它當回事看，因此我把這封信擺在一邊，沒有答覆她。

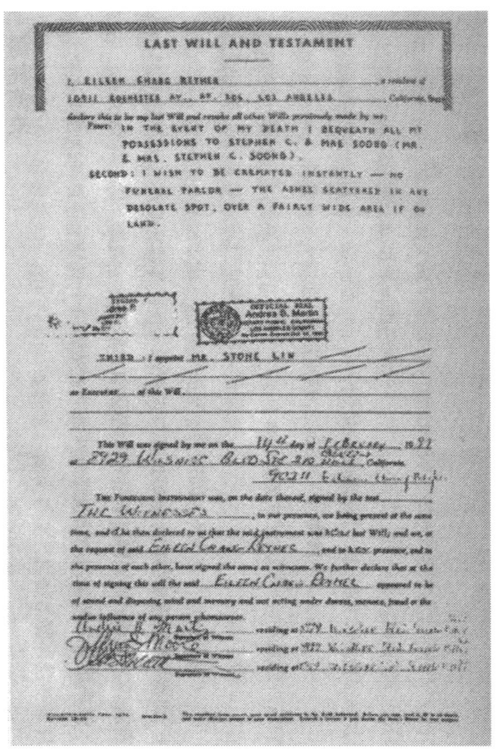

LAST WILL AND TESTAMENT

I, EILEEN CHANG REYHER, a resident of 10911 ROCHESTER AV., APT. 305, LOS ANGELES, California,

declare this to be my last Will and revoke all other Wills previously made by me:

FIRST: IN THE EVENT OF MY DEATH I BEQUEATH ALL MY POSSESSIONS TO STEPHEN C. & MAE SOONG (MR. & MRS. STEPHEN C. SOONG).

SECOND: I WISH TO BE CREMATED INSTANTLY — NO FUNERAL PARLOR — THE ASHES SCATTERED IN ANY DESOLATE SPOT, OVER A FAIRLY WIDE AREA IF ON LAND.

THIRD: I appoint MR. STONE LIN as Executor of this Will.

This Will was signed by me on the 14th day of FEBRUARY 1992 at 2729 WILSHIRE BLVD STE 210 California.

The foregoing instrument was, on the date thereof, signed by the testator THE WITNESSES, in our presence, we being present at the same time, and (s)he then declared to us that the said instrument was his/her Will; and we, at the request of said EILEEN CHANG REYHER, and in his/her presence, and in the presence of each other, have signed the same as witnesses. We further declare that at the time of signing this will the said EILEEN CHANG REYHER appeared to be of sound and disposing mind and memory and not acting under duress, menace, fraud or the undue influence of any person whomsoever.

張愛玲致林式同遺書

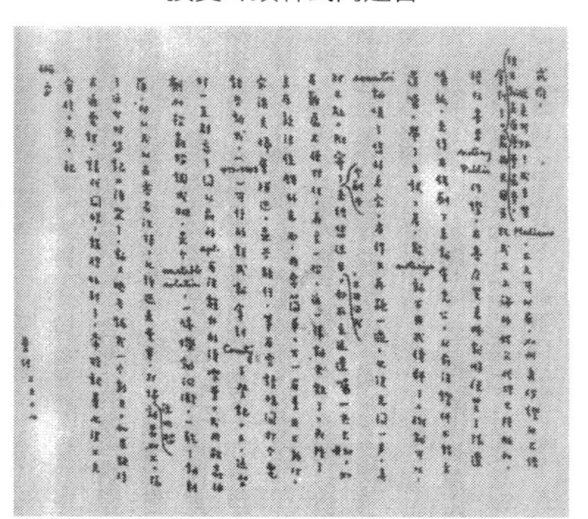

一九九二年二月十七日，張愛玲致林式同附有遺書的信

可是在張愛玲來說，我不回音，就等於是默認，後來我們從未再提這件事，我幾乎把它忘了。回想起來，如果我當時知道後來在執行遺囑上有如此多的麻煩，至少會打電話和她討論下。

順便提一下，以前已寫信都用「式同先生」稱呼我，自此之後就直接稱我「式同」了，在電話上，她早已叫我「式同」而不用「林先生」這樣的稱呼。

想搬到 Las Vegas 去——最後的來信和電話

又是好久沒有聽到張愛玲的消息了，想必一切都好。有年過節，莊信正在電話上問及張愛玲的近況，我說不知道，打了電話沒人接，因為沒有特別事情，我沒有再寫信，怕去打攪她。

另一個原因，自一九九二年初至一九九三年底，我為了事業常常不在洛杉磯，離開前我曾寫信告訴她如有什麼事可以找我太太，不過她從沒有當我不在的時候找過她。

一九九五年五月十七日，她來了一封長信，並附 The Arizona Republic 及 Las Vegas Review 的剪報，又要我替她找房子搬家。信中說那伊朗房東在找她麻煩，要她雇人清掃房子，吵得她已吃不消了。

接到信時我又吃了一驚，什麼？又要搬家？而且要搬到那麼遠的賭城 Las Vegas 去！太遠了一點吧？這下子我可鞭長莫及了。張愛玲這人怎麼老是翻出這些奇奇怪怪的念頭來，跑到那些沙漠中間，光是一個人，日子怎麼過？

我立即打電話去，問她在 Las Vegas 及 Phoenix 有沒有熟人，她回答說沒有，我說那不行，不能去，沒人照應怎麼可以，然後她說要找新房子，我告訴她近來美國不景氣，尤其在洛杉磯，很少有人造新房

張愛玲最後一張照片，攝於一九九四年

子，會很難找，不過我得試試，過一些時再和她聯絡。反正她的租約要到七月底才到期，還有一段時間，可以慢慢地找，請她不必擔心。

過了兩個星期後，我列了一份公寓招租表，打電話請她像往常一樣先自己去探探。她問是不是新的，我說不是，不過還乾淨，她說不行，一定要新的，我說我再試試。兩天之後，我還沒有來得及找，她打電話來說那伊朗房東又不趕她了，要她再住下去。

在這通電話裡她說以前害得皮膚病又發作了，而且很厲害，衣服都不能穿，整天照紫外線醫，要用太陽燈，因為如此，常常傷風，得了病拖了好久也不見好，我建議她去買墨西哥人穿的斗篷衣，一塊布上只有一個洞，套在身上方便省事，她聽了不置可否。她說話時語調一如往常平靜，沒有使我覺出有什麼不對來。

我又談及我在研究美工玻璃，叫她猜是什麼樣的，她說不知道，要我拿給她看，但不要我送，因為累贅沒地方擺。她又說如果用玻璃做首飾一定很漂亮，我說已經有很多人在做了，而且技術一直在翻新，我們又談了一些家常，她高高興興地掛了電話。

忽然我記起她在電話裡說她忘了以前住的 Lake St. 的公寓門牌號碼，她和伊朗房東再簽約時要用，我當時一下記不起來，查到後馬上打電話告訴她，她對我這麼快就回了電話，頗覺突兀。

這居然是我們最後一次通話！餘音嫋嫋，到現在還不敢信以為真。

噩耗傳來

一九九五年九月八日，中午十二點多，我回家正想再看當天還沒看完的報紙，十二點三十分，張愛玲的公寓經理，租房時見過的那位伊朗房東的女兒，突然打電話來說：「你是我知道的唯一認識張愛玲的人，所以我打電話給你，我想張愛玲已經去世了！」

「什麼，我不信！不久前我才和她講過話。」我說。

「我已叫了救護車，他們快來了。」她說。

「我馬上過來。」我說。

「不不！……救護車……我想他們已在大門口了。」她說。

我突然記起遺書的事，馬上喊了一聲：「我有遺書！」

「好！」她回答說。電話馬上給掛斷了。

我坐立不安，百感交集，這怎麼可能？她的音容，和十多年來的交往……一下子統統跳了出來！

半點多鐘後，電話又來了，一個男音說：「這是L.A.P.D（洛杉磯警察局），你是林先生嗎？張女士已經去世了，我們在這兒調查一下，請你等二十分鐘以後再打電話來，我們在她的房間裡，你有這兒的電話號碼。」

警察局要證實我與張愛玲的熟悉的，不然不會有她的電話號碼。等我打回去的時候，那男員警要我在家等候他們的通知。

我千頭萬緒，心亂如麻，拼命地在家裡找遺書，那遺書被我塞到哪裡去了呢？還沒有弄清楚，電話又來了，這回是個女音說：「請你今天通知殯儀館和法醫聯絡。」「今天？」我茫然的問，為什麼那樣急？我正在捉摸，「是的，今天！」她說，這時已經是星期五下午快兩點了，我腦子還沒轉過來，她又丟給了我一個法醫的電話號碼。

我哪裡認識什麼殯儀館，慌了，打電話問問朋友，中國人的或外國人的？意見反而多了……突然想起為我弟弟安葬的殯儀館，風景宜人，辦事簡潔，那不是很好麼？馬上撥了過去，把法醫的電話號碼告訴他們，回答是：「我們知道。」原來他們之間早有職業上的來往，處理這類事物他們是熟悉的。我同時約好明天早上十一點半到他們的辦公室去，商談殯殮事宜。

我得要找人談談，這種事我一輩子都還沒碰到過。找莊信正吧，他是介紹人，和他商量商量，加上他多年來每次和我通話，都詢及張愛玲的起居，我想這回他得出點主意，這是天上掉下來的大事，他一定會關心的。打過去時，他不在家，留話請他打回來。要命！我匆匆沒有想到紐約的時差，還在拼命地找莊信正。

他一定在上班，糟了！我沒有辦公室的電話號碼。什麼人會知道呢？對了，我以前在他家見過張信生，她可能知道。

幸虧我平常有存檔的習慣，在租房檔案薄裡找到遺書後，又打電話找到了張信生，她也不知道莊信正的電話號碼，不過她瞭解情況後，立即要我把遺書電傳過去，我為了要證明我的話不假，不假思索地把遺書傳了過去。

快三點時，那女員警來電要我到張愛玲的住所去，她們在房間裡等我。要我把遺書也一起帶去。我馬上出發，這時才慶幸我當初建議張愛玲搬到我家附近住。不到十分鐘，我已到了張愛玲的公寓門外。

我一跨出電梯，迎面看到兩位員警，「你就是林式同先生？」那女員警問。

當我點頭證實之後，那男員警（Officer C. Smith）就迎了上來，先仔細看了遺書，然後查看我的駕駛執照，驗明正身之後，我想跟員警到房間裡去，那男員警就阻止了我。我就在走廊上等著。

一會女員警拿出一個手提包交給我，裡面裝滿了信封及檔，同時也交給我一串鑰匙，說這些是張愛玲的隨身重要東西，不要給房東收去。這些場合我就注意到美國員警訓練有素，臨事有條不紊。

當我在走廊上和員警們交談時，電梯口出現了兩位彪形大漢，說他們是殯儀館來的人，來取遺體送給法醫檢驗的。他們進房間去了一會出來拿一張紙要我簽名，我問這是什麼證明，他們說這是證明這遺體就是張愛玲本人的，我說我沒有見過遺體怎麼可以簽，他們問我見過張愛玲本人沒有，我說當然見過，於是員警就讓我進了房間。

張愛玲是躺在房裡唯一的一張靠牆的行軍床上去世的，身下墊著一床藍灰色的毯子，沒有蓋任何東西，頭朝著房門，臉向外，眼和嘴都閉著，頭髮很短，手和腿都很自然地平放著。她的遺容很安詳，只是出奇的瘦，保暖的日光燈在房東發現時還亮著。

我覺得世上的一切都停住了！

當男員警引導我出房門的時候，我還沒有清醒過來！

殯儀館的人說看情形張愛玲已去世三四天了，我茫然地簽了名，拿著手提包就離開了。

我好久說不出話來。

回來後才知道莊信正去了香港，他要到星期一晚上才得回紐約家中。聯絡上張信生約好第二天（九月九日）一起去 Rose Hills 殯儀館的時候，已是晚上七八點了。我又想找張錯談談，他是我多年前的摯友，是文學界的人，一定知道張愛玲在寫作方面的活動，他那天晚上也不在家。

一夜翻來覆去沒有睡。

也完全不知道新聞界發生了些什麼事情。

事情發生得太突然了，而我又從來沒有碰到過這種情況，因此在頭兩天裡，我表現得雜亂無章，手足無措，辦事沒有經過周詳的考慮，有負張愛玲所托，很是對不起她。

張愛玲骨灰盒

張愛玲的骨灰撒入太平洋中

把骨灰送到海上

第二天是星期六（九月九日），一早在臺灣的朋友洪健益先生電傳一份剪報，張愛玲去世的消息和遺書內容，赫然大幅地被登了出來！

稍後和張錯通了電話，簡報了一下情況後，他馬上建議成立少數人的治喪小組，我覺得這很合不事張揚的原則，立即同意了，我們決定在星期二晚上待我和莊信正在頭天（星期一）晚上回家商量後，大家見面商討如何辦理治喪事宜，並如何統一對外發佈新聞。

早上十一點半，我和張信生到 Rose Hills 殯儀館商談喪事手續和費用方面的事。殯儀館的辦事員說張愛玲的遺體在頭天下午已經進了殯儀館的冷凍庫，離手續完成後再火化還有幾天之隔為了不耽誤時間，當下我就申請了在法律手續上必須的死亡證。也在火化授權書上簽了名。

下午回家後，我再向張錯報告了一下早上去殯儀館商談的內容，也把遺書電傳給他研究，請他先計畫一下星期二晚上見面時的討論內容。然後打電話給張愛玲的房東注意門戶，以防有人用不正當的辦法進去亂翻東西。到這時候我還沒有機會注意房間裡面的情形。

從九日去過 Rose Hills 殯儀館之後，我幾乎每天打電話和那裡的辦事人 Eberle 先生詢問申請火化的進度，我還預先付清所有殯儀館的費用以打通手續上的障礙。

殯儀館在收到張愛玲的遺體後，立即向洛杉磯縣政府有關部門申請火化許可，在得到許可後遺體立即於九月十九日按遺志火化，前後除手續必須外沒有任何耽擱。火化時亦按遺志不舉行任何儀式，照殯儀館慣例也沒有旁觀的必要。

十一日（星期一）晚和莊信正通過電話後，我們決定一切按遺囑辦理，不舉行葬禮，這建議和張錯在十二日晚所表示的意見不謀而合。

我們治喪小組的成員為：林式同、張錯、張信生及在紐約的莊信正。而以張錯為對外新聞發言人。遺囑吩咐骨灰撒在空曠的地方，按加州法律只能撒到離岸三浬外的海裡，我向安排船隻的 Borden 太太說最好把出海的日期定在星期六，大家都可以按時出席，她說九月三十日有船，於是我們定於該日舉行海葬儀式，這天正巧是張愛玲的七十五歲冥誕，大家覺得很有意義。

取骨灰

九月三十日我和擔任錄影的朋友張紹遷在清早七點鐘從家裡出發，當時晨霧未散，路上車輛稀少，本來要一小時的路程，我們卻早到了十五分鐘。

八點整，殯儀館開門，我到辦公室取到張愛玲的骨灰盒，這是一個一英尺高十英寸直徑的木質圓桶，桶底扣著一片金屬蓋，用兩個螺旋釘釘著，上面貼著張愛玲的名字，我恭恭敬敬地捧著，戰戰兢兢，如履薄冰，十多年來常常寫信、聊天的朋友，現在就在我手裡了！心裡混雜著似實似虛，亦哀亦悵的不安感。

半個多小時後我們兩人在 San Pedro 的預定地點——中國餐館「亞細亞村」——和大家會面。因為這地方我早一天曾去勘察過，於是我們很順利地準時到達。

出海

當天（九月十三日）風和日麗，治喪小組除在紐約的莊信正因太遠不能趕來外，其他三位成員：林式同、張錯、張信生，都出席參加。除此之外，我們還請了三位朋友做攝影工作，把全部過程都記錄下來。許媛翔照相，張紹遷和高全之錄影。我們也準備了紅白二色的玫瑰和康乃馨。張錯、張信生分別撰寫了祭文。

九點整，我們大家和船長 Jim McCampbell 在 Ports O'Call Village 的第七十七號泊位會面，然後上船出發，這船可容二十人，開在水面上相當平穩。

我們把張愛玲的骨灰盒放在船頭正中預設的木架上，然後繞以鮮花，襯托著迎面而來的碧空，拂袖的微風，真有超世出塵之感。

此時晴天無雲，波平浪靜，海鷗陣陣，機聲隆隆，大家心情哀肅，陪張愛玲走在她最後一程路上。

撒灰

半小時後到達目的地，船長把引擎關掉，船就靜靜地漂在水上，大家向盛張愛玲的骨灰盒行三鞠躬禮，念祭文，然後在船長示意下開始撒灰。當我向船長要來螺絲起子，想打開骨灰盒的金屬底蓋時，船身搖晃得厲害，靠著張錯的幫忙，我才打開骨灰包，又按船長的指示，走向左邊下風處，在低於船舷的高度，開始慢慢地撒灰。當時汽笛長鳴，伴著隱隱的潮聲，灰白色的骨灰，隨風飄到深藍的海上。

在專心撒灰的同時，其他同行各人，把帶來的鮮花，也伴著撒向海裡。此際海天一色，白浪飄飄，我的心情隨張愛玲的骨灰，飛向遙遠水天之間。

舉行海葬儀式後，大家在一家咖啡店小坐，治喪小組任務圓滿完成，至此宣佈解散。在整個治喪過程中，治喪小組成員做了大量的工作，他們發佈新聞，安排海葬儀式，撰寫祭文，拍照錄影等等。他們的熱心幫忙，具體地表示了他們對張愛玲的崇敬。

大事已了，回家後如釋重負，渾身覺得特別輕鬆。可是心裡自此留下了不可磨滅、時隱時現的空虛。我將把這位超凡脫俗的奇女子，和我的這一段友誼，深深地藏在記憶裡。

海葬任務完成後，全體出席人員在船塢合影

自左至右：許媛翔、張錯、林式同、張紹遷、張信生、高全之

收拾房間

在清理張愛玲的房間之前，我曾顧慮到那是女士的寢室，有些東西整理起來可能不太方便，於是我請了在臺灣教過的女學生朱謎來幫忙，她在圖書館做事，心很細，一定會勝任的。

打電話給朱謎，她正好在星期三（九月十三日）那天有假，我們約定早上一齊去清理房間。正對著電梯口，一條筆直的走道，四面沒有窗，灰灰的日光燈，整天亮著。到了盡頭，靠左邊，就是張愛玲住的房間。

一打開門，房裡彌漫著沉鬱的空氣，我很快的把所有的窗戶打開，這是注意到對街沒有窗，不會有人看得到這邊的情形。

我非常驚訝地感到所有東西都好像在哪兒見過，她在購買時所作的選擇，居然和我的差不多。奇怪！

家具

地上擺著許多紙袋，包著不同的東西，門旁靠牆放著那一張窄窄的行軍床，上面還鋪著張愛玲去世時躺的那床藍灰色的毯子，床前地上放著電視機、落地燈、日光燈，唯一的一張折疊床倚在東牆靠近門的地方，廚房裡擱著一把棕色的折疊椅，一具折疊梯，這就是全部的傢俱了。這些東西有一個共同點，那就是輕便好拿，包括電視，她原來有個小的，只有五六寸，大概太小了，看不清楚，搬家後買了一個新的，大一點，有十幾寸，也不重。

張愛玲買了大量的燈泡，因為她怕黑怕冷清，電燈電視一天到晚開著，這習慣她曾經和我談起過，「有時還借電視聲音催眠。」

室內擺設

對門朝北的床前，堆著一疊紙盒，就是寫字臺，張愛玲坐在這堆紙盒前面的地毯上，做她的書寫工作。她打稿不用一般的寫字紙，在舊信封上、買菜單上、收據上、報紙上，都有她的字跡。

牆上沒有掛任何東西，連一張日曆也沒有，真可算是家徒四壁了。

張愛玲的房內除了她自己的作品和定期雜誌外沒有書，和我想像中的一般作家不同，也沒有任何參考書，有的英文報，是從報攤上買的。由臺灣經航空每日寄來的聯合報，是她每月一次到信箱去取來的，其中有許多都還留在封套裡沒有看。她喜歡看英文偵探小說，看完就丟，所剩的兩三本翻得都破爛了，她還訂偵探雜誌。房裡到處擺著許多贈閱的《皇冠》和《聯合文學》。

浴室

房間裡淩亂不堪，伊朗房東逼張愛玲雇人幫忙清掃廚房和浴室，打掃完了張愛玲還是不滿意，說她不能忍受他們留下的那層清潔粉，她要自己來做，一動手就「掉了一層皮」，結果房裡還是沒清理，確實不乾淨，尤其是浴室，白的浴缸都變成灰黑的了。她生前一再抱怨她的浴室設備不好。現在親眼看到，果然很差！張愛玲用了無數的紙巾，也無濟於事。洗臉盆旁，以及盆旁的藥櫃裡，擺著牙膏牙刷、化妝品、藥瓶之類。有一個特點，我沒有看到洗臉用的毛巾！大概她怕毛巾用了髒，不好洗，浴用的大毛巾在去世後還留在地下室裡的洗衣房架上，可能是體力弱了拿不動，或者是不想多和其他房客和洗衣機打交道，結果她的浴室裡堆滿了用過丟棄的紙巾。

在這浴室裡可以看到既愛乾淨又嫌家事繁瑣的張愛玲，多年來掙扎奮鬥的結果。

貯衣室

貯衣室是東西擺得最多的地方，除掛著的衣服外，地上堆滿了各色各樣的紙袋，衣服大半是搬家以後買的，快四年了，看起來都非常新。有一點與眾不同的，就是她從來不用箱子，什麼都是臨時現貨，一搬家能丟的就丟了。

在房間裡，包括去世那天員警給我的手提包內，我沒有看到任何首飾，她用的東西都不貴，這和她在《對照記》裡的照片很不符合。

她不用普通的女鞋；涼鞋、皮鞋、高跟鞋都沒有，唯一常用的是膠底浴用拖鞋，買了好幾大包，全是新的，用髒了就丟。

廚房

張愛玲不用通常的碗筷，廚房裡堆了許多紙碗紙碟及塑膠刀叉，吃剩的電視餐，連盒帶刀叉統統塞進紙袋裡丟掉，有些買來的金屬刀叉也逃不了被丟的命運。她不常煮東西吃，鍋子都很乾淨，不怎麼用，還留下些全新的。用得最多的算是那小烤箱了，又破又髒。她也喝濃咖啡、茶，有咖啡壺。

她買了許多罐頭食品，也有一大桶霜淇淋，最顯眼的，莫過於那四五大包 Ensure 營養煉奶了。

她長期服用一種草藥，名叫 Senna Pods，去世前還煮了一鍋，這藥是從墨西哥進口的，據說是為了醫眼病的。

自從她身體不好之後，常常叫附近超級市場派人送食品。因此訂單一大堆，紙袋到處隨地擺。凡是她喜歡的東西，她就老是用，怕用完，一買就買一大堆，所有的紙碟、紙巾、拖鞋、假髮、營養奶等等，都是如此。

幸虧朱謎來幫忙，而且帶了她的父親來照相，我們用了兩天的時間，把房間打掃一淨，在九月十八日交還房東。

臨終前

張愛玲是因心血管病去世的，按古語可以說是無疾而終。

這診斷是法醫說的。從我認識她開始，她就說她的皮膚被跳蚤叮得發癢，好了以後，才開始安定下來住公寓。後來她又看了許多醫生，大多是皮膚病科的，長期塗用各種藥膏，也不見好，最後還用太陽燈紫外線療法，直到去世。至於牙齒，她定期看醫生，也用假牙，不曉得為什麼，還是經常喊痛。她也花錢配眼鏡，還吃補眼神的藥。每次在電話上，她經常抱怨染上感冒，和得了這樣那樣的小毛病，說用了各種的藥，總不見好。不過她講的這些都不是大病，沒有引起我特別警覺的地方。

我沒有料到她會有心臟病！

最後幾個月，看樣子她的身體情況突然惡化，可能是好久沒有吃東西了，或者是吃不下東西，她去世後的遺體，瘦得真是皮包骨了。

她極其不喜歡燒飯煮菜，也不出外上館子，在家盡吃些罐頭或現煮食品，又為了補充營養，她買了不計其數的 Ensure 營養奶，喝奶喝壞了肚子，又去看醫生，這樣生活，身體弱了，沒有人照拂，是不能維持的。張愛玲的個性，和她的健康，是有因果關係的。

今年七月底當租約滿期時她可能沒有料到自己會走得這麼快，因此她又多簽了兩年的續約，為了這訂約那伊朗房東還動腦筋想多要些錢，鬧得我找律師幾乎和那伊朗房東打官司。

去世前她大概也知道自己不行了，就把各種重要證件全部放在手提包內，擺在靠門口的那張折疊桌上，因此員警很容易地發現它而把它交給了我。而我也因此很順利地辦完她所交代的事，不必東翻西翻地找。

就在這個時候，她還是不要人幫忙，一個人就這麼冷冷清清地走了！每當我想到這裡，為我對她照顧不周，抱著深深的歉意。

遺物處理

張愛玲去世後，各方反應的熱烈程度，真是大出我意料之外！心想管理她的遺物，責任可不輕，面前擺著的這些信件手稿和衣物，不小心給什麼人拿去，又會大做文章，這樣我的罪過，可洗也洗不清了。我特別謹慎，按照遺囑，把所有東西，全部寄給宋淇夫婦，不得有所遺漏！

我本人從開始到現在，因為不懂文學，一直把張愛玲視為一個值得敬佩的朋友看待，所以當整理遺物時，在好壞取捨上，全憑直覺，和普通朋友沒有兩樣。

張愛玲房內遺物

朝東窗前的一堆紙盒，就是張愛玲的寫字臺，一具折疊梯，可以拿到冰箱上面櫃子裡的東西。太陽燈是為了醫皮膚病新買的，盒子還在。左下邊可以看到聯合報的一角。

張愛玲生前，為了避免搬家累贅，在韓國城租了一個三英尺見方的小倉庫，裡面放著她以前的英文著作、打字手稿之類的東西，沒有任何一點所謂「值錢」的。和她的家居一樣，她仍舊不用箱子、盒子，為了她自己提攜方便，她把所有的物件用許多手提紙袋裝著。在和倉庫老闆訂約簽名的時候，她就把我的名字也填了上去。這件事她從未向我提過，直到去世後，我才在那女員警交給我的手提包裡，發現那份倉庫合同。不然我是進不了那倉庫的。

她如此地信任我，我卻一無所知！走筆至此，不禁愴然！

我把所有的東西，倉庫裡的和房間裡的，稍事分類，裝進紙箱裡，以海運寄給在香港的宋淇夫婦。在整理遺物的過程中，除清理房間時請朱謎幫忙外，其餘我都沒有假手他人，在法律問題上和財務處理上則借重了律師的幫忙。

有些遺物我沒有保存下來；譬如廚房用具及食品，房間裡的清潔用品，牙膏牙刷等沒有紀念性的東西，我就把它丟了。還有在坊間可以買到的，而且從圖書館也借得到的報紙、定期雜誌，和通俗偵探小說等等，如果上面沒有張愛玲的筆跡，我也沒有留下來。

去世時用過的毯子及行軍床，因為不乾淨，也在被丟之列。傢俱並不多，也不方便寄，就沒有打包。

遺書內容的詮釋

在執行遺書的任務時，對喪事的處理方式，大家意見特別多。怎麼回事？張愛玲的遺書上不是很清楚的列出她的交代嗎？她生前不是一直在避免那些鬧哄哄的場面嗎？她找我辦事，我不能用我自己的意見來改變她的願望，更何況她所交代的那幾點，充分顯示了她對人生看法的一貫性。她畢生所作所為所想的精華，就是遺書裡列出來的這些，我得按照她的意思執行，不然我會對她不住！

她要馬上火葬，不要人看到遺體。自她去世火化，除了房東、員警、我和殯儀館的執行人員外，沒有任何人看過她的遺容，也沒有照過相，這點要求我認為已經達到了。

從去世到火葬，除按規定手續需要時間外，沒有任何耽誤。

她不要葬禮。我們就依她的意思，不管是在火化時或海葬時，都沒有舉行公開的儀式。

她又要把她的骨灰，撒向空曠無人之處。這遺願我們也都為她做到了。

最後她要我把遺物，包括銀行的存款，全部寄給宋淇夫婦。這差事我也由律師協助，順利完成。

她在遺書上寫的幾點，我都替她辦到了，她如在天有靈，想來也會滿意點頭稱許了。

我所認識的張愛玲

回顧十多年的相識和來往的原因，我一直從未深思過，在這裡我想對張愛玲的為人，以我的瞭解，做一個小小的總結，也可以作為一個自我的反省和交代吧。

為了使這個總結做得比較客觀與完善，在張愛玲去世後，我曾參考了一些她自述的文章，也看了幾篇別人敘述她的著作。

高度敏感——「感受」和「接觸」的衝突

當我第一次和張愛玲見面的時候，從頭到尾她一直在避免那旅館經理的目光，這個動作一直困惑著我，那兩位旅館經理是東方人，可能就是中國人也說不定，不過看起來普普通通，沒有什麼顯眼的地方，那為什麼她要躲避他們呢？她是那旅館的客人，旅館經理是不會得罪她的。

接觸多了，發現她對人性的感受力，超乎常人，不然不可能寫出那麼深刻的文章來。既然如此，那麼她對日常來往的物件，一定有她的選擇，她極力避免那旅館經理的目光，我想就是不願和他們寒暄、來往。可是她的個性又是善良的，很怕得罪人，欠人情債，如果見面不理，豈不是不禮貌？所以她就儘量避免那旅館經理的眼光了。

由這些小動作，可以推斷張愛玲對人的態度，在一般情況下是如何的了。

怕麻煩——離群索居

張愛玲的離群索居，是她出自內心的自然要求，在她的心目中，人和人之間的交往，以及帶來的繁文縟節，就是麻煩，而她為解脫麻煩所持的態度，就出自她的不予不欠的自主人生觀。

有一回她延誤了付錢的時限，有一封催錢的信，數目很小，由我轉交給她，她說：「那沒有什麼，他們就是要錢。」言下頗有不屑之意。她不是有意拖欠的人，只是討厭處理付帳這類日常生活裡的瑣事，所以總是拖拖拉拉，不想去碰。除此之外，她也不太喜歡和那些「唯利是圖」的人打交道。她在信中常述及應該做的事，不是沒有開始，就是沒有做完，什麼事情都是非不得已，不會動手。

在她遺物裡的信件中，如果她不喜歡的人寫信給她，或是她預感信中會提到有什麼不值一看的事，她收到信後連拆都不會拆。稍不如意，輕而易舉的拆信動作都不做，那就更不用想要她花精神去應酬聽電話了。按她的個性，她不想裝電話，她那電話只是為了怕病倒要人幫忙才裝的，在住汽車旅館的時候，如果她不想找人，就沒有人用電話可以聯絡到她。

由此推想一般要去接觸她的人，不管是自認為出自如何的善意，對她來說，大概都是可有可無的，總是要她花精力去應付的，有些甚至是給她添麻煩的，遇到這種情況，她就不應門，不接電話，儘量躲，結果和人群拉開的距離。也激起別人的好奇心，她越是躲，大家的興趣就愈高。她的傳說，是一個謎，大家都想一窺究竟。

可是對我來說，她的避世，是她為了保持安靜生活很自然的表現。我很尊重她的決定，因此在我們整個交往過程中，我從來沒有主動登門去找過她。我每次問她要什麼樣的協助，總是被婉拒掉了，這非但沒有將我對她的熱忱潑了冷水，反而使我對這位不欠不求卓立堅決的女士，倍加崇敬。

自得其樂——不受縛於外加的約束

張愛玲和我在電話裡閒聊時，她對所談到的每件事都有濃厚的興趣，都加上聯想，也發表她自己獨特的看法，和她說話有時海闊天空，有時微妙細緻，大大地增強了我的聯想力。有這樣生動活潑的想法的人，對生活中各種美好的趣味，是很有鑒賞力的。而這種自我欣賞的境界，用文字表達就足夠了，不必借重其他的傳達媒介。

張愛玲自己說過，在沒有人與人交接的場合，她很能自得其樂，而且這些喜悅，又都是隨時皆在，順手拈來的。在純粹人和人之間的關係上，如果沒有她所不喜歡的，在很自然的情緒下，她倒是非常樂意交談的。有一天和我在電話上談著談著，她說了一聲：「我很喜歡和你聊天，」我無意地用我在商場上習慣的思維方式回答了一聲「為什麼？」談話不久就中斷了。我為這句在當時不適當的回答，至今耿耿於心。

雖然張愛玲的作品能敘述大眾的感受，但她自己，卻不受那七情六欲所束縛。譬如她不太留戀過去的上海。在言談上，也從不不表示對什麼失誤有憎恨的意思。對她喜歡的東西，也只是看看而已，沒有佔有和保留的欲望。她的敘事，總是點到即止，從沒有把自己陷在裡面。

她的生活方式，是她內在個性的表現，不受外來的規範所左右。一般人被牢牢套住而不自覺的習慣，不管是屬於社會上的或道德上的，她都覺得和她的個性格格不入，就認為是打攪她的麻煩，對於這些，她所採取的態度，就是退避三舍，敬而遠之。

她甚至要把她自己的骨灰，撒在遠離塵世、無人空曠的地方！如此才能自由自在，平靜安樂。

成名早——不和人來往的客觀條件

從頭到尾，在和我的交往中，張愛玲從來不提銀錢的事，租房時她只說一個總數就是了。直到處理她身後賬務時，我才瞭解到一些收支情況。

她沒有借錢、欠錢，不用信用卡，充分顯示她的量入為出不借不欠的獨立生活觀，只有她住的公寓，因為她不能在簽約時預期有什麼意外的結果，所以在今年（一九九五）七月底和房東續訂了兩年的期約，按法律規定要付的房租，也由她少量的銀行存款中付掉了。

又由於她成名得早，有固定的收入，可以維持她自己選擇的生活方式，換了一個人，要顧及生活，想要隱居，不和人接觸，恐怕就不太容易辦到。話雖如此說，以她的收入，手頭還是很拮据的。

看得破——身外之物，不足道也

張愛玲沒有傢俱，沒有珠寶，不置產，不置業，對身外之物，確是看得透、看得薄，也捨得丟，一般注重精神生活的藝術家都有這種傾向，不過就是不及她丟得徹底。看她身後遺物的蕭條情形，真是把生不帶來，死不帶去的精神，發揮得淋漓盡致！

她不執著，不攀緣，無是非，無貪瞋，這種生活境界，不是看透看破了世事的人，是辦不到的。

愛美——入世的態度

張愛玲很會調配自己而自得其樂，譬如在一九九三年五月，她做了一次整容手術，又覺得戴眼鏡不適合她的臉型，因此配了隱形眼鏡。她也買了好些化妝品，多半是保護皮膚的。

她又喜歡買衣服，各色各樣的都有，她花了很多錢去吃藥看醫生，去掉房租，她所剩的錢就不多了，不然我想她可能會買更多的衣服。

因為怕蚤子鑽到頭髮裡，她把頭髮剪了，以後一直戴假髮，最早的假髮是全黑的，可能她覺得和年齡不合，後來用的都是黑中帶白的了。

她穿的拖鞋是膠底的，可以上街，但是那毛鬆鬆的鞋幫，很好看，但不能防雨，又容易髒。她這兩樣習慣，很特殊，給我的印象最鮮明。

審美觀——討論建築

當張愛玲向我提到她認為洛杉磯城裡只有兩棟建築物夠美，其他的就不怎麼樣；一棟是城中心的煤氣大樓（Gas Building），這和我的許多同行看法居然一致，令我驚異不已。那是一棟玻璃高樓，它的美是以材料搭配和比例感來取勝的，的確具有某種獨一無二的吸引力。如果沒有一定程度的專業訓練，不太可能在洛杉磯地區那麼多的建築物中，單挑這棟煤氣大樓為抽象的建築美的代表。張愛玲對這樓的評語，顯示她對形象美的感受力，出自天賦，與眾不同。

另外一棟在 Beverly Hills，她說不清地址，我也沒有印象。

不過她在文章裡常用的對顏色的感受，則帶有大量的聯想作用，她說她對我在 Lake St. 造的那棟公寓所採用的藍色特別喜歡，如果不用聯想，單一色彩是不怎麼會吸引人的。

書本上的敘述

《今生今世》是張愛玲的第一任丈夫——胡蘭成寫的自傳，他們結婚時張愛玲才二十三歲，那時她的作品已經走紅了。在那本書裡有一篇名叫〈民國女子〉的，專門寫作者和張愛玲結識的經過。

張愛玲的自述〈天才夢〉，發表在《張看》裡，寫這篇文章時她只有十九歲。

我看了這兩篇敘述張愛玲年輕時性格的文章後，好像今年在我眼前的這位年逾古稀的女士，和在紙上浮現的那位妙齡少女，樣子和脾氣完全沒有改變！她這始終如一、外柔內剛、獨來獨往的個性，是很少有的。

胡蘭成說他在五十多年前第一次去見張愛玲時吃了閉門羹，這和我的經歷沒有兩樣。

胡蘭成又說：「她（張愛玲）的人太大，坐在那裡，又幼稚可憐相……我甚至怕她貧寒……但她又不能使我當她是作家。」這段形容和我第二次見張愛玲面的時候，她坐在那伊朗房東經理面前的景象，完全一致，真是神來之筆！

五十多年前張愛玲在〈天才夢〉裡說她自己「怕見客，怕上理髮店，怕給裁縫試衣裳。」又說她「不會削蘋果，不會織絨線。」到今年我也不覺得她對這些家常事物的處理能力，有多大的改進。

今天的張愛玲又早就認為人和人接觸時所帶來的麻煩，是「咬嚙性的小煩惱」，是跳來跳去的「蚤子」。不可思議的事是：在她十年前第一次給我的電話裡，說要搬家的原因，和去世前給我的最後一通電話裡，說她舊病復發，都提到蚤子，都和蚤子扯上了關係。

她為這討厭的小東西，躲了一輩子！

後記

張愛玲和我，非親非故，亦非文字之交，見面也不過兩次，能維持這麼長的來往和博得她如此的信任，除了對生活態度彼此有某方面的認同外，大部分還是要歸諸緣分。

如果張愛玲沒有預先把遺書寫好交給我，她在洛杉磯又無親無故，按法律他人不能參與喪事，後果真是不堪設想！

若九月八日那天我不在家，公寓經理找不到我，沒有人知道張愛玲會有遺囑，後果真是不堪設想！

又如果張愛玲在她搬來搬去時住的一家汽車旅館去世，那後果真是更不堪設想！

這一切都是緣分。

照片、信件和其他

我個人因為事業的需要，有把文件存檔的習慣，不過對一般朋友的來信，我卻沒有保留。張愛玲和我有多年的來往，她的信，有很多已經不見了，這裡所有的是剩下來的，算是聊勝於無吧。

在張愛玲托我轉交申請公民身份證的時間，和我在一九九一年最後一次和她會面的時間相距很近，我把那護照照片複印了一張，顯示在我記憶中的張愛玲的樣子。

我把她住過的地方，以我知道的照了幾張相，也把她平常去的，或常走的街景，照了幾張，以作紀念。

在清理張愛玲房間時照的相片，我也包括在這裡，並稍作說明。

和張愛玲有關的文件，由我經手的，也影印在此。（編按：相關照片已散附文本。）

跋　校對人感言

吳柏毅

校對完《你是誰啊》——林式同先生敘述自己成長歷程與照護患了老年癡呆症的日本妻子喜美子女士的故事，與林先生親妹妹林式芳女士續寫的部分後，再看過〈有緣得識張愛玲〉一文。我從中簡單整理林先生晚年的故事，驚覺喜美子女士病發的時間（一九九〇年出現徵兆，一九九五年確診。）與張愛玲逝世那年（一九九五年）相近，若單看《你是誰啊》，實難以想像林式同先生如何一邊面對如此「晴天霹靂」的消息，一邊面對這位脫俗的友人孤身離世？

當初會接下這份工作的原因，主要是我生活支出上需要開源，再來就是林式同先生是張愛玲女士居住在美國時的房東。我不敢說自己多熟悉張愛玲的作品，但《金鎖記》、《傾城之戀》等名作，總也讀過兩三遍。仰望著它們，不禁想藉此機會，自以為是地與她有多一點隱微的聯繫。然而校對過程中，無論林式同先生對世俗的看法，或求學時曾轉系的經驗，皆有令我共鳴之處，好似自己隨著林式同先生的文字，展開一場忘年的交談。無論林式同先生對妻子喜美子女士的無悔深情，或是對張愛玲似淺而深的友誼，乃至林式芳女士肩負起這份照顧喜美子女士的責任感，都讓我感到上一輩人真摯的溫情。如今，至少在我目前淺陋的生命經驗中，人與人之間，大概難得如此深刻的關係。轉眼間數十小時，就這樣到了尾聲，喜美子女士確診老年癡呆症多年後，對林式同先生一句：「你待我太好了，我不要死！」讓我瞬間泛淚。而林式芳女士也看似輕鬆地寫下這段承接了多年重任的告白：「假如有一天我會和式同再見面，我要告訴他，我有好好地照顧喜美子。我一定要向他邀功：『不要那麼小氣，好好誇獎我一下吧！』」

相較於早慧的張愛玲，林式同先生與林式芳女士本非作家，固然沒有張愛玲的妙筆，但他們多年的生命經驗與積累的情感，竟也讓這些簡單的字句，醞釀出崇高的善與美。且林式同先生寫完〈有緣得識張愛玲〉後，選擇不在《你是誰啊》正文當中提及張愛玲，我認為這正是林式同先生延續與張愛玲之間單純友誼的最佳證明——不消費朋友的名聲，尤其張愛玲可是名留青史的大作家！我想，這些與《你是誰啊》當中一以貫之的人格特質，大概也是張愛玲之所以選擇林式同先生作遺囑執行人的原因之一吧？

二〇二一年六月五日

文化生活叢書・藝文采風 1306039

你是誰啊

作　　者　林式同、林式芳
責任編輯　張宗斌
實習編輯　葉家褕、吳秉容、蔡易芷

發 行 人　林慶彰
總 經 理　梁錦興
總 編 輯　張晏瑞
編 輯 所　萬卷樓圖書股份有限公司
臺北市羅斯福路二段 41 號 6 樓之 3
電話 (02)23216565
傳真 (02)23218698

發　　行　萬卷樓圖書股份有限公司
臺北市羅斯福路二段 41 號 6 樓之 3
電話 (02)23216565
傳真 (02)23218698
電郵 SERVICE@WANJUAN.COM.TW
香港經銷　香港聯合書刊物流有限公司
電話 (852)21502100
傳真 (852)23560735

本書為臺灣師範大學國文學系 2022 年度「出版實務產業實習」課程成果。部分編輯工作，由課程學生參與實作。

ISBN 978-986-478-781-4
2022 年 12 月初版
定價：新臺幣 560 元

如何購買本書：
1. 劃撥購書，請透過以下郵政劃撥帳號：
帳號：15624015
戶名：萬卷樓圖書股份有限公司
2. 轉帳購書，請透過以下帳戶
合作金庫銀行 古亭分行
戶名：萬卷樓圖書股份有限公司
帳號：0877717092596
3. 網路購書，請透過萬卷樓網站
網址 WWW.WANJUAN.COM.TW
大量購書，請直接聯繫我們，將有專人為您服務。客服：(02)23216565 分機 610

國家圖書館出版品預行編目資料

你是誰啊？ / 林式同, 林式芳著. -- 初版. --臺北市 : 萬卷樓圖書股份有限公司, 2022.12
面；　公分. -- (文化生活叢書. 藝文采風；1306039)

ISBN 978-986-478-781-4(平裝)

855　111019304